ESQUEÇA O AMANHÃ

PINTIP DUNN

ESQUEÇA O AMANHÃ

Tradução
Ryta Vinagre

1ª edição

RIO DE JANEIRO
2017

CIP-BRASIL. CATALOGAÇÃO NA PUBLICAÇÃO
SINDICATO NACIONAL DOS EDITORES DE LIVROS, RJ

Dunn, Pintip

D939e   Esqueça o amanhã / Pintip Dunn; tradução de Ryta Vinagre. –
1ª ed. – Rio de Janeiro: Galera Record, 2017.

Tradução de: Forget tomorrow
ISBN 978-85-01-07746-2

1. Ficção juvenil americana. I. Vinagre, Ryta. II. Título.

16-38020

CDD: 028.5
CDU: 087.5

Título original:
Forget Tomorrow

Copyright © 2015 by Pintip Dunn

Tradução publicada mediante acordo com Entangled Publishing, LLC, através da RightsMix LLC.

Todos os direitos reservados. Proibida a reprodução, no todo ou em parte, através de quaisquer meios. Os direitos morais do autor foram assegurados.

Texto revisado segundo o novo Acordo Ortográfico da Língua Portuguesa.

Direitos exclusivos de publicação em língua portuguesa somente para o Brasil adquiridos pela
EDITORA RECORD LTDA.
Rua Argentina, 171 – Rio de Janeiro, RJ – 20921-380 – Tel.: (21) 2585-2000, que se reserva a propriedade literária desta tradução.

Impresso no Brasil

ISBN 978-85-01-07746-2

Seja um leitor preferencial Record.
Cadastre-se em www.record.com.br e
receba informações sobre nossos
lançamentos e nossas promoções.

EDITORA AFILIADA

Atendimento e venda direta ao leitor:
mdireto@record.com.br ou (21) 2585-2002.

Para minha irmã Lana

1

— A próxima folha a cair vai ser vermelha — anuncia Jessa, minha irmã de 6 anos. Um instante depois, uma folha carmim flutua pelo ar, como a pluma da cauda de um cardeal.

Jessa pega a folha e a coloca no bolso do uniforme escolar, um macacão de malha prateada que é uma versão menor do meu. Folhas quebradiças cobrem a praça, a única explosão de cor na paisagem de Eden City. Atrás do nosso trecho no parque, trens-bala disparam por um tubo eletromagnético a vácuo, e prédios de metal e vidro competem por cada centímetro de calçada. Seus pináculos cintilantes fazem mais do que arranhar o céu; eles o perfuram.

— Agora laranja — diz Jessa. Cai da árvore uma folha da cor de abóbora madura. — Marrom. — E é marrom como a lama e igualmente morta.

— Vai bater algum recorde? — pergunto.

Ela se vira para mim e sorri, e me esqueço de tudo sobre o dia seguinte e o que está prestes a acontecer. Meus sentidos são dominados pela minha irmã. A voz que resplandece como música. O jeito como seu cabelo se curva na altura do queixo. Os olhos calorosos e irresistíveis como castanhas torradas.

Quase posso sentir os pontos de pele seca em seus cotovelos, onde ela se recusa a passar hidratante. E então esse momento passa. Sou tomada pela noção, tal como uma pessoa ganhando consciência depois de um sonho. Amanhã farei 17 anos. Por decreto do ComA, eu me tornarei oficialmente uma adulta. Receberei minha memória do futuro.

Às vezes parece que passei a vida inteira esperando fazer 17 anos. Meço meus dias não pelas experiências, mas pelo tempo que resta até receber minha memória, *a* memória, aquela que deve dar significado à minha vida.

Dizem que depois não vou me sentir tão sozinha. Vou saber, sem a menor sombra de dúvida, que em algum lugar em outro espaço-tempo existe uma versão futura de mim, uma versão que dá certo. Saberei quem devo ser. E nunca vou me sentir perdida de novo.

Que pena que primeiro eu tivesse de viver 17 anos de embromação.

— Amarela. — Jessa volta à brincadeira, e uma folha amarela se desprende de um galho. — Laranja.

Dez, quinze, vinte vezes ela prevê corretamente a cor da folha seguinte a cair. Aplaudo e grito, embora tenha visto este espetáculo, ou algo parecido, dezenas de vezes.

E é então que me dou conta da presença dele. Um cara com o uniforme da minha escola, sentado num banco de metal curvo, a uns 10 metros de distância. Olhando pra gente.

Os pelinhos de minha nunca ficam eriçados. Não é possível que ele consiga nos escutar. Está longe demais. Mas está olhando. Por que olha? Talvez tenha a audição supersensível. Talvez o vento tenha apanhado nossas palavras e levado até ele.

Como pude ser tão idiota? Nunca deixo Jessa parar no parque. Sempre a faço andar apenas da escola para casa, justamente como minha mãe manda. Mas hoje eu quis — eu necessitava — do sol, ao menos por alguns minutos.

Coloco a mão no braço da minha irmã, e ela fica imóvel.

— Precisamos ir embora. Agora! — Meu tom de voz insinua o restante da frase: antes que o cara denuncie suas capacidades paranormais às autoridades.

Jessa sequer meneia a cabeça para concordar. Ela conhece a rotina. Anda ao meu lado, e seguimos para a estação de trem do outro lado da praça. Pelo canto do olho, vejo que ele se levanta e nos segue. Mordo o lábio com tanta força que sinto gosto de sangue. E agora? A gente corre? Falamos com ele para tentar controlar os danos?

Agora vejo seu rosto. Tem cabelo louro cortado bem rente e um sorriso ridiculamente encantador, mas não é por isso que meus joelhos ficam bambos.

Ele é da minha turma, Logan Russell, capitão da equipe de natação e dono do que minha melhor amiga, Marisa, chama de os melhores peitorais deste espaço-tempo. Inofensivo. É claro que ele teve a coragem de sorrir para mim depois de me ignorar por cinco anos, mas ele não representa ameaça ao bem-estar de Jessa.

Quando éramos crianças, o irmão dele, Mikey, fez uma bola de squash pairar acima da quadra. Sem tocar nela. O ComA o levou, e, desde então, nunca mais foi visto. Logan não vai denunciar minha irmã a ninguém.

— Calla, espere — pede ele, como se tivessem se passado dias, e não anos, desde que nos sentamos lado a lado na turma T-5.

Paro de andar, e Jessa agarra minha mão. Aperto três vezes para que ela saiba que estamos em segurança.

— Meus amigos me chamam de "Callie" — digo a Logan. — Mas, se a essa altura você não sabe disso, talvez devesse usar o dia do meu aniversário.

— Tudo bem, então. — Parando à frente, ele mete as mãos nos bolsos. — Você deve estar tensa, 28 de Outubro. Quero dizer, por causa de amanhã.

Levanto a sobrancelha.

— Como você pode sacar alguma coisa sobre meus sentimentos?

— Éramos amigos.

— Sei... — digo. — Ainda me lembro da época em que você fazia xixi na calça a caminho do período de Atividades ao Ar Livre.

Ele me encara sem pestanejar.

— Idem para a parte em que você espirrou água da fonte em nós dois para que ninguém mais soubesse.

Ele se lembra? Viro a cara, mas é tarde demais. Posso sentir o cheiro das balas de proteína que combinamos jamais comer, sentir o toque no meu ombro quando Amy Willows comparou meu cabelo a palha.

— Esqueça essa menina — cochichara o Logan de 12 anos enquanto os créditos rolavam no documentário sobre métodos agrícolas antes do Boom Tecnológico. — Os espantalhos são os mais legais do mundo.

Eu tinha ido para casa e ficava fingindo que tinha recebido a memória do meu eu futuro, e nela Logan Russell era meu marido. É claro que isso foi antes de saber que as meninas mais velhas aguardavam um menino receber sua memória do futuro antes de decidir se ele era um bom parceiro. Quem se importa se Logan tem covinhas, se seu futuro não mostra créditos suficientes para sustentar a família? Hoje ele pode ter um corpo de nadador, mas pode muito bem virar uma poça de gordura daqui a vinte anos.

Quando entendi que minha paixonite era precipitada, já não importava mais. O garoto dos meus sonhos já havia parado de falar comigo.

Cruzo os braços.

— O que você quer, 26 de Outubro?

Em vez de responder, ele se coloca atrás de Jessa, que tirou as folhas do macacão e as está retorcendo para que pareçam pétalas de uma flor. Logan se abaixa ao lado dela, ajudando a amarrar a "flor" com um caule forte.

Jessa fica radiante, como se ele tivesse lhe dado um arco-íris numa bandeja. Então ele faz minha irmã sorrir. Será preciso mais do que um mísero caule para compensar cinco anos de silêncio.

Eles ficam brincando com as folhas — fazendo outras "rosas", juntando-as num buquê — durante o que parece uma eternidade. Depois Logan levanta uma das rosas para mim.

— Recebi minha memória ontem.

Meus braços e queixo caem ao mesmo tempo. É claro. Acabei de usar seu nome escolar. Como pude esquecer?

O aniversário de Logan é dois dias antes do meu. Por isso nos sentamos lado a lado durante todos esses anos. É assim que a escola nos organiza — não pelo sobrenome, nem pela altura ou pelas notas, mas pelo tempo restante até recebermos a memória do futuro.

Noto o emblema da ampulheta de pouco mais de um centímetro de largura tatuado na face interna de seu pulso. Todo mundo que recebeu uma memória do futuro o tem. Por baixo da tatuagem é implantado um chip de computador contendo a memória do futuro, o qual pode ser escaneado por potenciais empregadores, analistas de crédito e até pretensos sogros.

Em Eden City, a memória do futuro é sua maior recomendação. Mais do que suas notas na escola, mais do que o histórico de crédito. Porque sua memória é mais do que um previsor. É uma garantia.

— Meus parabéns — digo. — Com quem estou falando? Uma futura autoridade do ComA? Nadador profissional? Talvez eu devesse pegar seu autógrafo agora, enquanto ainda tenho a chance.

Logan coloca-se de pé e espana a terra da calça.

— Eu me vi como um campeão de natação. Mas havia outra coisa também. Algo... inesperado.

— Como assim?

Ele se aproxima um passo. Eu tinha me esquecido de como seus olhos eram verdes. São do verde da grama antes do verão, um brilho apanhado em algum lugar entre o vibrante e o opaco, como se a cor não conseguisse se decidir se prospera sob o sol ou murcha em seu calor.

— Não foi como nos ensinaram, Callie. Minha memória não respondeu às minhas perguntas. Não me sinto em paz, nem alinhado ao mundo. Só me sinto confuso.

Passo a língua pelos lábios.

— Talvez você não tenha seguido as regras. Talvez seu eu futuro tenha feito confusão e mandado a memória errada.

Nem acredito que eu disse isso. Passamos toda nossa infância aprendendo a escolher a memória correta, aquela que nos fará passar por épocas difíceis. E aqui estou eu, dizendo a outra pessoa que ela tomou bomba na única prova que importava. Não pensei que fosse capaz disso.

— Talvez — diz ele, mas nós dois sabemos que não é verdade. Logan é inteligente, inteligente demais para ser derrotado por mim no concurso de soletrar da turma T-7, e inteligente demais para ter confundido isso.

Então eu entendo.

— Você está brincando. No futuro você será o melhor nadador que o país já viu. Não é?

Algo que não consigo identificar passa pelo rosto dele. E aí ele fala:

— É verdade. Tenho tantas medalhas que preciso construir um anexo em casa para exibi-las.

Ele não estava brincando, grita algo dentro de mim. *Está tentando lhe dizer alguma coisa.*

Mas, se Logan é uma das anomalias sobre as quais já ouvi boatos — aquelas que recebem uma memória ruim ou, pior, não recebem memória alguma —, eu não quero saber. Passamos meia década afastados. Não vou me preocupar com ele só porque voltou a me considerar digna de sua atenção.

De repente, estou louca para que a conversa termine. Procuro a mão de Jessa e encontro seu cotovelo.

— Desculpe-me — digo a Logan —, mas precisamos ir.

Jessa entrega a ele o buquê de folhas, e eu a puxo dali. Estamos quase fora de alcance quando ele chama.

— Callie? Feliz Véspera da Memória. Que a alegria do futuro a ampare pelas provações do presente.

É a saudação padrão, dita na véspera do décimo sétimo aniversário de todo mundo. No passado, esta fala de Logan teria me deixado ruborizada, mas desta vez suas palavras só provocam um arrepio na espinha.

Entramos na casa, sentindo cheiro de bolo de chocolate. Minha mãe está na copa, o cabelo castanho-escuro torcido num coque, ainda vestindo o uniforme com o emblema do ComA costurado no bolso. Ela é supervisora de robôs em uma das agências, mas é paga pelo Comitê de Agências, ou ComA, a entidade governamental que administra nossa nação.

Largamos a mochila da escola e corremos. Abraço minha mãe por trás, e Jessa ataca suas pernas.

— Mãe! Você está em casa!

Minha mãe se vira. Tem açúcar de confeiteiro grudado na bochecha e cobertura de chocolate escurecendo uma sobrancelha. A luz vermelha que normalmente pisca em nosso Preparador de Refeições está apagada. Ingredientes verdadeiros — pacotes de farinha de trigo, uma caixa pequena de leite, ovos *de verdade* — estão espalhados pela mesa de refeições.

Levanto as sobrancelhas.

— Mãe, está cozinhando? Manualmente?

— Não é todo dia que minha filha faz 17 anos. Pensei em tentar um bolo, em homenagem à minha futura Chef Manual.

— Mas como você... — Minha voz falha quando localizo a pequena máquina retangular no chão. Tem uma porta de vidro com maçanetas de um lado, duas prateleiras de metal e uma mola que fica vermelha quando está quente.

Um forno. Minha mãe comprou para mim um forno que funciona.

Minha mão voa à boca.

— Mãe, isso deve ter custado cem créditos! E se... E se minha memória não me mostrar como uma chef de sucesso?

— Não foi fácil encontrar, te digo isso. — Ela pega o pano que tem na cintura e o sacode. Uma nuvem de farinha toma o ar. — Mas tenho uma fé absoluta em você. Feliz Véspera da Memória, meu amor.

Ela coloca Jessa no quadril e me puxa num abraço, e assim ficamos sob o círculo de seus braços, como sempre foi. Só nós três.

Tenho poucas lembranças do meu pai. Ele representa tanto um buraco enorme na minha vida quanto uma sombra que fica à espreita pelos cantos, fora de alcance. Antigamente eu atormentava minha mãe, querendo detalhes, mas esta noite, na véspera do meu décimo sétimo aniversário, basta o conhecimento pesado da existência dele.

Minha mãe começa a tirar os ingredientes da mesa, a pele nua e reluzente de seu pulso captando a luz que emana das paredes. Ela não tem uma tatuagem. As memórias do futuro só chegaram sistematicamente alguns anos antes, e minha mãe não teve a sorte de receber as dela.

Talvez, se tivesse recebido, ela não tivesse perdido o emprego. Antigamente minha mãe era médica socorrista, mas, à medida que aparecia um número cada vez maior de candidatos com chips de memória mostrando futuros diagnosticadores competentes, foi só uma questão de tempo para ela ser rebaixada a supervisora de robôs. "Eles não têm culpa", dissera ela, dando de ombros. "Por que assumir um risco quando você pode apostar no que é certo?"

Sentamo-nos para um jantar em geral reservado ao Ano-novo. Tudo tem um leve gosto de plástico típico da comida feita no Preparador de Refeições, mas o banquete em si não tem rival nos melhores estabelecimentos de culinária manual. Um frango inteiro assado, com a pele dourada e crocante. Purê de batatas leve, com manteiga. Ervilhas na vagem e salteadas com dentes de alho.

Passamos a maior parte do jantar caladas; não podemos falar com a boca tão cheia. Jessa saboreia as ervilhas, como se fossem doces, mordiscando as pontas e rolando-as na boca antes de chupar a vagem inteira para dentro.

— Devíamos ter convidado aquele menino para jantar — diz ela, com uma ervilha pendurada na boca. — Tem comida demais aqui.

As mãos de minha mãe ainda estão na colher de servir.

— Que menino? — indaga ela.

— É só um colega de turma. — Sinto as bochechas corando e me lembro de que não tenho motivo para sentir vergonha. Não gosto mais de Logan. Sirvo-me de mais carne dourada. — A gente encontrou com ele no parque. Não foi nada demais.

— Antes de mais nada, por que vocês estavam lá?

De repente o frango fica seco na minha boca. Estraguei tudo. Sei disso. Mas hoje não suportei ficar entre quatro paredes. Precisava sentir o calor do sol no rosto, olhar as folhas e imaginar meu futuro.

— A gente só conversou com ele um minuto, mãe. Jessa estava adivinhando a cor das folhas antes de elas caírem, e eu quis me certificar de que ele não ouviu...

— Espere um minutinho. Ela estava fazendo o quê?

Epa. Resposta errada.

— Nada demais...

— Quantas vezes?

— Umas vinte — confesso.

Minha mãe puxa o colar de debaixo da blusa, onde normalmente fica, e rola o crucifixo entre os dedos. Não devemos usar símbolos religiosos em público. Não que a religião seja ilegal. É só... desnecessária. As tradições da era Pré-Boom proporcionavam conforto, esperança e tranquilidade aos que acreditavam — em resumo, tudo que a memória do futuro nos dá agora. A única diferença é que de fato temos provas de que o futuro existe. Quando rezamos, não é para deus nenhum, mas para o Destino em si e o curso predeterminado que ele estabelece.

Mas minha mãe pode ser perdoada por se prender a uma das antigas crenças. Afinal, ela nunca teve seu vislumbre do futuro.

— Calla Ann Stone. — Ela segura o crucifixo. — Eu dependo de você para manter sua irmã em segurança. Isso significa que você não pode deixá-la falar com estranhos. Não pode parar num parque quando voltam da escola. E não pode exibir as habilidades dela para ninguém.

Olho minhas mãos.

— Desculpe, mãe. Foi só dessa vez. Jessa está em segurança, garanto. O irmão de Logan mesmo foi levado pelo ComA. Ele nunca a delataria.

Pelo menos, acho que não. Por que ele *falou* comigo hoje? Podia muito bem estar espionando Jessa. Talvez agora ele trabalhe para o ComA. Talvez a denúncia dele vá ser responsável por levarem minha irmã embora.

Ou talvez isso não tenha nada a ver com Jessa. Talvez a queda das folhas o tenha feito se lembrar de outra época, quando éramos amigos. Minha mente vagueia a um livro antigo de poemas que minha mãe me deu quando fiz 12 anos. Prensada entre as páginas, ao lado de um poema de Emily Brontë, está uma folha vermelha esfarelada. A primeira folha que Logan me deu na vida. Um pedacinho do meu coração, que eu nem mesmo sabia que ainda existia, bate em meu peito.

— Vocês tiveram sorte. — Minha mãe vai à bancada e pega o suporte do bolo. — Da próxima vez, pode não dar tão certo assim.

Ela coloca o suporte na mesa de refeições e levanta a tampa. O bolo de chocolate está mais alto de um lado que do outro, a cobertura é uma gororoba bagunçada. Cada marca do trabalho manual é uma censura a mim. Está vendo o quanto sua mãe se esforçou? É assim que você retribui?

— Não vai haver uma próxima vez — digo. — Desculpe.

— Não peça desculpas a mim. Pense em como você se sentiria se nunca mais visse sua irmã.

O bolo de chocolate flutua diante dos meus olhos. Isto é muito injusto. Eu nunca deixaria que tirassem Jessa da gente. Minha mãe sabe disso. Eu só queria ver o sol. Não é o fim do mundo.

— Isso não vai acontecer — asseguro.

— Você não tem como saber.

— Eu tenho! Você vai ver. Vou receber minha memória amanhã e nela seremos felizes e ficaremos em segurança para sempre, juntas. Aí você não vai poder mais gritar comigo! —

Levanto de um salto, e meu braço esbarra no suporte, que vira para o chão, espatifando o bolo em centenas de pedacinhos.

Jessa chora e sai correndo da sala. Eu tinha me esquecido de que ela ainda estava ali.

Minha mãe suspira e contorna a mesa para colocar a mão no meu ombro. A tensão derrete, levando consigo nossa culpa por discutir na frente de Jessa.

— O que você quer? Limpar esta bagunça ou falar com sua irmã?

— Vou falar com Jessa. — Em geral eu deixo as coisas difíceis para minha mãe, mas não suporto remexer o bolo de chocolate, procurando pelos poucos pedaços que consigo recuperar.

Mamãe aperta meu ombro.

— Tudo bem.

Viro-me para sair e vejo a mesa de refeições com seus pratos vazios e guardanapos embolados, os farelos cobrindo o chão, como uma jardineira virada.

— Desculpe pelo bolo, mãe.

— Eu amo você, meu docinho — diz minha mãe, o que não é uma resposta, porém responde a tudo que importa.

Jessa está enroscada na cama, com seu cachorrinho de pelúcia roxo, Princess, enfiado embaixo do queixo. A luz das paredes foi diminuída, assim a única iluminação vem da lua se esgueirando por entre as persianas.

— Toc, Toc — digo à porta.

Ela resmunga alguma coisa, e eu entro no quarto. Sentando-me na cama, passo a mão em suas costas, entre as omoplatas.

Por onde devo começar? Minha mãe é muito melhor nisso do que eu, mas ela teve um turno a mais no trabalho e cada vez mais eu preciso substituí-la.

Antigamente eu tinha medo de falar a coisa errada. Quando disse isto a mamãe, ela soprou a franja da testa. "Você acha que sei o que estou fazendo? Eu invento enquanto falo."

Então dei a minha irmã uma tigela de sorvete quando Alice Bitterman disse a ela que as duas não eram mais amigas. E quando Jessa falou que tinha medo dos monstros embaixo da cama? Dei a ela um *Taser* de brinquedo e disse para atirar neles.

Talvez não seja o melhor jeito do mundo de lidar com os filhos, mas eu não sou mãe.

Jessa vira a cabeça e, com o brilho das paredes, vejo lágrimas em seus olhos. Meu coração se aperta. Eu abriria mão de todo meu jantar para mandar essa tristeza embora. Mas é tarde demais. A comida se aloja em meu estômago, pesada e densa.

— Eu não quero ir embora — diz ela. — Quero ficar aqui, com você e a mamãe.

Pego-a nos braços. Seus joelhos cutucam minhas costelas, e a cabeça não se encaixa muito bem debaixo do meu queixo. Princess cai no chão.

— Você não vai a lugar algum. Eu prometo!

— Mas a mamãe falou...

— Ela está com medo. As pessoas dizem todo tipo de coisa quando sentem medo.

Ela coloca um nó do dedo na boca e rói. Anos atrás, fizemos seu desmame do hábito de chupar o dedo, mas é complicado se livrar de velhos hábitos.

— Você não tem medo.

Ah, se ela soubesse! Eu tenho medo de tudo. De altura. De lugares fechados. Tenho medo de que ninguém vá me amar como meu pai amou minha mãe. Tenho medo de que o dia de amanhã não vá me dar as respostas que estive esperando.

— Isso não é verdade — digo em voz alta. — Eu tenho medo de uma coisa.

— Do quê?

— Do monstro das cócegas! — E eu ataco. Ela dá um gritinho e se encolhe toda, jogando a cabeça para trás. Estremeço quando seu rosto quase bate na cabeceira de metal. Mas é isso que quero. Uma risada que sacuda seu corpo inteirinho. Gritos que vêm da boca do estômago.

Depois de vinte segundos inteiros, eu paro. Jessa desaba no travesseiro, deixa os braços pendurados pela beira da cama. Quisera eu poder acabar com esse assunto com tanta facilidade.

— Pra que eles vão me querer? — pergunta ela, enquanto a respiração vai se acalmando. — Eu só tenho 6 anos.

Solto um suspiro. Eu devia ter feito cócegas por mais tempo.

— Não sei bem. Os cientistas acham que as capacidades paranormais são o que há de mais avançado na tecnologia. Eles querem estudá-las para poder aprender.

Ela senta e balança as pernas pela beira da cama.

— Aprender o quê?

— Acho que aprender mais.

Olho suas pernas magricelas, os joelhos ralados da queda do aerobarco. Ela tem razão. É ridículo. O talento de Jessa é um truque de salão e não passa disso. Ela consegue enxergar alguns minutos no futuro, mas nunca pôde me dizer nada realmente significativo — como vou me sair numa prova importante, por exemplo, ou quando darei meu primeiro beijo.

A testa de Jessa relaxa enquanto ela se aninha no travesseiro.

— Bom, fala pra eles, tá bom? Fala pra eles que não sei de nada, e assim eles vão deixar a gente em paz.

— Pode apostar, Jessa.

Ela fecha os olhos, e, alguns minutos depois, ouço sua respiração lenta e regular. Eu me levanto, prestes a escapulir do quarto, quando ela chama:

— Callie?

Eu me viro.

— Sim?

— Você pode ficar comigo? Não é só até eu dormir. Pode ficar comigo a noite toda?

É véspera do meu aniversário de 17 anos. Preciso ligar para Marisa, especular com ela pela última vez qual será minha memória — se eu me verei como chef manual ou se terei uma profissão totalmente diferente.

A gente sabe que isso pode acontecer. Olha só Rita Richards, da turma à frente da minha. Nunca tocou num teclado na vida, mas sua memória a mostrou como uma pianista clássica de sucesso. Agora ela estuda no conservatório, com todas as despesas pagas.

E no início deste ano, Tiana Rae apareceu na escola de olhos injetados quando sua memória revelou uma carreira futura como professora, e não como cantora profissional. Ainda assim, todo mundo concordou que era melhor descobrir agora o que não vai acontecer em vez de passar a vida inteira tentando, sem conseguir.

Quaisquer que sejam as possibilidades, uma coisa é clara: eu preciso passar esta noite na minha cama, a sós com meus pensamentos. Mas Jessa não vai notar se eu sair dez minutos depois de ela cair no sono. E amanhã ela nem vai se lembrar de ter me pedido para ficar.

— Tudo bem. — Vou até sua cama.

— Promete que não vai embora. Promete que vai ficar pra sempre.

— Eu prometo. — É uma mentira, mas das pequenas, tão boba que praticamente não existe. Não posso ficar preocupada. Chegou. O momento pelo qual esperei a minha vida toda.

Amanhã, tudo vai mudar.

2

Empoleirado num penhasco que dá para um rio, o prédio de aço e vidro eleva-se da floresta, como uma serpente saindo da arrebentação, todo linhas curvas e escamas reluzentes.

Engulo em seco ao sair do trem-bala. A AMFu, Agência de Memória do Futuro. O lugar onde receberei meu vislumbre do futuro. Em cidades por toda a Amerie do Norte, existem prédios parecidos, agências regionais que os moradores podem procurar para receber sua memória. Mas como moro em Eden City, o capitólio da nação, esta agência é a mais bonita e a maior de todas.

É claro que a AMFu não ocupa o prédio inteiro. Descendo bem além nas entranhas da terra, nos andares subterrâneos da estrutura, os cientistas da APTec, a Agência de Pesquisa Tecnológica, dissecam o cérebro de seus objetos de estudo paranormais.

Meu estômago dá uma cambalhota lenta, como acontece sempre que alguém sequer menciona o termo "APTec". Mas não estou indo à esta parte do prédio. Estou aqui para obter minha memória do futuro, e os cientistas não terão motivos para perceber minha presença. Nem de minha irmã.

Na entrada, submeto-me a uma varredura de identidade embutida em meu pulso direito. Lá pelo final da tarde, terei um chip semelhante implantado no pulso esquerdo, contendo minha memória futura. Um robô me leva a uma sala de reuniões, onde mais ou menos vinte jovens conversam em grupinhos.

Nada de Marisa ainda. Encosto na parede e tento aparentar despreocupação.

Minha melhor amiga e eu fazemos aniversário no mesmo dia. Provavelmente tem algo a ver com o fato de que, quando Logan parou de falar comigo, eu afastava minha cadeira da dele cada vez mais, até que estava praticamente sentada no colo da colega seguinte. Para minha sorte, essa colega era Marisa. Em vez de ficar ofendida, ela soltou uma piada, dizendo que nossa professora tinha garras em vez de unhas, e então ficamos amigas.

Puxo minha trança castanha e comprida por sobre o ombro do macacão prateado e mexo nela. Alguns minutos depois, Marisa entra na sala, saracoteando, com óculos trapezoidais empoleirados no nariz. Na realidade ela não precisa dos óculos para enxergar. Todo mundo corrige problemas de visão com laser, mas a última moda é se vestir como nossos ancestrais antes do Boom Tecnológico. Assim, as pessoas usam gesso falso nos braços e pernas, e curativos falsos, como se usassem brincos. Teve um cara do outro lado da sala que colou pedaços mínimos de metal nos dentes.

— Vinte e Oito de Outubro! — Marisa se atira em mim. De todos os meus amigos, ela é a única que me chama pelo nome escolar, provavelmente porque temos o mesmo.

Alguns garotos olham fixamente, e ela cumprimenta cada um deles.

— É um prazer te ver, 28 de Outubro. E você também, 28 de Outubro.

Eles evitam o olhar dela, como se ela tivesse entendido o nome deles errado. É claro que ninguém errou. Neste Dia da Memória, todos na sala têm o mesmo nome.

Marisa volta-se para mim e entrelaça a mão na minha.

— Está preparada pra isso? — pergunta, séria pela primeira vez.

— Estou morta de medo — confesso.

Ela aperta mais minha mão. Nós duas sabemos o quanto esse dia é importante. Ele vai determinar o rumo que tomaremos, a profissão que teremos. Estabelecerá os parâmetros para o restante de nossa vida.

— Quem dera nosso coração não estivesse no campo das artes — diz ela alegremente. — Que pena que não queremos ir para a manutenção de robôs. Há muitas vagas por lá.

Dou uma risadinha. Minha melhor amiga quer ser atriz de teatro e provavelmente vai conseguir isso. Com os olhos castanhos e grandes e a pele muito bronzeada, ela chama atenção aonde quer que vá. E possui o talento que combina com sua aparência. Ela conquistou o papel principal nas peças de teatro da nossa escola nos últimos quatro anos e ficou famosa por levar a plateia às lágrimas com uma única frase.

— Ah, eu enxergo você embaixo dos robôs o dia todo — digo. — Com graxa no nariz, melecando o cabelo. Quem sabe? Talvez você lance moda.

Neste momento, uma mulher com uniforme da AMFu entra e sobe ao pódio. Supostamente, todas as agências têm igual in-

27

fluência no ComA, mas dizem os boatos que o poder da AMFu está crescendo à medida que a memória do futuro ganha uma importância cada vez maior em nossa sociedade.

O cabelo da mulher é de um prateado brilhante e artificial, o corte rente à cabeça. Não tem mais de 3 centímetros em lugar nenhum. Ela tem mais ou menos a idade de minha mãe, mas a semelhança termina aí. Minha mãe é supervisora de robôs, enquanto o uniforme desta mulher é completamente azul-marinho — blusa marinho, terninho marinho, saia marinho —, a marca de uma autoridade de alta graduação.

— Sentem-se todos — diz ela. Marisa vai diretamente para a fileira da frente, e eu, atrás dela. Depois que nos sentamos, a mulher sorri, mas seus olhos cinzentos continuam inexpressivos.

— Sou a presidente Dresden, chefe da Agência de Memória do Futuro. Primeiro, quero dar os parabéns a vocês por sua entrada na idade adulta. Ao final desta manhã, sua vida mudará para melhor. Pela primeira vez, vocês terão orientação e diretrizes de uma fonte inquestionável e onisciente... o futuro.

Aplausos esparsos irrompem pela sala. A presidente os tolera com um sorriso duro. Os aplausos vacilam, em seguida, cessam.

— Conforme vocês sabem, as primeiras memórias do futuro chegaram há vinte anos. Atingiram os receptores felizardos como raios... ao acaso e de repente... pintando um quadro tão nítido do futuro que eliminaram todas as dúvidas do coração das pessoas. Esses poucos eleitos transformaram-se nos membros mais produtivos de nossa sociedade. E isto não é de se surpreender. Em vez de duvidar de suas decisões, eles puderam investir paixão e energia em empreendimentos nos quais sabiam que teriam sucesso.

"Dez anos atrás, a AMFu descobriu que essas memórias não chegavam absolutamente de forma aleatória. Todo cidadão sob a jurisdição do ComA recebe uma memória de seu eu futuro em seu décimo sétimo aniversário. Precisamos apenas ensinar vocês a abrir a mente de forma a ter acesso a tais memórias, uma diretriz que a AMFu vem cumprindo com sucesso retumbante."

A presidente Dresden faz uma pausa, como se à espera de aplausos. Mas a plateia não tem mais tanta certeza do que é aceitável e ela é recebida com silêncio. Ela arqueia uma sobrancelha e continua:

— Nossa esperança é que esta memória venha a servir como um farol para vocês, guiando-os pelas águas traiçoeiras da vida. Mas não ignorem os perigos. — Ela encara cada um de nós. Sinto o metal frio da cadeira através de meu macacão quando seu olhar pousa em mim. — Alguns de vocês talvez considerem o futuro garantido. Podem ficar tentados a relaxar, se rebelar, até infringir a lei. Essencialmente, podem se considerar invencíveis. Isto seria um erro.

Ela sai de trás do pódio. Talvez não seja sua intenção que o movimento soe ameaçador, mas minhas mãos ficam pegajosas de suor.

— A memória que vocês estão prestes a receber não passa de um fragmento de seu futuro. Não conta toda a história. Não se enganem, a memória do futuro não os protegerá das leis da física. Não lhes dará imunidade das diretrizes do ComA. Se vocês se jogarem de um penhasco, vão se machucar. Talvez vocês ainda consigam fazer descobertas científicas revolucionárias, mas podem ficar paralisados da cintura para baixo. Se infringirem as leis do Comitê, serão presos. Talvez ainda se tornem cantores famosos, mas gravarão suas músicas do conforto de uma cela.

A sala se agita, e Marisa e eu nos entreolhamos. Não é como se a presidente Dresden estivesse falando alguma novidade. Sempre soubemos que nossas memórias são apenas vislumbres do futuro, mas nunca ouvimos isto ser verbalizado de forma tão ameaçadora.

— Por outro lado, todos vocês sem dúvida ouviram fofocas sobre alguém que conseguiu mudar o futuro. Vou lhes dizer neste momento: não percam seu tempo. A mão do Destino é forte. Todos conhecemos a parábola do homem que voltou no tempo para salvar sua esposa de um afogamento. Ele conseguiu retirá-la da água. Mas no dia seguinte ela caiu de uma escada e morreu mesmo assim.

A presidente fica em silêncio por um minuto inteiro. Depois sorri.

— Mas não vamos nos prender aos aspectos negativos. Um futuro brilhante e luminoso está diante de vocês. Daqui a alguns minutos, cada um será levado à sua sala. Abram a mente como lhes foi ensinado, e a memória virá. Depois disso, vocês irão ao setor de Operações e terão o chip preto implantado no pulso. Por favor, voltem à AMFu daqui a dois dias. As pessoas reagem de formas diferentes a suas memórias do futuro, e queremos nos certificar de que tudo estará evoluindo... com tranquilidade.

Ela se vira para sair, mas para.

— Se você for um dos raros indivíduos que não recebem uma memória, por favor, procure a Divisão dos Sem Memória para processamento posterior. Isso é tudo. Boa sorte.

Guardas de uniformes marinho e branco entram na sala e eu enxugo minhas mãos nas pernas da calça. Não é possível que minha memória não venha. Não consigo nem mesmo cogitar tal possibilidade. Estive esperando por este dia por tempo demais. Quero a memória. Eu preciso dela.

Rezo rapidamente ao Destino. *Por favor, deixe-me ter uma memória maravilhosa. Que hoje seja o primeiro dia do restante da minha vida — uma vida boa e feliz.*

Um dos guardas chama meu nome. Marisa aperta minha mão e fito seus olhos pela última vez. Levantando-me, acompanho o guarda para fora da sala. Ele me leva para onde meu destino me aguarda, onde meu presente e meu futuro estão prestes a entrar em colisão.

3

Quem poderia dizer que o Destino vivia numa caixinha de vidro? O piso é feito de um ladrilho escuro tão brilhante que consigo ver meu reflexo, e um painel de vidro grosso ocupa a parede à frente da sala. Mantos brancos e finos estão pendurados nas outras três paredes, uma tentativa insignificante de fornecer privacidade à sala.

Sento-me na cadeira reclinada. Fileiras de almofadas cilíndricas, com 15 centímetros de espessura, compõem o assento e o encosto. É mais estiloso do que confortável. Coloco um dispositivo de metal na cabeça. Parece o equipamento de proteção que usamos durante a aula de Educação Física, com tiras estreitas e vários orifícios, e está conectado a um aparelho instalado na mesa.

O guarda aperta alguns botões no aparelho. Seu crachá diz "William", e ele parece jovem, não muito mais velho do que eu. Ele tem a cor de cabelo mais bonita que já vi — um castanho avermelhado escuro, entremeado de dourado. Fico tentada a perguntar que salão frequenta, mas ele coloca as luvas com um estalo e introduz um pequeno chip de metal no aparelho.

Minha respiração está entrecortada. O chip de computador que registrará minha memória. Aquele que mais tarde será implantado sob minha pele.

— Não se preocupe — diz ele. — Não dói, prometo.

Passo a língua nos lábios.

— Como conseguiu este emprego? Você o viu em sua memória do futuro?

Ele sorri.

— Não. Meu eu futuro é um pai que cuida dos filhos, com geleia no cabelo e um bando de crianças. Mas a memória da minha namorada a mostrou como chefe da AMFu daqui a trinta anos. Atualmente ela é assistente pessoal da presidente, então creio que eles acharam melhor ser legal comigo, caso ela decida se casar.

Ele estende a mão por baixo da mesa, puxando uma bandeja de recursos para meditação.

— O que você quer? Uma vela, ruído branco, óleos aromáticos?

Olho a vela, meio derretida na bandeja. Quantas memórias foram induzidas pela cera escorrida? Tal ideia me perturba, como se eu estivesse partilhando alguma intimidade com essas pessoas sem rosto. Um frasco verde com óleo aromático me faz pensar em meus ancestrais pré-Boom, respirando um ar infecto.

— Que tipo de ruído branco? — pergunto.

— Canto de passarinhos.

Sério? Isso relaxa as pessoas? Passarinho demais me dá vontade de levar um tiro de Taser.

34

— Acho que vou dispensar todos eles.

William franze a testa.

— Tem certeza? A maioria das pessoas precisa de algo para ajudá-las a atingir o estado de abertura necessário.

— Eu gabaritei todo o Período de Meditação. E estive praticando toda manhã nos últimos seis meses.

Ele dá de ombros e ajeita o dispositivo na minha cabeça.

— Tudo bem. Abra sua mente e concentre-se em receber sua memória. Estarei aqui do lado, monitorando você. Boa sorte.

Antes que eu pudesse dizer mais alguma coisa, ele sai, deixando a porta aberta.

A porta não fica fechada, trancada ou bloqueada. Fica aberta. Uma porta feita de vidro, aberta em ângulo. Como minha mente. Como meu futuro.

Uma onda de alguma coisa flui pelo meu corpo. Sinto em toda parte — nos dedos dos pés e nos cotovelos. Atrás das orelhas. Na ponta do nariz. Mas o que é isso? Será alívio? Estresse? Expectativa?

Remexo-me nas almofadas, e minha concentração vai para o espaço. E se minha memória não vier? Talvez eu devesse ter aceitado a vela. O pânico dispara por mim, e cravo as unhas nas mãos. Não. Assim não dá para pensar. Preciso me concentrar.

Tudo bem. Que outras coisas são abertas? O céu amplo e azul, abrindo-se sobre os campos. Os legumes enlatados que o Preparador de Refeições abre para o jantar. As janelas que abro num dia quente de verão.

A memória do futuro que flui para minha mente aberta e preparada.

Aberta, aberta, aberta.

Sinto alguma coisa de novo, desta vez mais forte. Ah, nossa. Não são minhas emoções — é minha memória. Minha *memória*. ABERTA.

*C*aminho por um corredor. Tem piso de linóleo verde, com telas de computador embutidas a intervalos regulares. As paredes iluminadas brilham com tanta intensidade que consigo distinguir uma pegada parcial no chão. O cheiro acre de antisséptico faz meu nariz arder.

Viro num canto e contorno os restos de um vaso de cerâmica espalhados. Um rastro de terra, como farelos de pão, leva ao galho quebrado de uma planta e a folhas verdes e soltas.

Passo por mais um corredor, idêntico. Depois outro. E mais um.

Enfim, paro diante de uma porta. Uma placa dourada, com espirais em caracol decorando cada canto, traz o número 522. Entro. O sol brilha pela janela, a primeira janela que vi neste lugar. No peitoril há um ursinho de pelúcia com uma fita vermelha; tirando isso, tudo é de um branco hospitalar. Paredes brancas, persianas brancas, lençóis brancos.

No meio dos lençóis está Jessa.

Bem jovem, um pouco mais velha em relação a quando a vi ontem. Seu cabelo cai nos ombros, embaraçados e soltos. Fios se projetam do corpo, como as serpentes da Medusa, correndo sinuosamente para todo lado antes de terminar em uma dentre várias máquinas.

— Callie! Você veio! — Os lábios de minha irmã se curvam num lindo sorriso.

Tenho alguma coisa na mão, algo duro, pequeno e cilíndrico.

— É claro que eu vim. Como estão tratando você?

Jessa torce o nariz.

— A comida é nojenta. E eles não me deixam brincar lá fora.

Flexiono a mão e rolo um objeto na palma. É uma seringa, com um líquido transparente dançando no cilindro. Uma seringa. Estou segurando uma seringa.

— Quando você sair, vai poder brincar o quanto quiser. — Afasto os fios de seu peito e coloco a mão em cheio sobre o coração dela. — Eu te amo, Jessa. Você sabe disso, não sabe?

Ela assente. Seu coração bate calmamente na palma da minha mão, a batida forte e segura da total confiança de uma criança na irmã mais velha.

— Me perdoa — sussurro.

Antes que ela possa reagir, chicoteio o braço no ar e enterro a agulha diretamente em seu coração. O fluido transparente deságua dentro da minha irmã.

Jessa me encara fixamente, olhos arregalados e boquiaberta.

Bips altos enchem a sala. Depois o monitor cardíaco mostra uma linha reta.

4

Não consigo respirar. Busco o ar, mas não adianta. Estou me afogando. Estou ensopada de suor, e minha transpiração me afoga. Meu corpo dá um tranco, e alguém encaixa minha cabeça entre os joelhos. Meu reflexo no ladrilho me encara de volta. Estou de volta à sala da memória.

— Respire — diz William. — Não previ isso. Quem era aquela menina?

— Minha irmã — murmuro.

— Você matou sua irmã? Pela mãe do Destino. Quem é você?

Boa pergunta. Quem sou eu? Criminosa. Assassina. Fratricida.

Não. Não. *Não*. Aquilo foi um sonho, uma alucinação. Não foi minha memória. Não o meu futuro.

Só que foi. Sei dizer pela náusea que me aperta o estômago. A dor fantasma no ombro. O pesadelo não está sumindo. É tão real agora quanto foi alguns minutos atrás. Igualmente real e ainda mais horrível.

Ah, minha menina Jessa. A menina que jurei proteger. O que foi que eu fiz?

Começo a tremer, em movimentos insistentes e espasmódicos que fazem vibrar meus ombros e trincar os dentes. Cerro as mãos, mas o tremor só se espalha.

— Acalme-se. — William pega um cobertor numa prateleira e me cobre com ele. — Relaxe por um minuto e não se mexa.

Como se existisse a opção de me mexer. Não sei se um dia terei a opção de voltar a me mexer.

Eu me aninho debaixo do cobertor. Tem cheiro de detergente de lavanderia. As fibras rígidas roçam minha pele, e o suor escorre até meus olhos. Cubro a cabeça com o cobertor até que meu mundo não passe de um pretume intenso e profundo.

William pigarreia. Puxa o cobertor para baixo, vejo que ele ejeta um chip do aparelho. Ele atravessa a sala, abre minha mão e coloca o chip na palma. Olho para o pequeno objeto inexpressivamente.

— Sei que você está em choque — diz ele. — Mas precisa me ouvir com muita atenção. Você teve uma memória atípica, na qual comete um crime classe A. De acordo com a lei da AMFu, tenho de prender você.

— Me prender? — Sento-me reta, e o cobertor cai no chão. — Mas eu não fiz nada de errado.

— Você não fez, mas fará. A lei é clara. Não existe segunda chance na AMFu. Ninguém é inocente até que o crime seja realmente cometido. — Ele vai à porta e me olha. Noto uma gentileza que não tinha percebido até então. — Em exatamente um minuto, vou ativar o alarme. Você precisa sair daqui. Agora.

Minha mente grita com perguntas. Por que você está me ajudando? Quem é você? Para onde vou? Mas ele não está mais ali e o tempo continua correndo.

Fuja!

Meio segundo depois, estou de pé, voando pelo corredor. O clamor de vozes me alcança quando abro uma porta pesada, mas não olho para trás. Direita, depois esquerda, esquerda novamente, passando pela porta da sala de reuniões e... Isso! Uma multidão de gente cuidando da vida. Muitas garotas de macacão de malha prateada, os cabelos escorrendo pelas costas.

Reduzo o passo ao caminhar, e baixo a cabeça quando atravesso o piso. Meus tênis pretos guincham no ladrilho, fazendo meu coração disparar até a garganta. Será que ele já ativou o alarme? O mar de gente de calça azul-marinho e preta flui ao redor sem se abalar. Seus passos batem no chão num ritmo comum de funcionários, não é a batida dura e incansável de policiais perseguindo alguém.

Estou quase na saída quando ouço uma voz masculina.

— Callie? É você?

Numa explosão de velocidade, saio do prédio intempestivamente e corro para as árvores. O trem-bala me levaria para mais longe e com mais rapidez, mas, se eu pegar um compartimento, vão me trancar ali mesmo e ficarei encurralada. Tenho mais chances se me esconder. Tomara que consiga chegar às árvores a tempo.

Vinte metros.

Ouço passos pesados atrás de mim. E estão ficando mais altos. O que só pode significar uma coisa: meu perseguidor está ganhando de mim rapidamente.

Dez metros.

Ande logo, Callie. Corra!

Estou quase lá. Só preciso chegar à mata, depois terei uma chance. Por ali, posso dar uma série de guinadas. Um arbusto atrás

41

do qual me agachar, um tronco por onde subir. Só mais alguns metros. Você pode mantê-los a distância, Callie. Você precisa.

Cinco metros, quatro, três...

Ouço um silvo de movimento e me preparo para ser abordada. Em vez disso, alguém passa roçando por mim, depois reduz o passo, correndo ao meu lado.

Ao meu lado? Como assim?

Vejo um borrão conhecido de feições — depois chego à mata.

— Logan? — Quase tropeço em raízes expostas. — O que está fazendo aqui?

Ele sorri, e aparecem covinhas em seu rosto. O zíper do macacão está aberto alguns centímetros, e ele tem cheiro de cloro, como se tivesse vindo de um treino matinal de natação.

— Só estou sendo um bom cidadão, procurando a AMFu para minha verificação pós-memória.

— Não, quero dizer, por que está atrás de mim? Você trabalha para a AMFu?

— É claro que não. Essa é a última coisa que eu faria. — Seu tom me faz pensar no garoto que foi meu amigo um dia. Aquele cujo cabelo espigava atrás, que era meu defensor contra todos os menosprezos, reais e imaginários. — Eu te chamei, e você saiu correndo. Queria saber se você estava bem.

Posso confiar nele? Olho para trás. O prédio de vidro e aço assoma às minhas costas. Enquanto estou olhando, uma sirene penetra o ar, provocando o chilrear de alguns pássaros numa árvore. Meu coração para. O alarme.

Tomo uma decisão instintiva. Não há tempo para mais nada.

— Estou encrencada, Logan.

— Não me diga que isso tudo é por sua causa.

— Eles iam me prender. Eu fugi.

Ele franze as sobrancelhas, como se talvez lamentasse ter seguido uma foragida para a floresta.

— O que você fez?

— Nada! — Eu não devia ficar indignada. No futuro, eu mato minha irmã. O quanto antes eu aceitar isso, melhor. — Quase nada... Foi minha memória.

— Eles estão perseguindo você por causa de alguma coisa que você fez em sua memória?

Concordo com a cabeça. Sob o zumbido da sirene, ouço o latido fraco de cães. Ah, meu Destino. Os cães são treinados para seguir um cheiro. Meus joelhos vergam, e caio no chão acidentado.

Logan segura meu braço e me vira para ele.

— Sua memória. Foi tão ruim assim?

Pisco rapidamente. Não vou chorar. Se chorar agora, talvez eu me coloque à mercê dos cachorros.

— Foi ruim — sussurro. — Muito ruim.

— Tudo bem — diz ele. — Venha comigo.

Entramos mais fundo na floresta. Se Logan está tomando uma trilha marcada, não consigo ver. Mas seu passo é firme e seguro, então ele deve saber para onde estamos indo.

As árvores ficam densas, e um dossel de folhas se fecha sobre nossa cabeça, e assim corremos nas sombras, apesar do forte sol da manhã. Pedras e vegetação se espalham pelo chão, e o ar é úmido e frio. De vez em quando, ouço o latido de um cachorro, mas tão distante que começo a relaxar. Eles não iam se empenhar tanto para me encontrar. Sou apenas uma menina. Não tenho nenhum poder genuíno. Não represento uma ameaça real.

A não ser, talvez, para minha irmã mais nova.

Minha respiração fica presa num soluço. Minha mãe deve estar acordada agora. Provavelmente sentada com Jessa à mesa das refeições, olhando o relógio enquanto o chá de hortelã das duas esfria. Elas vão ficar preocupadas se eu não voltar para casa. Eu devia contar a elas o que aconteceu. Mas mesmo que consiga fazer com que um recado chegue às duas, o que eu poderia dizer? *Desculpe-me, Jessa, eu adoraria voltar e comer a torrada que você pediu para mim, mas por acaso vou te matar daqui a alguns meses.*

Meu rosto se contorce, os olhos ardem por causa das lágrimas contidas. Levo a mão à boca e mordo com força. Não posso fazer isso agora. *Não consigo* fazer isso. Uma matilha de cães espera para me arrastar daqui. Preciso me controlar se quiser escapar.

Passo os olhos pelas costas de Logan. Ele tem o tronco clássico de um nadador: ombros largos e cintura estreita. Através do borrão das lágrimas, vejo seus músculos se flexionando por baixo do macacão prateado. Isso é bom — pense nas costas dele. Pense que Marisa ia ficar babando com a visão.

Marisa. Prendo a respiração de novo. Ela deve ter recebido sua memória. Deve ter visto a si mesma como uma atriz de teatro famosa. Eu jamais a verei no palco. Jamais a verei novamente.

Expiro, lentamente. Também não posso pensar nela. Concentro-me em escalar as pedras adiante. O terreno tem um aclive, e as árvores aqui são mais esparsas. Consigo ver o sol novamente, ele arde em minhas orelhas, e o suor se condensa na minha testa como gotas na parede de um copo d'água. Parece que estou caminhando há uma eternidade, mas provavelmente não se passaram mais do que dez minutos.

— Para onde estamos indo? — pergunto.

Logan olha para trás, examinando o terreno abaixo de nós.

— Você não pode ficar aqui. Eles vão te encontrar, não importa onde você se esconda.

— Para onde você sugere que eu vá?

Estamos subindo, subindo sem parar. Não há nada aqui além de um penhasco que termina num beco sem saída rumo ao vazio, com um rio rugindo abaixo.

Ele estreita os olhos para mim, sob o calor incomum para a época. Aí, de súbito, entendo.

— Não — sussurro. — Não vou pular no rio. Isso é suicídio.

— Não se você souber onde pular. Não se você tiver um lugar para ir.

Mas do que ele está falando?

— É claro que não tenho.

— Eu tenho — diz.

Ele continua a subir. Eu acompanho, consciente do espaço que nos separa. Tomei a decisão de confiar nele num estalo, mas talvez estivesse errada. Talvez minha capacidade crítica estivesse prejudicada. Eu sentia medo e queria confiar nele mais uma vez. Só que as pessoas mudam em cinco anos. Talvez ele não seja mentalmente são. Porque, sabe essa ideia que ele está propondo? É loucura.

Uma lembrança lampeja na minha cabeça. Eu tinha 11 ou 12 anos, e fazíamos um piquenique nos penhascos perto do prédio de vidro e aço que dá para o rio. Minha mãe ninava Jessa, então escapuli para a beira, muito mais perto do que ela normalmente permitia. Queria ver a água batendo nos rochedos, imaginar a espuma branca e majestosa espirrando em minha pele. Em vez disso, vi uma mulher subindo na grade de metal...

e mergulhando da beira. Ela ficou no ar por um momento infinitesimal, apanhada nos raios solares, como que pelo flash de uma câmera. Depois estatelou nos rochedos abaixo.

Desde então, tive pesadelos nos quais caía para minha morte. Mas não vou contar isso a Logan.

Chegamos ao topo. O terreno forma um platô antes de descer numa escarpa. Ali não tem grade de metal para garantir a segurança das pessoas. Só a terra dura e tostada, esfarelada em poeira e grumos granulados.

Logan se vira para mim.

— Escute bem, Callie. Tem um porto seguro na mata. Chama-se Harmony e é um refúgio para qualquer um que queira ter uma nova chance na vida. Para pessoas com capacidades paranormais que são perseguidas pela APTec. Gente como você, que quer escapar do futuro.

Cerro as mãos junto ao corpo.

— Como sabe disso?

— Meu irmão — diz ele. — Depois que foi preso pela APTec, minha família passou a pertencer à Resistência, o grupo que criou Harmony. Para o caso de irem atrás de qualquer outro que conhecíamos.

Olho fixamente para ele, com mil perguntas na língua. Mas todas desaparecem diante da ideia do local chamado Harmony. Um lugar para recomeçar, fingir que minha memória jamais aconteceu. Seria possível?

Só o que preciso fazer é pular deste penhasco. Abandonar tudo que já conheci.

Balanço a cabeça com força.

— Não sei no que eu estava pensando, fugindo daquele jeito. Não posso fugir do meu futuro. Sou uma criminosa.

— Você se dá conta do que está falando? A única coisa que você fez foi sentar numa cadeira desconfortável e receber uma memória do futuro. Nada mudou. Você ainda é a mesma Callie que era hoje de manhã.

— Você não entende. Minha memória...

— Ainda não aconteceu! — Ele estende o braço como quem quer segurar meus ombros, mas está afastado demais. — E se você puder mudar seu futuro? E se você tornar a realização de sua memória fisicamente impossível? Acho que você teria uma boa chance de fazer isso se desaparecesse.

— Mas a presidente disse que isso era impossível.

— Ela mentiu — diz ele, categoricamente. — Todo nosso sistema socioeconômico é baseado em memórias do futuro que se tornam realidade, então é claro que ela precisa dizer isso. Não vai ser fácil, uma vez que todo o Destino está agindo contra você. Vai ser preciso uma enorme força de vontade e energia, o que a maioria das pessoas não tem. Mas aconteceu. Eu já vi.

Fico olhando para ele. Será que ele tem razão? Não tenho mais certeza de nada. Mas é a primeira centelha de esperança que tenho desde que recebi minha memória. Se eu nunca mais encontrar Jessa, então não poderei matá-la, não é? Ou o destino vai me levar de volta a minha irmã, independentemente do que eu faça?

— Digamos que exista uma pequena chance de eu ter razão — provoca ele. — Não vale a pena tentar?

Sim! Mil vezes sim! Salvar a vida de Jessa? Eu moveria montanhas por essa oportunidade... Ou pularia em rios caudalosos, cheios de rochedos.

Ainda assim, hesito.

— Não sou tão forte — sussurro. — Não consigo nem mesmo desafiar meus professores na escola. Como posso me colocar contra o Destino?

Ele me olha como se pudesse enxergar minha alma.

— Se existe alguém que pode, é você.

Quero acreditar nele com todas as células do meu corpo. Mas o que Logan Russell sabe? Ele não falava comigo havia cinco anos.

— Não posso lutar contra o Destino. Mas sei quem pode. A AMFu. Vou deixar que me prendam. Que me tranquem, assim *não poderei* realizar minha memória. Mesmo que eu queira.

Ele para.

— Mas assim você ficaria em detenção. Pelo resto da vida.

Você nunca mais verá o sol, sussurra uma voz dentro de mim. *Nunca vai se casar e ter uma família. O interior de uma cela será seu lar até o fim de seus dias.*

Não ligo. Lágrimas escorrem pelas minhas bochechas, e as enxugo. É da minha irmã que estamos falando. Minha irmã!

— Não consigo sequer imaginar fazer o que meu eu futuro fez. — Engulo em seco. — Mas aconteceu. Então não posso garantir que eu não mudaria de ideia. — Endireito os ombros. — A coisa mais segura a fazer, para mim, é tirar a decisão das minhas mãos. E a oferta da AMFu é justamente essa.

Ele diminui a distância entre nós.

— Você não pode se entregar, Callie. Pense no que está dizendo.

— Você e a presidente disseram isso... A mão do Destino é forte. Preciso tomar medidas extremas para derrotá-lo. O que pode ser mais extremo do que ir para a detenção?

Ele abre a boca, mas, antes que possa dizer alguma coisa, eu me viro e olho colina abaixo.

— Eles estão chegando.

Uma matilha acelerada de cães de caça arrasta consigo um borrão de guardas de uniforme azul-marinho e branco. Estão começando a subir, mas os cachorros galopam pelo aclive, como se estivessem loucos para me dilacerar. Tenho no máximo um minuto.

Minha mão se fecha no chip preto, e eu o retiro do bolso. Sem pensar duas vezes, jogo-o com toda força pelo precipício. Pronto. Acabou. Só porque estou me entregando, não quer dizer que tenha de contar a eles sobre Jessa. Eles não precisam de nenhum outro motivo para investigá-la.

Volto-me para Logan. Seus olhos me penetram com uma profunda e inefável expressão de pesar. Será que ele realmente se importa? Será que por baixo dos anos de silêncio e traição, ainda resta uma lasca de amizade?

— Eu sinto muito, Callie.

Tem tanta coisa que quero dizer. Vou me afastar por um tempo muito longo. Esta é minha última chance de resolver nossas mágoas antigas. A última oportunidade de sentir o contato humano de verdade.

Minha última chance para um beijo. Ah, como eu quero me inclinar e colar a boca na dele. Não quero morrer sem jamais ter beijado um garoto.

Mas não há tempo. O latido dos cães rompe o ar como o matraquear de uma metralhadora. Ouvimos o arrastar de pés na terra. Os policiais estarão em cima de nós a qualquer momento.

— Vai! — grito para Logan. — Saia daqui, antes que eles prendam você também.

Ele abre a boca para dizer alguma coisa, mas balanço a cabeça.

— Não. Não dificulte as coisas ainda mais.

De sobrancelhas franzidas, Logan concorda, dá um último aperto no meu braço e desaparece do outro lado da colina.

Acabou. Meus momentos derradeiros de liberdade.

Virando-me, levanto as mãos, rendendo-me. Respiro fundo, saboreando a liberdade do ar da montanha. E então caminho diretamente para os policiais.

5

— Você tem o direito de permanecer calada — recita um policial. — Nada do que fizer poderá salvá-la, mas qualquer coisa que disser poderá ser usada contra você.

Meus pulsos são amarrados às costas, e um choque elétrico percorre meus braços. A corrente marcha pela pele como uma fileira de formigas lava-pés. O policial fecha outra algema em meus tornozelos, e as formigas intensificam o ataque pelas minhas pernas. Trinco os dentes, lutando para não gemer.

Um pano sujo é enfiado na minha boca. Minha língua se retrai, procurando escapar, mas não há para onde ir. Sinto o gosto da saliva de outras pessoas, e a bile sobe à garganta. Mas a mordaça bloqueia sua única saída, então sou obrigada a engoli-la.

— Você não terá direito a um advogado — diz o policial. — Não será julgada em um tribunal. Sua memória futura serve como indiciamento, julgamento e condenação.

Eles me arrastam colina abaixo, e meus pés chutam enormes quantidades de poeira, o que faz meus olhos arderem e lacrimejarem. Tusso com força, mas eles não retiram o pano. Os policiais me levam de volta ao prédio, para dentro de uma cápsula elevador. Saímos em um andar muito diferente daquele onde recebi minha memória.

Tudo é cimento; paredes e piso. O ar não se mexe ali, como se estivesse preso no subsolo e não tivesse para onde ir. O cheiro é composto por duas partes de urina e uma de excremento.

Mãos sacodem meu corpo, retirando as algemas dos tornozelos e dos pulsos. A eletricidade para, e cuspo o pedaço de pano, desabando no chão de uma estreita área de entrada.

Alguém me cutuca as costelas.

— Está viva? — Os dedos me cutucam de novo, desta vez na barriga. — Vamos lá. Mexa-se um pouco. Sente alguma coisa?

Encaro a guarda corpulenta.

— Que bom — diz ela. — Você sobreviveu às eletroalgemas.

Ela coloca um capacete na minha cabeça e o conecta a um maquinário com um monte de telas digitais. Preparo-me para receber um choque elétrico. Mas nada acontece. Aparecem números nas telas: 89... 37... 107... 234. Não significam nada para mim.

Alguns minutos depois, a guarda tira o capacete e me coloca de pé. Tira minha roupa e me empurra para um jato quente. Eu me encolho, cobrindo-me, e ouço sua gargalhada áspera.

— Você não tem nada que eu já não tenha visto, garotinha.

Continuo recurvada mesmo assim. A água agulha minha pele, depois a guarda me arranca dali, pingando, e joga um macacão amarelo para mim. É muito parecido com o uniforme da minha escola, porém feito de um tecido mais áspero. Mal tenho tempo de passar braços e pernas pelos buracos quando sou jogada em um corredor. O macacão roça na minha pele a cada movimento, o tecido grosseiro lixando as células, as mortas e as vivas.

A guarda me atira numa cela, e fico sozinha. Pela primeira vez na vida, estou verdadeira e completamente só.

Os minutos se estendem em horas. O ronco no meu estômago é meu único marcador do tempo.

A certa altura, uma tigela de água turva é empurrada pela fresta na porta. Engatinho até lá e dou uma cheirada. Tem odor de urina, mas tudo ali fede a urina. Bastaram algumas horas para minha pele já ter absorvido o cheiro.

O que é pior? Ficar fedendo a urina ou nem mesmo perceber isso? Receber uma água suspeita ou ficar com tanta sede a ponto de se esbaldar nela mesmo assim?

Bebo a água. Tem gosto rançoso e cálcico, eu torço o nariz.

De imediato penso na minha irmã da memória futura, retorcendo o narizinho. "A comida é nojenta", disse ela. "E eles nunca me deixam brincar lá fora".

A memória completa roda na minha mente, do início ao fim, cada detalhe nítido e nuançado. É como se eu a estivesse revivendo.

Reduzo o ritmo da memória, congelando cada quadro, analisando. Deve haver alguma pista ali, algo que me faça entender como pude fazer uma coisa daquelas.

Na memória, o cabelo de Jessa caía nos ombros. Quando eu a deixei ontem, só chegava ao queixo. Isso significa que tenho tempo. Não muito, porque seu rosto parece o mesmo. Mas pelo menos alguns meses. Talvez um ano.

Ela estava num leito hospitalar. Talvez isto signifique que vá adoecer. Talvez meu eu futuro a mate para poupá-la de uma dor impensável.

Não. Puxo a imagem de seu rosto, aproximando, como se minha visão fosse a lente de uma câmera. Suas bochechas estão meio pálidas, mas os olhos estão atentos. Seu corpo, mesmo deitado, irradia o tipo de energia que apenas associado à saúde.

Giro a imagem, analisando de ângulos variados, mas não consigo encontrar nenhum sinal de doença. Então nada de doença. Mas por que ela está numa cama, com fios saindo da cabeça? Onde ela está?

Minha mente repassa a memória mais uma vez, captando instantâneos — como a placa dourada com quatro caracóis decorando os cantos. Toda agência tem seu emblema. A AMFu, por exemplo, tem a ampulheta. A quem pertencem os caracóis?

Investigo o restante da memória, procurando pistas. Piso de linóleo verde. O ursinho de pelúcia com a fita vermelha. Persianas brancas e lençóis brancos...

Espere um minuto. Prendo a respiração, e a imagem se desmancha na minha mente. Como estou fazendo isso? Não é... normal. A memória está rodando na minha mente como se fosse um filme. Eu a isolo, manipulando cada parte, como se minha mente fosse um... *computador*. Eu não deveria conseguir fazer isso.

Minha pulsação dispara em um milhão de direções. O que está havendo aqui? Isso jamais aconteceu. Será que tem algo de estranho acontecendo nas memórias do futuro? Ou há algo de estranho acontecendo... comigo?

Meu coração martela, e, de repente, não consigo respirar direito. *Não. Pare. Eu estou bem.* Não tem nada de errado comigo. Nunca tive nem um grama de tendência paranormal na vida. Não ia começar agora.

Meu corpo está saturado de emoções, é só isso. Não consigo mais raciocinar.

Então avalio minha cela. Um erro. Não há nada para se ver. É só um espaço de 3x3, com grades pretas numa parede, blocos de concreto para todo lado. Sem janelas. Sem sol.

Será que um dia verei o sol de novo? Neste momento, estou tão feliz por ter levado Jessa ao parque no dia 27 de outubro. Feliz por ter sentido os raios quentes do sol no rosto e no corpo. Feliz por ter dividido uma última tarde com minha irmã. Estou feliz até mesmo por ter encontrado Logan Russell, pois agora, pelo menos, tenho alguém com quem sonhar. Creio que eu tenha mais do que a maioria dos detentos.

O fragmento de gratidão desbota, e busco ar. Detenta. Estou em detenção. A loucura que tentei dominar volta a galope. Engulo o ar e arquejo, como um motor que não dá a partida, mas não consigo encher os pulmões. Meus batimentos cardíacos dobram, depois triplicam. Um oceano ruge em meus ouvidos. Crise de pânico. Estou tendo uma crise de pânico e preciso parar. Pare. *Pare!*

Uma folha vermelha. Trago os joelhos ao peito. Meus dedos ficam dormentes, e eu os flexiono, para dentro e para fora a fim de devolver o fluxo de oxigênio. *Folhas de outono flutuando pelo ar.* Penso nas folhas.

Minha respiração desacelera uma fração. Não parece mais que meu coração vai explodir do peito. E eu me perco no passado.

Só mais um meneio. Uma remexida na cadeira, um leve empurrão dos braços e minha carteira guincha 3 centímetros para mais perto da janela. Três centímetros mais perto do sol.

De fora, nossa escola parece uma nave espacial — comprida e achatada, com janelas circulares ao longo das laterais.

O prédio ganhou um monte de prêmios. Que pena que o arquiteto não pensou no jeito como os alunos se sentiriam ali dentro: aprisionados.

— O que está fazendo? — pergunta-me o garoto ao meu lado. Ele tem o cabelo curto igual ao de todos os meninos das turmas dos mais jovens. Ainda não tivemos aula de Educação Física, mas ele cheira à piscina.

Olho para a frente da sala, onde a professora da T-5, Srta. Astbury, escreve frações na tela aérea.

— Estou tentando ver as folhas — digo ao garoto.

— Por quê?

Colo a língua nos dentes superiores, tentando bolar uma explicação.

— Quando elas caem da árvore, podem cair em qualquer lugar. Elas não ficam presas, como a gente. Só estou tentando ver para onde as folhas vão.

Ele assente, como se compreendesse.

— Meu nome é Logan.

Minhas bochechas coram, e arredo a mesa um pouco mais para perto da janela. É claro que o nome dele é Logan. Sempre foi Logan, desde que começamos na escola, oito anos atrás.

Mas eu nunca conversei com ele de fato. Sei o dia do seu aniversário. Sei que ele começa na primeira raia de natação durante a Educação Física. Mas esta é a primeira vez que ele me dá permissão de usar seu nome verdadeiro.

— O meu é Callie.

— Eu sei. Ouvi umas meninas te chamando assim. — O sorriso dele é hesitante, como se não soubesse se deveria confessar aquilo. — Talvez por isso você goste das folhas. Porque foi batizada com o nome do lírio de Calla.

56

Na verdade não é isso. Meu pai era cientista, e recebi o nome de Calla Ann por causa de Tanner Callahan, o homem que recebeu a primeira memória do futuro. Mas não corrijo Logan. Meu pai achava o nome inteligente, mas sabe o que eu acho? Até gosto da ideia de ser uma flor. Ninguém jamais me chamou assim.

Ninguém nunca sorriu assim para mim também. Parte de mim quer que ele faça isso para sempre; a outra não sabe o que fazer com os cotovelos.

Enfio as mãos embaixo das pernas, recostando-me. Por um momento meus pés pairam no ar, com a cadeira plástica equilibrada nas pernas traseiras. No instante seguinte a cadeira desaba e me esparramo no chão.

A Srta. Astbury apaga a tela aérea e caminha até onde estou prostrada.

— Vinte e Oito de Outubro! O que significa isso?

Levanto-me e ajeito o macacão prateado, conferindo se o zíper está no lugar, meus cotovelos latejam por causa da queda, mas eu os mantenho junto ao corpo num ângulo perfeito de 90 graus, entrelaçando as mãos à frente.

— Peço desculpas, senhorita. Eu queria olhar pela janela. Acho que eu... me estiquei demais.

Ela cruza um braço pela cintura, pousando ali o cotovelo do outro braço. Tamborila no rosto com as unhas afiadas como garras.

— Como a janela se mostrou uma distração tão grande, 28 de Outubro, é melhor transferirmos você para um lugar menos tentador. — A professora aponta o canto oposto da sala. — Pegue as coisas em sua mesa-tela e vá se sentar ali pelo restante do dia.

Fico chateada. O novo local fica tão longe da janela que os raios de sol nem mesmo o alcançam. Nenhuma esperança de ver o sol, muito menos de acompanhar o trajeto das folhas que caem.

— Professora, eu... — As palavras murcham. Tal como pode acontecer comigo se eu for obrigada a me sentar naquele canto.

— Você fará o que eu disse, 28 de Outubro, ou vou denunciá-la ao chefe da EdA.

Obedeço. Não tenho alternativa. Durante a hora seguinte, remexo-me no assento, virando-me incessantemente para a janela muito distante. Só relaxo no Período ao Ar Livre.

Corro pelo campo gramado da escola, respirando o ar que não fica aprisionado num prédio. Banhando-me na luz solar verdadeira e natural. Vendo as folhas dançarem loucamente à brisa. Só paro quando uma sirene soa do outro lado do campo, indicando o fim do período.

Sou a última aluna a sair do campo. Cada passo que dou deixa meu corpo mais pesado, como se a gravidade aumentasse proporcionalmente à minha aproximação da sala de aula. Quando chego ao meu lugar, fico surpresa por não desabar no chão.

E então eu vejo. Ali, no meio da minha mesa-tela, há uma folha de um vermelho vivo. Eu a pego e olho ao redor da sala.

Nada. As meninas experimentam os pigmentos oculares umas das outras, os meninos lutam por cima de suas mesas-telas, mas ninguém acena nem vira a cabeça para mim.

Olho para o outro lado da sala, para a mesa que era minha até esta manhã. Para o menino que sentava-se ao meu lado, mas jamais tinha dito uma palavra até hoje.

Mas Logan não está olhando para mim. Está recurvado sobre a carteira, os dedos digitando na mesa com tampo de vidro.

Solto o ar, trêmula, e afundo na cadeira. Logan não teve nada a ver com a folha. Não é um presente. Alguém provavelmente deixou cair na minha carteira por acidente. Eu deveria colocá-la no compartimento de compostos para ser reciclada.

Mas não faço isso. Coloco a folha no colo, passando o dedo por suas veias em relevo.

Minha mesa-tela vibra uma vez, e um novo post aparece na minha página inicial. "Uma folha para uma flor", diz a mensagem. "Para fazer você se lembrar do sol."

Não está assinado, mas desta vez, quando levanto a cabeça, Logan está olhando para mim. Ele abre um sorriso tão grande e tão luminoso que, por um momento, eu me pergunto se pode se equiparar àqueles raios dourados.

6

— Vinte e Oito de Outubro. Ei, 28 de Outubro.

A voz me arranca do sono. Pisco em meio à escuridão. Eu estava sonhando com folhas de outono e meninos legais, e ainda não quero sair do transe. Quero ficar numa época em que a maior complicação da vida era me sentar longe demais da janela da sala de aula.

Rolo no concreto duro, determinada a escapar de volta ao sonho. Mas a voz não deixa. Pior, um par de mãos une-se a ela, sacudindo meus ombros.

— Ei, 28 de Outubro. Acorde. Você vai ter o resto da vida para dormir.

Abro os olhos. As luzes das paredes da minha cela estão escurecidas, e faz silêncio, não ouço os grunhidos, o arrastar de pés e os guinchos que ouvi antes. Deve ser noite, ou pelo menos o que a AMFu decidiu como noite. Somos como peixe num aquário, nossos dias e noites se sujeitam aos caprichos de nosso guardião.

Eles já controlam cada pedacinho da minha vida. Não precisam perturbar a única coisa que me dá paz. De mau humor, viro-me para o guarda que me impede de dormir.

E sento-me num sobressalto quando vejo que não é um guarda qualquer. Seu cabelo arruivado está negro sob a luz fraca, mas o rosto é o mesmo. William. O guarda que administrou minha memória.

— O que está fazendo aqui?

Ele coloca um dedo nos lábios.

— Pedi um favor a um amigo. Vão me interrogar e precisamos coordenar nossas histórias. Onde está o chip preto?

— Eu me livrei dele.

Ele assente.

— Tudo bem. Como não existe chip algum, vão me interrogar sobre sua memória. O que devo dizer a eles?

Esfrego os olhos, livrando-me do que resta do sono.

— Eu queria deixar minha irmã fora disso. — Tenho uma sensação muito ruim de que sei exatamente por que Jessa estava num leito hospitalar. Não tem nada a ver com doença e tudo a ver com sua capacidade paranormal. — Vamos dar a eles o mesmo cenário, mas dizer que matei um homem. Meu futuro marido. Provavelmente porque ele estava me traindo.

William franze a testa, como se tomasse nota mentalmente.

— Como esse homem é?

— Cabelo castanho, olhos castanhos — digo, inventando na hora. — Nariz arrebitado. Uma pinta no queixo. Dentes tortos que ele preferiu não corrigir.

— Dentes tortos, entendi. — Ele olha para trás, além das grades pretas. O corredor ainda está vazio, mas ele se levanta para sair. — Não posso ficar. É arriscado demais.

62

— Espere! — Seguro seu braço, desesperada por contato humano. — Não entendi. Por que você me ajudou, para começo de conversa?

— Um momento de fraqueza. — Ele abre um sorriso e desvencilha o braço gentilmente. — Sabe como é, eu estava lá. Os monitores me permitiram viver sua memória juntamente a você. Sei o quanto ama sua irmã, e ter a memória terminando daquele jeito... Bom, senti pena de você. — Ele me dá um tapinha no ombro. — Lamento muito por você.

"Obrigada", quero dizer. "Também lamento muito por mim. Mas antes que minha boca possa formar as palavras, ele vai embora, como um fantasma em um sonho.

Não sei se consegui dormir pelo restante da noite, mas acordo sobressaltada quando minhas paredes se acendem, o equivalente a um toque de despertar da AMFu.

Meu estômago ronca, e me forço a engolir algumas colheradas da papa que entregaram como meu jantar na noite anterior. Tem gosto de serragem molhada e me dá ânsias de virar o estômago. O que de certo modo derrota o propósito de comer.

Esvazio minha bexiga em um dos dois baldes no canto. Um para a urina, outro para as fezes. Que beleza. Depois caminho em círculos pela cela. Quero pensar em minha memória do futuro, mas tenho medo de que minha mente se transforme de novo em algum dispositivo esquisito de replay. Certamente é útil. Mas me dá arrepios. De verdade.

Em vez disso, penso na memória que William e eu inventamos. Um homem de nariz arrebitado. Pinta no queixo. Dentes tortos. Estarei preparada quando eles vierem me buscar. Serei capaz de recitar esta versão da minha memória do futuro até mesmo dormindo.

Só tem um problema. Eles não vêm nunca. Contorno minha cela 1.028 vezes. Encho minha memória inventada de detalhes, vagando até o pelinho preto fino e crespo no peito do meu suposto marido. Meu estômago pede mais uma porção da papa. E nada de chegarem.

Penduro os braços pelas grades negras e espio o corredor. Minha cela dá para uma parede de concreto, e, se eu esticar o pescoço para a direita ou a esquerda, consigo ver a palidez de alguns braços na mesma posição dos meus.

E certamente ouço as outras prisioneiras. Vaiando, berrando, gritando nomes desconhecidos.

Já estou na detenção há mais de dois dias. Ninguém me interrogou, ninguém me informou a duração da minha sentença. Pelo visto, vão me deixar aqui para sempre, sem nenhuma explicação.

Não estou a fim de esperar mais.

— Quero falar com a presidente Dresden — grito no escuro.

Por um momento, um silêncio mortal encontra minha declaração. Depois a tagarelice volta.

— Bom, eu quero que façam tudo por mim — grita uma menina.

— E eu queria minhas lentes inteligentes para poder ver filmes na minha cela!

— Eu quero um banho quente numa água com pétalas de rosas!

— Mas eu não tenho nenhum chip preto. — Minhas palavras reverberam pelo corredor e ecoam de volta. Pela primeira vez desde que fecharam as eletroalgemas em meus pulsos, sinto-me no controle. De mim e de minhas emoções. Do meu destino em si. — Eles me trancafiaram aqui, mas nem mesmo sabem qual é minha memória.

Um murmúrio se agita pela fileira de celas. Não sei dizer se as prisioneiras estão se comunicando, ou se estão falando sozinhas. Nem mesmo sei se estão discutindo meu caso, ou se minhas palavras caíram em ouvidos indiferentes. Mas então uma garota grita:

— Eles não têm a memória dela. A garota está presa aqui sem motivo algum.

Parte das prisioneiras começa o cântico, e o volume cresce até preencher todo o corredor:

— Sem chip! Sem chip! Sem chip!

O mérito disso não pode ser meu. Duvido que seja preciso grande coisa para incitar este grupo, afinal elas já estão furiosas com a AMFu. Ainda assim, abro um sorriso enquanto escuto completas desconhecidas repetindo minhas palavras. No final das contas, talvez eu não esteja tão só.

Um guarda aparece ao final do corredor e bate um chicote elétrico na parede. As faíscas disparam até a ponta, e, mesmo da minha cela, ouço o chiado enquanto a arma estala pelo ar.

— Silêncio! — grita ele. Por baixo do uniforme marinho, seus ombros são o dobro do tamanho dos meus. Uma feia cicatriz sobe sinuosamente ao longo da lateral do rosto. Ele poderia muito bem ter corrigido essa deformidade. O que significa que ou ele a deixou ali de propósito, ou pagou a alguém para deixá-lo com essa aparência ameaçadora.

A cantoria cessa. Botas pretas e pesadas reverberam no corredor, e o guarda para na frente da minha cela. A porta se abre.

— Você. — O guarda faz uma carranca, e sua cicatriz parece se dobrar em si mesma. — Foi você quem começou isso?

Concordo com a cabeça.

— Parece que você vai conseguir o que quer. Venha comigo.

Engulo em seco. Que plano idiota. O que alguns dias de espera — até mesmo algumas semanas — podem representar quando tenho minha vida inteira neste lugar?

O Cicatriz me tira da cela, e, muito embora eu esteja encrencada, absorvo a mudança de cenário ansiosamente. Estive olhando os mesmos blocos cinzentos por tanto tempo que posso sentir a morte dos fotorreceptores dos meus olhos.

As celas de detenção tomam os dois lados do corredor, mas são alternadas para diminuir o contato visual entre as prisioneiras. A maioria das meninas está de pé junto às grades, então posso dar uma boa olhada nelas ao passar.

Podíamos todas ser gêmeas. Cabelo sujo, macacão amarelo. A pele num tom cinzento, como se nos faltasse um nutriente fundamental. A única diferença é que cada uma delas tem uma tatuagem de ampulheta no pulso esquerdo. Eu não tenho.

Concentro-me nos seus olhos. É ali que reside toda a personalidade. Olhos azuis, olhos castanhos, olhos verdes. Somente as cores padrão, uma vez que não temos acesso a nossos pigmentos oculares. Piscando, semicerrados, arregalados e temerosos.

Ninguém fala nada. Ou não gostam de mim, ou tem algo a ver com o chicote elétrico guardando minhas costas.

Paramos na entrada do bloco de celas. A porta é grossa, de metal reforçado, e parece quase impenetrável. À direita, fica um escritório com paredes de vidro, cheio de equipamentos. À esquerda, uma sala fechada, com paredes de verdade. Talvez seja ali que os guardas almoçam ou tiram um cochilo quando não estão estalando seus chicotes.

Parece que o Cicatriz não está com vontade de responder a perguntas. Ele exibe a palma para um sensor na porta. Em seguida, insere o indicador numa fenda, onde uma gota de sangue é retirada. Suas retinas são escaneadas, ele digita um código de dez números num teclado. Depois, e só então, a porta se abre.

Estamos mais presas do que num foguete lacrado no vácuo do espaço. Não vejo possibilidade de uma fuga bem-sucedida.

Ele me leva por uma cápsula elevadora, e disparamos para uma ala diferente. Estou tão distraída que nem sinto meu estômago arriar. No instante em que chegamos ao novo andar, porém, sou atingida com tanta força por uma sensação de *déjà vu* que quase desabo.

Eu já estive ali. Paredes muito luminosas. Piso de linóleo verde com telas de computador embutidas a certos intervalos.

Ai. Maldito. Destino. É o corredor da minha memória do futuro. Será que minha memória vai se tornar realidade?

Não. Não tem vaso de cerâmica quebrado no chão, nem cheiro cáustico de antisséptico. Não é o mesmo corredor. Só é parecido.

Ainda assim, pode ser que minha memória aconteça nesse lugar. Logo minha irmã poderá estar numa cama bem ali. Preciso descobrir. Preciso ter certeza.

Viramos uma esquina. O cabo do chicote crava nas minhas costas, e a mão do Cicatriz segura meu bíceps frouxamente. Olho brevemente para trás. Ele nem mesmo está me observando. A marca em seu rosto se contorce; os olhos estão vidrados, como se ele estivesse de saco cheio de sua função de acompanhante.

Respiro fundo. É agora ou nunca. Talvez jamais haja outra oportunidade.

No cruzamento seguinte, eu me desvencilho de sua mão e disparo por um corredor lateral.

— Ei! Pare bem aí! — grita o Cicatriz.

Corro numa velocidade ainda maior. Não preciso ir muito longe. Só preciso encontrar um quarto com uma porta. Só preciso ver...

— Eu mandei parar! — O chicote elétrico estala, e o cheiro de fumaça enche o ar.

Viro mais uma esquina. Ali! Uma porta...

O chicote se enrola nas minhas pernas, e sou lançada para a frente. Raios atravessam meu corpo por um segundo ofuscante e negligente. Todas as células do meu corpo explodem, e fico fraca, arrasada e ofegante.

Antes que eu consiga tomar fôlego, o raio faísca de novo. E mais uma vez.

Acho que o Cicatriz não ficou feliz por eu ter fugido.

Mas tudo bem. Minhas costas arqueiam quando mais um raio me atinge. Uma dor que jamais conheci se espalha pelo meu corpo inteiro, escavando cada cantinho. Minha pele parece que foi rasgada em tiras. As veias dão a impressão de que foram cortadas em confetes.

Mas o Cicatriz pode me chicotear o quanto quiser. Porque antes de cair, encontrei minha resposta. Tem uma placa ao lado da porta onde desabei — um retângulo dourado com quatro caracóis decorando cada canto.

O número do quarto é diferente, mas isso não importa. Sei onde meu eu futuro matou minha irmã: em um quarto de número 522...

Em algum lugar nesta mesma ala.

7

Alguns minutos depois, estou recurvada numa cadeira diante de uma mesa simples de carteado. O suor encharca o macacão, e meu coração parece um brinquedo desgastado no peito. Meus dedos ainda se fecham e têm espasmos, ainda lutam contra os reflexos do chicote elétrico.

O Cicatriz está posicionado atrás de mim, o cabo do chicote metido em minhas costas, como se eu tivesse condições de ser uma ameaça a alguém.

Giro na sua direção, muito embora o meu corpo grite, e abro meu maior sorriso.

— Espero que eu não tenha deixado você mal. Não ia querer que ninguém pensasse ser fácil escapar de você, em particular quando você tem este chicote grande e assustador.

Ele contrai os lábios, como se quisesse me machucar por causa dos comentários. Mas não pode, pois a presidente está chegando.

— Vire-se para a frente. Agora.

— Vou me lembrar de te avisar se eu fugir de novo. Foi por isso que você teve de me chicotear tantas vezes, né? Porque teve medo de não conseguir me pegar se eu saísse engatinhando.

Em reação, ele crava o cabo mais fundo em minhas costas.

A porta se abre, e a presidente Dresden, chefe da Agência de Memória do Futuro, entra na sala. Embora seja exatamente o que eu queria, não sei bem por que mandam a pessoa mais importante da agência para se encontrar comigo. Será que meu caso é dos raros?

Ela está com a mesma aparência da manhã do meu aniversário. Cabelo prateado cortado rente. Uniforme azul-marinho impecável. Suas feições frias e belas, como uma escultura de gelo.

Ela faz um gesto de cabeça, dispensando o guarda.

— Você pode esperar lá fora. Assumirei a partir daqui.

A pressão do cabo diminui nas minhas costas, e ele sai da sala.

Ela se volta para mim.

— É um prazer revê-la, 28 de Outubro — diz ela, como se me conhecesse. — Lamento que as circunstâncias não sejam mais agradáveis.

Vasculho em minha mente algo mordaz para dizer, mas minha ousadia parece ter fugido assim como o guarda.

— Você dificultou minha vida, 28 de Outubro. Dificultou muito. — Ela tamborila as unhas na mesa. São compridas e estreitas, com esmalte prateado translúcido, de modo que parecem picadores de gelo. Uma palavra errada, e ela pode enfiar uma destas unhas no meu olho. — Você não está convencida — diz ela. — Vejo a incredulidade estampada na sua cara. Mas não faz ideia do que seu showzinho de desafio pode custar.

Levantando-se, ela caminha pela sala com seus saltos 12. Se as unhas falharem como arma, os saltos podem servir.

— Eu estava pronta para dar baixa em você. Temos o relato do guarda de sua administração sobre o que aconteceu em sua memória. Eu estava pronta para deixar você degenerar no Limbo pelo restante da sua vida. Só mais um erro no sistema. Mas seu truquezinho de hoje muda as coisas.

Ela para diante de mim, e eu meto os pés descalços embaixo da cadeira, para longe de seus saltos.

— Construímos nossa sociedade em torno de um sistema de memórias do futuro. Este sistema é eficiente, produtivo e muito, mas muito próspero. Mas também é delicado. Depende inteiramente do pressuposto de que as memórias se realizem. A mais leve alteração na vida de uma pessoa pode provocar reverberações que se espalham pelo restante da sociedade... reverberações que não podemos prever e para as quais não podemos nos preparar.

Ela pousa as mãos na mesa.

— Então você entende o dilema que enfrentamos quando encontramos a memória futura de um crime. Ao mesmo tempo que temos interesse em proteger a sociedade, também nos interessa muito cuidar para que tais memórias provoquem o menor número possível de reverberações.

Faço que sim com a cabeça, incapaz de falar uma palavra que seja.

Ela volta a se sentar na cadeira, cruzando os tornozelos de lado.

— A maioria das reverberações são insignificantes. Afetam apenas um círculo pequeno de vidas. Mas, de vez em quando, temos um criminoso futuro, cuja personalidade é tão agressiva que podemos dizer que suas reverberações serão mais fortes do que a maioria. Podem até causar um impacto abrangente na sociedade.

— Não sou agressiva — solto. — Eu não falei nem uma palavra desde que a senhora entrou aqui.

— Você está se fazendo de dócil. Gosto disso. Valorizo a inteligência, como qualquer um. Mas é inútil, 28 de Outubro. — Ela se inclina para a frente, seus olhos brilham. — Fizemos uma varredura do seu cérebro quando a prendemos, e nossos computadores estiveram ocupados analisando os vídeos do seu comportamento. Vi você erguendo as mãos e andando diretamente para nossos policiais. O tumulto que você criou nas celas de detenção. Mas decisivo mesmo foi o modo como você se arriscou... e recebeu... golpes múltiplos de eletrochicote só para desatar por um corredor. Você não ia fugir. E já devia saber disso. Ainda assim, tentou. Esta é a característica de uma menina que vai passar por cima de tudo para vencer. Nossos computadores nos deram uma resposta definitiva. Você, minha cara, é classificada como agressiva.

"Não!", quero gritar. "Você entendeu tudo errado. Eu não estava tentando fugir. Eu só estava procurando a placa. Só estava tentando entender onde minha irmã será morta. Só isso."

Mas não sei como explicar sem revelar minha memória.

— Este é nosso compromisso — diz a presidente quando continuo em silêncio. — Ao passo que mudamos o rumo do futuro prendendo você, nos dedicaremos à realização de trechos da sua memória. Onde está o chip preto, 28 de Outubro?

Passo a língua pelos lábios. Sinceramente, não acho que saber a cor da minha blusa ou acertar o penteado da minha irmã vai fazer diferença na vida de alguém.

— Devo ter deixado cair na mata, antes de os policiais me prenderem.

Ela arqueia as sobrancelhas. São tingidas de prata, para combinar com o cabelo.

— Procuramos pelo terreno e não encontramos nada.

— Não está comigo. — Com alguma sorte, foi esmagado entre as pedras do rio ou desceu pela correnteza e se perdeu para sempre. — Por que não conto à senhora o que aconteceu? Será um prazer repassar cada detalhe até que fique satisfeita.

— Não vai ser necessário — diz ela, tentando me fazer morder a isca, esperando que eu diga a coisa errada. — Já temos o relato de William. De você, precisamos apenas de um quadro mais preciso do futuro, sendo assim recorreremos a... outros métodos para obter as informações.

Minha boca fica seca.

— Que outros métodos?

Ela não responde. Apenas ergue as sobrancelhas como quem diz "O que você acha?"

Tortura. Vão arrancar a informação sob tortura.

Meus dentes trincam com tanta força que correm o risco de lascar. Como se as chicotadas não tivessem sido o suficiente. Não sei se consigo lidar com mais alguma coisa. Lâminas finas se enterrando em meu rosto. Afogada num balde d'água. Tendo os dedos quebrados um a um.

Fecho os olhos com força. Preciso ser corajosa. Mas não sou. Não mesmo. Não sou nada. Sou só uma menina. Só uma menina. Nada além de uma menina.

Não, isso não é verdade. Sou uma menina que vai matar a própria irmã no futuro.

Meus dentes param de bater e respiro fundo. É verdade. Eu matarei minha irmã. O pior já vai acontecer. Não há nada que eles possam fazer para me machucar mais. Na verdade, eu mereço a tortura.

Abro os olhos. A presidente Dresden me observa como alguém que admira uma fila de formigas carregando pedaços de comida dez vezes mais pesados que sua massa corporal — curiosa, mas definitivamente despreocupada se está me esmagando com suas pernas de pau.

Sem tirar os olhos de mim, ela levanta a mão e estala os dedos. Um instante depois, o guarda entra pela porta.

— Por favor, acompanhe 28 de Outubro pelo corredor — diz ela. — O Dr. Bellows aguarda para examiná-la.

Reencontro minha língua. A AMFu já tem o emblema da ampulheta. Então qual é a agência dos caracóis?

— Onde estamos?

A presidente sorri.

— Nos laboratórios de ciência, é claro.

Um pavor gelado penetra meu estômago. Eu sabia. APTec. Passei os últimos seis anos protegendo minha irmã dessa gente, fazendo todo o possível para garantir que eles não tratassem seu cérebro como uma experiência científica.

Nunca me preocupei comigo mesma. Mas talvez devesse. Porque estou prestes a sofrer exatamente o mesmo destino que me esforcei tanto para que Jessa não sofresse.

8

No meio da sala tem uma cadeira de plástico duro, tão reclinada que está quase na horizontal. É meio parecida com uma cadeira de dentista, só que pior, porque mil fios diferentes saem dos braços, retorcendo-se pelas máquinas próximas, feito bobinas de serpentes. No dentista, só os meus dentes ficam em perigo. Aqui, estes fios pequenos podem deslizar para as regiões mais fundas do meu cérebro.

Um homem, supostamente o Dr. Bellows, está sentado a uma mesa ao lado da cadeira, as mãos, um borrão de movimento por um teclado esférico. Seu cabelo e a barba são pretos, como o asfalto pegajoso antes de endurecer, e há um pequeno toco amarelo metido atrás de sua orelha.

Um lápis. Ninguém mais usa lápis. Eu mesma provavelmente não teria reconhecido se meu pai não fizesse a mesma coisa.

A lembrança me atinge em cheio no estômago.

Estou subindo no colo do meu pai. O cheiro de álcool de limpeza me cerca, e sua barba de lixa roça meu rosto. Rápida como um beija-flor, disparo e pego o prêmio atrás da sua orelha.

— O que é isto? — Giro o cilindro amarelo em minhas mãos.

— Um lápis. Uma ferramenta que nossos ancestrais usavam para manter registros. — Meu pai me envolve com sua mão grande e me mostra como desenhar as letras que vejo na minha mesa-tela. — Estamos cercados pela tecnologia mais avançada que a civilização pode proporcionar. Mas as melhores invenções não precisam ser complexas. — Ele espalma a mão sobre o peito. — Elas vêm bem daqui. Do coração.

— É por isso que você usa um lápis? Para não se esquecer?

— Não. — Os olhos amendoados de meu pai faíscam. — Eu uso para poder me lembrar.

Eu era jovem demais na época para entender qual a diferença. E agora que tenho idade suficiente para perguntar, ele não está mais aqui.

Bellows vira-se de sua mesa, dispensa o guarda com um gesto e aponta o polegar para a cadeira infestada de fios.

— Sente-se.

Manco para o assento com um tremor tomando meu corpo. O Dr. Bellows pode ter a mesma profissão do meu pai ausente, mas isto não significa que confio nele. Na verdade, é bem o contrário.

Ele me olha de cima, estalando a língua.

— O que fizeram com você?

— Alguns golpes de eletrochicote.

Ele suspira, como se minha dor fosse um grande incômodo para ele.

— Eles sabem que preciso de meus participantes nas melhores condições físicas. A fórmula funciona melhor assim. Mas não importa. Vamos tentar. Se não der certo, faremos outra tentativa daqui a alguns dias. O bom das lesões do eletrochicote é que elas não duram. Você voltará ao normal em questão de horas.

— Tentar *o quê*?

Ele prende meu corpo com três arreios grossos.

— Pelo que sei, o chip preto que gravou sua memória do futuro foi... extraviado?

Concordo com a cabeça.

— Ora, sua memória do futuro não desapareceu. Está armazenada numa parte do seu cérebro chamada hipocampo. — Ele cutuca a lateral da própria cabeça. — Vou vasculhar seu cérebro e induzir a memória. Fazer você revivê-la, a fim de nos dar uma segunda oportunidade de registro.

Minha respiração fica presa na garganta.

— Como assim?

Ele pisca, como se fosse uma câmera tirando fotos consecutivas.

— A memória voltará a você. Como da primeira vez. Só que agora vamos cuidar para que o chip preto não se perca.

Não. *Não*. No futuro, Jessa ficará à mercê da APTec. No momento em que vir minha memória real, Bellows reconhecerá os corredores e a placa. Ele saberá que minha irmã será objeto de estudo nestes laboratórios.

Minha memória dará a ele a prova necessária para prender Jessa agora, no mundo presente.

Não posso permitir que aconteça. Meu eu futuro já vai trair minha irmã. Recuso-me a fazer isto no presente também.

— Vai doer? — pergunto, embromando.

— Só se você resistir.

Então existe possibilidade de resistência. Mas como?

Ele espreme gel em sensores ovais do tamanho do meu polegar e gruda todos por minha cabeça. O gel é frio e pegajoso no meu couro cabeludo.

Ele conecta os fios que brotam da cadeira em cada sensor.

— Abra sua mente, assim como fez antes. A memória lhe virá. — Ele inclina minha cadeira e sai da sala.

Não preciso abrir a mente. Posso invocar a memória num instante, e ela passará em minha cabeça como um filme. Posso congelar imagens e aproximar cenas. Posso fazer tudo tão bem quanto aquele dispositivo de gravação.

Um silvo leve preenche meus ouvidos, e um gás entra na sala através de bicos posicionados no teto. O vapor desaparece de imediato, mas sinto substâncias químicas no ar, vindo até mim.

Cerro bem a boca. O gás vai fazer minha memória vir à tona involuntariamente. Não posso permitir.

Os arreios me prendem na cadeira. Pense! Não vou conseguir me soltar. Como posso manter a memória distante? Bellows me disse para abrir a mente. Talvez, em vez disso, eu precise fechá-la.

Não consigo prender a respiração por mais tempo. Tomo uma pequena golfada de ar — mas assim que faço isso, quero mais. O ar me deixa tranquila, relaxada. De repente a cadeira não me parece tão dura. O plástico é frio e convidativo, o tipo de superfície no qual você sente vontade de se espreguiçar e tirar um cochilo.

Não. É o gás falando, não eu. Preciso fechar a mente. Fechá--la. Penso numa porta, feita de madeira grossa e sólida. Giro e torço uma dezena de trancas, baixo uma trava pesada. Faço a porta à prova d'água. Acrescento isolamento. Reforço com concreto. Ponho camadas de outros metais — ouro, prata, platina, bronze. E aí repito todo o processo.

Mil espadas mínimas batem na porta, tentando abrir um buraco no meu crânio. Cada momento, em si, é suportável.

Mas as espadas não param nunca. Continuam cutucando e sondando, cortando e penetrando, procurando pela janela onde baixo a guarda.

Dói. E não acaba nunca. É o que me mata, o golpe incessante das espadas. Só preciso de um segundo. Um segundo mínimo para que a dor cesse, um instante para recuperar o fôlego e reunir forças...

Estou caminhando por um corredor. O piso é de linóleo verde, com telas de computador embutidas a intervalos regulares. As paredes iluminadas brilham com tanta intensidade que consigo distinguir uma pegada parcial no chão.

Não! Mordo o lábio até o gosto metálico de sangue tomar minha boca. As espadas voltaram. Desta vez estão mais afiadas. Cortam meu autocontrole sem parar. Mas não posso ceder. É só o que me resta. A última coisa que posso fazer por minha irmã.

Grito mentalmente. Arranho, puxo e rasgo. Luto, dou cotoveladas e empurro. Mas não cedo.

Enfim, finalmente para. As espadas recuam, e relaxo na espreguiçadeira. Eu deveria estar grata. Deveria estar aliviada. Mas me sinto tão cansada que não consigo fazer nem uma coisa, nem outra.

Bellows entra na sala com mais um guarda. O cientista balança a cabeça.

— Eu sabia. A fórmula não alcança a eficiência máxima devido às lesões.

Minha cabeça tomba para trás, e encaro o teto. Aquela não foi a eficiência máxima? Eu detestaria encontrar aquelas espadas num dia saudável. Tento responder, mas não consigo abrir a boca. Só consigo observar a água jorrando dos bicos de gás e chovendo em todos nós.

Bom, "chover" no sentido das fortes tempestades de verão que transbordam nossos rios. A água já começa a se acumular no chão.

As costas da minha espreguiçadeira se elevam até eu me flagrar olhando para Bellows. A água se empoça em volta de seus tornozelos, e sua barba pinga como musgo embolado.

— Não se preocupe. A fórmula vai penetrar sua memória, mais cedo ou mais tarde.

Ficamos nos encarando. A água sobe aos joelhos dele, sua camisa fina de algodão gruda no peito em trechos molhados e nada atraentes. Ele nem mesmo pisca.

A água bate em minhas pernas, o nível subindo a cada segundo, e eu abro o maxilar.

— Hum... A gente não devia sair daqui? Vamos nos afogar num minuto.

Bellows suspira e belisca a ponte do nariz. Aperta um botão e os arreios caem do meu corpo, deixando-me livre para sair.

— Leve-a de volta à cela — diz ele à nova guarda. Ela é jovem e bonita e tem uma fileira de piercings nas duas sobrancelhas.

— Falarei com ela mais tarde, depois que o efeito do gás passar.

— Mas... senhor? — Ela observa enquanto subo no apoio de cabeça e fico acocorada ali. — Ela vai ficar bem?

— Ela ficará ótima — diz Bellows. — É uma alucinação, só isso. Um efeito colateral da fórmula.

Alucinação. Isto não é real. Agora, pensando bem, a água não parece molhada. Nem fria. Na verdade, eu não consigo senti-la. Olho para Bellows e para a guarda. A inundação cobriu a boca de ambos, mas eles continuam falando como se as ondas sonoras não fossem obstruídas pelo líquido.

Acho que em minha alucinação elas não fazem isso, porque ouço as palavras seguintes de Bellows alto e bom som:

— Vamos dar alguns dias para ela se recuperar, depois tentaremos de novo. Vamos continuar tentando até que ela entregue a memória. Até ela inalar tanta fórmula a ponto de se esquecer do que é real e do que não é.

A guarda me ajuda a sair do meu poleiro, e, juntas, nadamos até a saída.

9

Eu sonho. Ou, pelo menos, acho que é um sonho. Não é uma alucinação porque me lembro disto realmente acontecendo. Só que não é uma memória comum, nebulosa e vaga. Vivo o momento, experimento todas as sensações, sinto todas as texturas, todos os detalhes, tal como aconteceu em minha memória do futuro.

Eu queria que fosse real. Ah, como eu queria poder voltar a essa época.

Então, é isso. Acho que a melhor palavra para isso é "sonho".

Apoio a testa no sensor frio de vidro da porta do meu armário. Meus olhos estão ardendo, mas não vou chorar. Seria idiotice. Tipo, minha mãe poderia ter deixado o bebê perder a soneca por uma manhã que fosse. Não é todo dia que minha carne assada é escolhida para o Festival de Arte da escola. Mas tudo bem. Tanto faz. O bebê precisa de seu sono. O bebê precisa se prender a uma rotina. Tudo pelo bebê.

O armário solta um sinal sonoro. "Acesso negado. Digitais não detectadas." Suspirando, substituo a testa pela palma da mão. Um segundo depois o armário se abre e vejo, em meio à confusão de medidores e pigmentos cutâneos, uma única folha alaranjada.

Prendo a respiração. Não sei como ele fez isso. Estes armários deveriam ser à prova de vândalos, mas encontro uma folha nova dentro dele todo dia.

Assim como faço todos os dias, pego a folha e torço o caule com os dedos.

— Adorei sua entrada no Festival — diz uma voz atrás de mim. — O sabor é muito diferente da versão industrializada.

Deixo a folha cair, como se eu não me importasse com ela, e me viro para Logan. Seu cabelo está molhado, como se ele tivesse tentado alisá-lo, mas alguns fios estão espetados na nuca. Meu coração palpita.

— É — digo, tentando demonstrar despreocupação. — É um dos jantares preferidos da minha família.

O que eu não ia admitir a ninguém, em particular à minha mãe, é que fiz a carne assada porque é um dos poucos pratos que Jessa pode comer. As cenouras e batatas são bem macias para se amassar, e, sempre que coloco um pouco em sua boca, minha irmã bate palmas e estende os braços, pedindo mais. Nesses momentos, não importa que minha mãe tenha se esquecido de mim desde que o bebê nasceu. Somos Jessa e eu, juntas contra o restante do mundo.

— Então você fez para sua mãe? — pergunta Logan.

Talvez eu tenha feito, mas ela nem se deu ao trabalho de vir à escola para provar. Uma onda de raiva me domina.

— Não. Fiz para meu pai.

— Pensei que ele tivesse ido embora.

Foi embora. É a única expressão para descrever. Oito anos atrás, meu pai saiu para trabalhar... e nunca mais voltou. Minha mãe nunca me explicou para onde ele foi.

Bato a porta do armário.

— Ele vai voltar.

Logan pestaneja. Sem dúvida ouviu alguma versão do que aconteceu ao meu pai.

— Como você sabe disso?

Antes era só uma esperança distante. Algo que eu desejava cruzando os dedos quando ouvia minha mãe chorar à noite. Mas agora, falando com Logan, sei que é a verdade. Sinto que é, bem no fundo do meu ser.

— Minha mãe ama demais o meu pai para ter um filho de outro. — E as fotos de Jessa bebê são idênticas às minhas. Nós somos o produto de uma herança mista. Temos os olhos do meu pai, que se estreita nos cantinhos. E a pele de madrepérola da minha mãe. — Então ele voltou — digo lentamente, racio-cinando. — Vai ver teve de ir embora de novo para trabalhar ou coisa assim, mas agora que Jessa está aqui, ele vai voltar e cuidar da gente. — Olho para Logan, quase suplicante. — Você não voltaria? Se tivesse um bebezinho como Jessa, você não ia querer ficar com ela?

— Se eu tivesse alguém como você na minha vida, jamais iria embora, para começo de conversa — disse ele, numa voz firme e segura.

Só que ele vai.

Umas poucas semanas depois, seu irmão, Mikey, fez uma bolinha flutuar sobre a quadra e Logan deixa de ser meu amigo. Guardei a última folha no armário até virar farelo. Cheguei a deixar a porta aberta algumas vezes, para facilitar a vida dele.

Mas nunca mais apareceu folha alguma. Tampouco meu pai.

Quando acordo, meu cérebro está lerdo, como se eu tivesse de empurrar cada pensamento por uma peneira antes de este ser registrado. Havia muito não experimentava esse ressentimento contra minha irmã. Será por isso que meu eu futuro vai matá-la — porque estou alimentando algum ciúme por Jessa que não sou capaz de admitir nem pra mim mesma?

Não! Na minha memória não tenho ciúme nem ressentimento. Eu só sinto... medo. Sento-me e puxo os joelhos para o peito. Jessa é a filha boazinha, a filha meiga. Ela não discute com minha mãe, não esquece seus deveres. Eu nunca vi minha mãe apertando as têmporas e reclamando por causa de Jessa. Então, e daí que minha mãe ame mais a minha irmã? Eu também a amaria mais.

Pelo menos uma coisa está clara. Minha mente pode manipular mais do que minha memória do futuro. Eu posso "viver" outras lembranças também.

Para testar a teoria, invoco o rosto de Logan quando ele diz que nunca vai me abandonar. Amplio a imagem até enxergar apenas o contorno proeminente da maçã de seu rosto. E, sim, há um único cílio caído em sua bochecha.

Expiro com vontade. Aí está minha resposta. Meu cérebro pode ampliar como um dispositivo de gravação. Isso não é uma particularidade esquisita das memórias do futuro. Sem dúvida nenhuma sou eu.

A capacidade começou no dia em que recebi minha memória. Será que os poderes têm alguma relação com o processo?

"Poderes" parece uma palavra forte demais. Eu não consigo ver o futuro nem fazer as coisas flutuarem. No máximo sou uma câmera digital mais caprichadinha. Será que isto pode ser classificado como capacidade paranormal? Se for assim, não é nada parecido com nenhuma paranormalidade da qual eu tenha ouvido falar.

Levanto e caminho pela cela, balançando os braços. Agora que estou me acostumando à ideia, acho que me entendo com ela. O pior de se possuir uma capacidade paranormal é que a APTec vai atrás de você. Mas eles já me trancaram aqui. E o melhor de tudo? Bom, talvez eu possa encontrar um jeito de usá-la contra eles.

— Pintinho. Ei, pintinho.

Paro. Quem é? A voz parece ter vindo do meu lado direito, mas não tem mais ninguém na cela. Também não tem ninguém do outro lado das grades. Devo estar ouvindo coisas.

— Ei, pintinho. Quando terminar os exercícios, por que não vem conversar comigo?

Exercícios? Noto que meus braços ainda balançam. Apressadamente, escondo-os às costas.

— Aqui. No canto. Tem um tijolo solto.

Atravesso a cela em direção à voz. Ajoelhando-me, passo as mãos pela parede. A poeira cobre a ponta dos meus dedos quando os enfio no reboco. Bem no fundo, encontro um espaço vazio, de onde foi retirado um tijolo.

Deito-me no chão, alinhando o rosto ao buraco.

Um olho me espia do lado de lá.

Minha pulsação acelera. O olho é redondo, tem cílios pretos e longos que se destacam. Na escola, aqueles cílios seriam motivo de inveja para todas as meninas. Daria para frisar os fios e até prender miçangas diminutas. Mas aqui, na detenção, sem os instrumentos de beleza adequados, os cílios parecem grandes demais, como mato num jardim descuidado.

— Como foi que nunca notei este buraco? — pergunto.

— Porque, pintinho — diz a voz como se eu fosse burra —, eu nunca tinha tirado o tijolo. Não senti vontade de ouvir uma chorona reclamando por ter perdido a mamãe. Mas depois que você atiçou as meninas ontem, achei que talvez pudesse me divertir.

Esta é a segunda pessoa que atribui aos meus atos um significado que eles não têm. Não gritei aquelas coisas porque sou agressiva ou interessante. Eu só estava... impaciente.

— Por que você me chama de pintinho? — pergunto.

— Porque você parece um filhote de passarinho prestes a cair de um galho e mergulhar para a morte. É assim que eu chamo as novatas.

— Quem é você?

O olho pisca.

— Pode me chamar de Sully.

— Sally?

— Não. Sully.[1] Ou porque sou soturna, ou porque sou eu quem suja tudo. Você escolhe.

A voz é jovem, então ela mesma deve ter sido uma novata não muito tempo atrás. Mas seu tom é pesado, carregado da complexidade que uma pessoa só adquire com a experiência.

---

1 Sully: sujar, macular em inglês [N. do tradutor]

— Então, Sully, quando eles vão me deixar ver minha mãe?

— Não quero ver Jessa. É perigoso demais. Mas talvez eu possa avisar minha mãe. Contar a ela sobre Jessa como cobaia de laboratório num universo futuro, assim ela pode tomar precauções a mais para evitar que isto aconteça.

O olho se revira.

— Você não pode ver sua família, pintinho. Isto aqui não é a detenção, sabia? Não existe nenhum direito a visitas no Limbo.

Hein? Minha pele está cheia de brotoejas por causa do macacão áspero e moro numa cela com baldes de urina e fezes que ficam empesteando tudo durante dias. É claro que é a detenção.

— Do que você está falando? O que é o Limbo? — Enquanto faço a pergunta, noto que já ouvi o termo, da presidente Dresden.

Sully fecha o olho, e vejo linhas gravadas na pálpebra, muito certinhas para serem veias. Ela deve ter feito uma tatuagem ali. Eu me aproximo um pouco, mas minha cabeça bloqueia a luz que já é fraca, então recuo.

O olho se abre.

— Você está no Limbo porque ainda não fez nada de errado, então eles não podem acusá-la. Mas também não vão deixar você sair porque você *vai* cometer um crime. Então eles mantêm você aqui até que alguma coisa mude.

— Mas o que poderia mudar? — pergunto. — Não posso cometer um crime se eles me deixarem trancafiada. Não é?

O olho pisca de novo.

— Talvez sim, pintinho. Talvez não.

— O que quer dizer com isso?

Ela não responde. Espero um minuto inteiro, mas o olho simplesmente continua me fitando.

Experimento uma pergunta diferente.

— Sully, você já os viu usando uma seringa por aqui? Uma seringa do tamanho da minha mão e, tipo, cilíndrica?

Uma emoção que não consigo interpretar cruza o olho dela.

— Sim.

Inspiro fundo.

— Quando foi? O que você sabe a respeito?

Ela me observa por um bom tempo. Pisca, pisca, pisca.

— O que eu ganho com isso?

Não sou tão pintinho assim para ignorar que informação não sai de graça. Só tem um problema. Não tenho muito com o que negociar.

— Você quer meu rango? — pergunto.

Ela bufa.

— Ah, tenha dó.

— Sou boa ouvinte. Vou ouvir você sempre que quiser.

— É mais ridículo ainda. Eu não disse que preciso de uma amiga, pintinho. E, se precisasse, não seria você.

Tenho vontade de bater a cabeça na parede.

— O que você quer de mim?

— É esse o problema, né? — Ela ri. — Você não tem nada que eu queira. — Cantarolando uma música que não reconheço, ela recoloca o tijolo no lugar.

— Espere... — digo, mas é tarde demais. A conversa acabou.

Passo os dedos pela parede. O tijolo solto não sai, assim como os outros. Empurro, mas ele não se mexe. Ela deve tê-lo escorado com alguma coisa.

Uma garota inteligente, essa Sully. A pequena fenda impossibilita que eu segure o tijolo, dando a ela controle absoluto do início das conversas.

Suspirando, vou para a parede do outro lado. Preciso descobrir sobre a tal seringa, entender como meu eu futuro consegue se apoderar dela, pelo menos para ter certeza de que meu eu presente *não vá fazer isso*.

Porém, o que quer que Sully saiba continua fora do meu alcance. Isto é, até eu descobrir como lhe oferecer algo que ela queira.

10

Fico deitada de costas, olhando fixamente o teto e tentando me lembrar de tudo que aprendi no Período de Meditação.

Respirar pelo nariz. Soltar o ar pela boca. Concentrar-se em uma só imagem, congelada, de minha memória do futuro. O cabelo de Jessa cai nos ombros, embaraçado e com a trança desfeita.

Em seus ombros. Quanto tempo o cabelo leva para crescer 8 centímetros?

Bastante tempo. Então não preciso entrar em pânico. Ainda não. Posso entender minha memória. Posso impedir que aconteça.

Inspiro. Expiro. Tento entrar numa espécie de transe. Sondo meu cérebro, estendendo e distorcendo a memória. Caminho pela cena novamente, concentrada em um detalhe específico: o ursinho de pelúcia com a fita vermelha. Amplio até que consiga ver apenas o urso — sua pelagem branca e felpuda; os olhos pretos e brilhantes; a fita vermelha puída. Mudo a imagem. Concentro todo meu poder mental em um só quadro: uma fita azul, nova. Só por um instante a cor bruxuleia do vermelho para o azul, mas não tenho tempo para ver qual cor vence, porque sou arrancada da visão.

Ai, meu Destino. Meus braços e pernas parecem espaguete que ficam tempo demais no Preparador de Refeições. Pode ser que eu desmaie.

Mas os guardas da AMFu têm outras ideias. Tocam uma sirene pelo bloco de celas. Fico ereta como um raio, bem a tempo de ver minha porta se abrir.

Aberta. Vou até a porta e dou uma olhada. Estamos livres para sair?

Quem me dera. Dois guardas atarracados estão no final do corredor, segurando cassetetes de metal. Os bastões podem parecer menos ameaçadores do que um chicote, mas vi gravações dos noticiários rolando em nossas mesas-tela. Aqueles tacos contêm tanta energia que podem fazer você voar mais de um metro de distância.

Passos se arrastam pelo concreto, e as meninas começam a sair das celas. Quando uma de minhas colegas de prisão dá uma guinada, seguro seu braço. Ela tem olhos claros e cílios transparentes. Não é Sully.

— O que está havendo?

Ela dá de ombros, e seu braço escapa da minha mão.

— O Período ao Ar Livre. Metade de nós sai hoje, a outra metade na vez seguinte, porque só precisamos de quinze minutos por semana para maximizar nosso potencial.

Meu coração dá um salto. Vamos sair. O sol! Entro na fila, atrás das outras, quicando na ponta dos pés. A menina na minha frente balança a cabeça. Retribuo com um sorriso. Quinze minutos! Quinze minutos inteiros para se banhar numa luz que pensei que nunca mais veria.

Na sala de paredes de vidro, máquinas faíscam sua luz. A porta da outra sala está fechada, como da última vez. Um dos guardas vai à entrada. Faz uma varredura do seu corpo, digita o código numérico, depois saímos.

Ele nos leva ao pátio pequeno. É cercado por construções, mas tem grama, céu azul e uma leve sugestão de vento. Folhas de cores vivas caem de duas árvores grandes, e o sol está bem alto, nas nuvens.

É ainda melhor do que eu imaginava. Os raios são quentes no meu pescoço, e o ar tem cheiro de madressilva. Viro o rosto para cima, absorvendo cada raio de sol.

— Você age como se nunca tivesse saído na vida — diz uma voz.

Uma garota para na minha frente. Olhos castanhos simpáticos. Uma penugem castanha no couro cabeludo. Se tivesse cabelo, poderia ser da cor do de Marisa, como chocolate misturado com manteiga enquanto cozinha no fogo.

— Parece que faz uma eternidade. — Eu me agacho e pego uma folha. Mas minhas mãos não param em uma só. Cato sem parar, até que tenho uma pequena pilha nas mãos. Vermelhas, amarelas, alaranjadas, marrons; as cores lembram Jessa.

Uma brisa leve sopra meu cabelo, e fecho os olhos. *A próxima folha a cair será amarela.* Abrindo os olhos, fixo-me na folha que cai: marrom-escura. Errei feio. Abro um leve sorriso, sentindo-me mais perto de casa só por imitar a brincadeira de Jessa.

— Minha avó costumava fazer flores dobrando as folhas e enrolando — diz a garota. — Obviamente ela fazia isso quando era pequena e ainda existiam parques e árvores em cada esquina. É isso que você está fazendo? Rosas com as folhas caídas?

Olho para a menina, com o coração aos saltos. Talvez isto seja o que estou procurando. Não sei se as garotas rabugentas encontram alguma utilidade para flores de imitação, mas vale a pena tentar.

— Minha irmã faz o mesmo. — Vou para outro trecho de folhas caídas. — E, sim, é exatamente o que estou fazendo.

Ela se ajoelha ao meu lado e começa a catar folhas também. Algumas meninas correm de um lado a outro do pátio abobadado.

— Meu nome é Beks, aliás. Você é nova aqui? Acho que nunca te vi.

— Sou Callie. Estou na cela ao lado da de Sully. — Ela não precisa saber que sou a garota que não tem o chip preto.

— Sorte a sua. Ela não é muito simpática, mas tem aquele tijolo solto na parede. Alguma companhia é melhor do que nada, né?

Ela gesticula para mim. A maioria das meninas está reunida em grupos de duas ou três, tentando espremer uma semana de conversa em quinze minutos. Mas uma garota solitária fica arriada numa parede, sem olhar para ninguém. Sua pele é esticada sobre a ossatura, e marcas horizontais enfeitam os braços, do punho ao cotovelo.

— Aquela ali é Sully? — pergunto.

— É assim que ela prefere se chamar. Nós a chamamos de Garota do Calendário.

— Por quê?

Beks larga as folhas e estende os braços.

— Ela se corta sempre que saímos, para marcar o tempo. É horrível. Em vez de fazer isso com nosso corpo, nós a usamos como folhinha.

Enquanto estou olhando, duas meninas se aproximam de Sully e contam as marcas em seus braços. Não falam com ela, e, de qualquer modo, ela não dá pela presença das outras.

De repente penso na árvore que cresce no meio do saguão da nossa escola. Os alunos cobrem a casca com suas iniciais e com desenhos — o único lugar na escola onde a pichação é tolerada. O único lugar em que é possível. Todo o restante é metal e plástico.

Ao que parece, é mais fácil desfigurar seres vivos.

— Como Sully faz isso? — cochicho. — Ela tem uma faca? Beks mexe os dedos.

— É de se pensar que alguém está contrabandeado esmalte de unha para cá. Mas aquilo não é esmalte nas unhas dela. É sangue seco.

Meu estômago se revira como se eu tivesse comido demais.

— Quando cheguei aqui, a garota só tinha cinco marcas nos braços — diz Beks. — E a Gia ali chegou quando eram 12. Você pode contar as marcas dela, assim ela pode ser seu calendário também.

— Humm... Estou legal assim. — Volto-me para as folhas. Meus dedos ficam irritados por manipular sua superfície esfarelada e minha boca seca só de pensar numa garota que se corta para marcar o tempo. — Beks, você já viu alguém usar uma seringa por aqui?

Talvez afinal eu não precise ganhar Sully. Talvez possa ficar com as rosas de mentira para mim.

Ela balança a cabeça.

— Quer dizer, tipo uma arma? Nunca vi os guardas com nada tão sutil. Por que a pergunta?

A decepção brota em meu peito, e arranco parte da grama com as folhas.

— Por nada.

Trabalhamos em silêncio até que soa a sirene, indicando o término dos quinze minutos. Enquanto coloco as folhas no bolso cuidadosamente, Beks estende sua pilha.

— Para mim? — pergunto, chocada.

— Eu não tenho nenhuma utilidade para elas. — Ela dá de ombros. — Foi divertido me sentir próxima da minha avó por alguns minutos.

Pego as folhas e entramos na fila, atrás das outras garotas. Antes de entrarmos, viro-me para Beks, tirando uma folha vermelha do bolso.

Entrego a ela.

— Para você se lembrar do sol — digo, e tenho esperanças de dar a ela uma fração do conforto que a folha de Logan deu a mim.

Dobro uma folha ao meio e enrolo num cilindro firme. Pegando outra folha, passo em volta do cilindro. Dobro e enrolo, repetidas vezes, até que as dobras fiquem parecendo as pétalas de uma rosa. Amarro a base com um caule firme, repetindo até ter "rosas" suficientes para formar um buquê.

Mordendo o lábio, avalio meu trabalho manual. As folhas caídas são frágeis por natureza. Levanto o buquê gentilmente, rezando para que aguente. O ato abre uma comporta e precipitam-se perguntas em cima de mim, uma atropelando a outra. Eles já ligaram para minha mãe? Será que Jessa sente minha falta? Com quem Marisa vai fazer piada na aula?

Eu não deveria me importar. Provavelmente jamais as verei de novo. Agora esta é minha vida. Estas paredes. Uma bandeja de gororoba. O tijolo solto com um olho do outro lado. O quanto antes eu me acostumar, melhor.

— *Nãããããããããão!*

Meus dedos se fecham nas rosas, e, no último segundo, eu me controlo e não as esmago. Aquele barulho. Agudo. Um lamento. O gemido de uma alma sendo separada de seu corpo.

Ouço novamente, desta vez mais alto, vem do corredor.

— Vocês não podem me obrigar!

Lanço-me para a frente da cela e meto a cara por entre as grades.

É Beks, sendo empurrada pelo corredor por um guarda corpulento de bigode. As mãos dela estão presas às costas com eletroalgemas. Ele a empurra com o cabo do cassetete. Ela se joga para a frente, e ele a endireita com um puxão. Todo o processo recomeça.

— Não vou fazer isso! — Ela se enrosca em posição fetal no chão. — Não vou!

O guarda a levanta pelo braço, e seu corpo se desenrosca. Nas laterais do corredor, vejo cotovelos saindo das celas. Imagino as meninas do pátio, todas com o rosto tenso contra as grades. Todas com as mãos apertadas no peito.

O guarda cutuca Beks com o bastão. Ela voa, caindo de barriga bem na frente da minha cela.

Beks olha loucamente em volta antes de se fixar no meu rosto. Não sei se me reconhece, mas passa a mão por entre as grades e segura meus tornozelos.

— Você precisa impedir — diz ela com a voz rouca. — Não pode deixar que façam isso. Comigo. Com qualquer uma de nós. Você precisa impedir!

Eu me abaixo. Quero tocar seu rosto, mas não consigo alcançá-lo.

— Por favor. — O olhar de Beks penetra meu corpo e sinto um puxão. — Me ajude.

Antes que eu possa responder, o guarda passa o braço por sua barriga e a levanta. Ele a coloca no ombro e carrega pelo restante do corredor. Para diante da porta misteriosa ao final, aquela que até agora sempre esteve fechada.

— Sinto muito — diz ele de mau humor. — Mas você não tem escolha.

Ele a joga dentro da sala. Os momentos seguintes são um borrão. Ouço uma correria de passos. O guinchar de uma mesa sendo arrastada para o lado. Um homem grita: "Não!"

E então o barulho de um tiro.

11

ambaleio para trás. O que aconteceu? Será que Beks...
foi baleada? Por qual motivo?

Meu estômago se agita. Quero engatinhar para o
canto mais escuro da minha cela, me enroscar numa bola,
como Beks fez, e ficar ali até que os ouvidos parem de tinir, até
que a imagem de seus olhos desvairados desapareça da minha
mente. Até esquecer de tudo que aconteceu.

Mas não consigo. Continuo me enfiando por entre as grades,
esforçando-me para ver. Os cotovelos começam a desaparecer.
Uma por uma, as outras meninas se recolhem para suas celas,
para cochilar, dormir ou chorar. Para cravar as unhas nos braços até romper a pele. Para fazer o que quer que façam a fim
de transformar este arremedo numa vida.

Eu não. Fico perto da porta. Porque ela me pediu ajuda.

A mim. Coitada da Beks. Escolheu a garota errada. O que
eu poderia ter feito?

As horas passam... Ou talvez apenas minutos, ou até segundos. O tempo não faz mais sentido. O que é futuro e o

101

que é passado? Eu matei minha irmã ou não? Será que ainda posso salvá-la? Assim como não salvei Beks?

A porta da sala de interrogatório enfim se abre. O guarda corpulento de bigode sai, e Beks vem atrás dele. As mãos e os pés estão presos por eletroalgemas. Mas antes que a respiração presa chegue a sair dos meus pulmões, outro guarda deixa a sala, carregando um saco preto de cadáveres. O corpo.

Então alguém foi mesmo baleado, afinal. Só que não foi Beks.

O Bigode Corpulento vai à entrada e cumpre toda a rotina. Impressão manual, amostra de sangue, varredura da retina, código numérico. Toda a comitiva sai. E eles não voltam.

Para onde foram? O que fizeram com Beks?

Por mais que eu espere, com as grades pretas imprimindo listras em minha testa e bochechas, não vou conseguir resposta alguma.

Lembro-me das palavras de Sully. *Eles deixam você aqui até alguma coisa mudar.*

Esta deve ser a mudança à qual ela se referia. A mudança que tira você do Limbo e te coloca em outro lugar.

O que só pode significar uma coisa: Sully sabe. O que quer que tenha acontecido com Beks, Sully sabe a resposta.

Estou esperando por Sully quando ela retira o tijolo. Nós nos olhamos, piscando devido à surpresa e à poeira solta pelo movimento do tijolo.

— Me. Conta. Tudo.

— Sobre Beks ou as seringas?

— As duas coisas — digo. — Primeiro Beks.

Sully semicerra o olho.

— Exigente demais, pintinho. Ainda não aprendeu? Você não tem poder aqui. Eu tenho.

Se fosse possível, eu estenderia o braço pela parede e a sacudiria.

— Isto aqui não é brincadeira, Sully. Alguém morreu.

— Você quer uma coisa de mim. Eu preciso de uma coisa de você.

Empurro o buquê de "rosas" pelo buraco na parede.

Seu olho desaparece enquanto ela examina o presente. Um instante depois, está de volta.

— O que é isto, um monte de folhas? O que eu posso querer com umas folhas mortas?

— Não são apenas folhas, Sully. Esta era a atividade artesanal favorita da minha irmã. E quando eu me sentia engaiolada na escola, o garoto de quem eu gostava me dava uma folha vermelha.

Ela revira o olho.

— Está me matando de tédio, pintinho. Quem liga pra isso?

Respiro fundo.

— Tem um verso de Emily Brontë. Estava num livro de poemas antigo que minha mãe me deu. Ela escreveu, "Cada folha fala-me de felicidade / voando da árvore outonal...". — Umedeço os lábios. — Eu tinha esperanças de que estas folhas também fossem fazer você sentir-se assim. A gente pode estar presa aqui dentro, longe do sol, mas eu queria que as folhas lembrassem a você de como é ser livre. Ser capaz de tomar o caminho que quiser e ir para onde decidir.

Aguardo, preparando-me para a risada de Sully, prevendo que vai me ridicularizar. O olho pisca para mim. E pisca, pisca, pisca. Depois forma uma ruguinha no canto.

— Tem toda razão, pintinho.

Minha respiração sai num silvo.

— E então, vaï me contar?

Ela desaparece, como se estivesse colocando as rosas num lugar seguro, e volta um instante depois.

— O que você sabe da história de Beks?

— Nada. Ela já mencionou uma avó — digo. — Me pareceu que as duas se amavam.

— Os pais dela foram presos quando Beks era bem novinha. Suspeitavam de que eles tivessem capacidades paranormais. Beks morou com a avó até receber sua memória do futuro. — A voz de Sully se abranda de um jeito que eu não esperava. Algo que quase parece tristeza.

Engulo o bolo na garganta. A memória não pode ser boa, não se Beks terminou aqui. Não se Sully fica desse jeito.

— O que aconteceu?

— No futuro, um ladrão invade a casa delas. A avó o intercepta, e ele mete uma bala em seu peito. Furiosa, Beks ataca o ladrão, arranca a arma de suas mãos e o mata.

A suavidade desaparece da voz de Sully.

— A AMFu prendeu Beks, e ela ficou no Limbo desde então, esperando para ver se seria considerada agressiva.

Fico petrificada. A conversa com a presidente Dresden volta à minha mente. *Você, minha cara, é classificada como agressiva. Agressiva. Agressiva.*

— Como assim? — pergunto com a voz fraca.

— A AMFu não mexe com a maioria de nós. Mas, de vez em quando, conclui que uma de nós é agressiva demais. As reverberações dos nossos atos são fortes demais para ficarmos livres. Por isso Beks ficou tão histérica. Porque soube da morte da avó.

— Não entendo. — As peças não se encaixam, por mais que eu as force no lugar. — Por que a avó dela estaria morta? A AMFu sabia do ladrão. Por que não evitaram o crime?

Sully ri com aspereza.

— Onde estamos, pintinho?

— Você disse que estamos no Limbo.

— É verdade. Mas onde estamos presas? Estamos nas instalações da ASPub, com os outros criminosos?

— Não — sussurro. — Estamos no prédio da AMFu. — Se fôssemos criminosas de verdade, mesmo do futuro, teríamos sido mandadas para a Agência de Segurança Pública, a ASPub.

— Agora você entende? — As palavras são arrastadas. Não devido a um cansaço comum, nem mesmo extremo. Mas a um cansaço que não pode ser curado, nem com uma vida inteira de sono. — O objetivo da AMFu não é prevenir o crime. É facilitar a recepção e a realização da memória do futuro. A realização, pintinho. O objetivo da AMFu é garantir que nossas memórias se tornem realidade.

A verdade me esmaga. *Nós nos esforçaremos para obter a realização nos maiores detalhes possíveis*, disse a presidente. Pensei que estivesse falando de detalhes básicos. Pensei que estivesse falando da cor da minha blusa.

Não. Não quero ter razão. Não suporto estar certa.

— Então quem foi baleado na sala de interrogatório? Está me dizendo que foi... o ladrão?

— Ele não devia viver, pintinho — diz ela, a voz opaca como os blocos de concreto. — Quando prendeu Beks, a AMFu mexeu na cadeia de acontecimentos. Quando decidiram que ela era agressiva, tiveram de consertar as reverberações de seus atos. O único jeito de fazer isso seria trazendo o ladrão aqui e obrigando Beks a matá-lo. Exatamente como na memória dela.

Afasto-me repentinamente do buraco para não ter mais de ver o olho de Sully. Assim posso parar de ouvi-la.

Mesmo assim, ela continua falando:

— Agora que Beks realizou sua memória, agora que a obrigaram a fazer isso, eles vão transferi-la para a ASPub. Porque agora ela é uma criminosa de verdade. Exatamente como sua memória previu.

Afasto-me da parede e trago os joelhos ao peito. Cometi um erro terrível. O pior erro de cálculo da minha vida.

Porque a presidente disse que eu era agressiva. E, quando os cientistas descobrirem minha memória verdadeira, a AMFu vai garantir que se torne realidade.

Eles vão me obrigar a matar minha irmã.

12

A voz de Sully vaga até mim.

— Ainda está aí?

Nossa transação está encerrada. Eu dei as rosas a ela; Sully explicou o que aconteceu com Beks. Então por que ainda está falando comigo?

— Não, não estou.

Fico de costas para a parede. Mas ela não vai embora.

— Eu ainda nem falei com você sobre as seringas — argumentou ela. — Não quer saber das seringas?

Lágrimas quentes castigam minhas pálpebras, mas me recuso a deixar que saiam. Tudo está funcionando contra mim. A AMFu. O Destino em si. Por que um dia pensei que conseguiria combatê-los?

— Escuta aqui, pintinho. Sei que é muita coisa para absorver. Lembro quando eu descobri. Fiquei catatônica por uma semana.

Preciso tentar. Minha irmã está contando comigo, e não posso desanimar. Preciso continuar lutando. Por ela.

Reunindo todas as minhas forças, engatinho de volta à parede.

— Fale das seringas.

— Antes de você vir para cá, uma garota chamada Jules vivia na sua cela. Ela estava completamente surtada. Gritava insultos de manhã à noite. Incomodava os guardas quando eles passavam pela cela. Uma vez, até jogou o balde de urina na cara deles. Ninguém ficou surpreso quando eles a consideraram agressiva.

Um sorriso repuxa meus lábios. Eu gostaria de ver a urina escorrendo na cara do Cicatriz.

— Algumas semanas atrás, eles a obrigaram a realizar sua memória. — Sully faz uma pausa. — Ou, pelo menos, acho que fizeram isso. A realização não foi nada parecida com o que já vi. Em geral ouvimos tiros ou corpos sendo jogados por aí. A dela foi totalmente silenciosa. Ela entrou naquela sala com um guarda, e um cientista foi atrás com um suporte de seringas. Uma fileira com líquido transparente, uma segunda fileira, vermelho. Alguns minutos depois, todos saíram, aparentemente incólumes. E foi só isso.

Franzo a testa.

— Mas qual seria a memória dela?

— Tentativa de homicídio. Ela ataca o pai, acho. Mas onde estava o pai dela nisso tudo? E o que aconteceu com o ataque?

— Talvez o pai dela fosse o cientista — digo.

— Talvez. Ou talvez eles não estivessem realizando memória nenhuma. Talvez estivessem fazendo alguma experiência que desconhecemos.

Não sei o que pensar dessa história. Nem sei como e se tem relação com minha própria memória. Minha seringa tinha um líquido transparente no cilindro, não vermelho. O que significa o líquido vermelho? Será que estamos falando da mesma substância?

Sully resmunga alguma coisa que não entendo. Eu me viro e olho pelo buraco. Seu olho não está lá. Ela está sentada um pouco além da parede, e vejo seu rosto pela primeira vez.

Ah, eu vi o rosto dela no pátio. Mas foi a 20 metros de distância, quando suas feições estavam à sombra do prédio. Pela primeira vez, vejo as maçãs do rosto proeminentes, a boca perfeita em formato de coração. A boca que agora está tremendo, embora seus olhos estejam fixos, como sempre.

Fico boquiaberta. Quantas vezes vi aquele olho inexpressivo e supus que ela fosse desprovida de sentimentos? Durante todo o tempo sua boca a teria delatado caso eu a tivesse visto.

— O que foi que você disse? — pergunto.

Ela levanta a cabeça e se vira para o buraco, embora eu saiba que não consegue me enxergar de tal ângulo.

— Agora você sabe por que fico em silêncio. Minha varredura cerebral mostra que não sou agressiva. Eu devia estar em segurança aqui no Limbo pelo resto da minha vida. Mas quero ter certeza.

— Ficar se cortando é algo agressivo — digo. — Faz você se destacar.

— Os cortes são meu plano de apoio. — Ela estende os braços. Esteve mesmo se cortando. Mas não com golpes elegantes e cirúrgicos. Os cortes são irregulares e tortos, como se ela rasgasse a pele com um cabide. Ou com as unhas.

— As meninas pensam que me corto para marcar o tempo. É mais fácil deixar que pensem assim. Ser seu calendário humano. Mas a verdade é que não suporto fazer isso mais de uma vez por semana.

— Então por que você faz?

— No futuro, eu mato um homem, pintinho. Só que antes disso, ele me estupra. — Ela contrai os lábios. — Sei como a AMFu pensa. Se um dia eles concluírem que sou agressiva, não vai ser o suficiente para me transformar em assassina. Eles precisam que todos os detalhes se tornem realidade, por medo de que as reverberações perturbem seu precioso sistema. Mas eu vou mostrar a eles. — Sua voz endurece. — O estupro é um crime que eles não podem forçar. Então, se eu me cortar, se eu passar fome e virar só pele e osso, o bandido vai ficar com nojo e não vai conseguir me estuprar. Não é?

O estupro tem a ver com poder, não com sexo. Além disso, eles têm comprimidos para disfunção erétil. Podem curar os braços de Sully com um raio laser. Se a AMFu tiver meios de vasculhar nosso cérebro e trazer à tona nossas memórias, duvido que deixem uma leve desfiguração os impedir de alcançar seus objetivos.

Mas não falo nada disso. Porque a esperança, por mais irracional que seja, é uma coisa poderosa. Quando as probabilidades estão contra nós, quando a batalha parece insuperável, pode ser que só a esperança nos faça continuar.

Não vou destruir a esperança de Sully. Não vou derrubar a única coisa que permite sua sobrevivência.

Então coloco o olho no buraco.

— Está certo. Ele não vai conseguir estuprar você. Você vai ficar em segurança aqui.

Ela se afasta sem responder, e, depois de um tempo, eu faço o mesmo. Recolhendo-me para o canto da minha cela, permito que uma única lágrima escorra pelo rosto. Não posso deixar que eles decifrem minha memória agora. Não posso.

Fecho os olhos com força e me lanço em minha memória do futuro. Desta vez, arrasto os pés enquanto caminho pelo corredor, com medo de encontrar a sala 522. Abro a porta e tento olhar para qualquer coisa, menos para minha irmã. Meus olhos pousam no ursinho de pelúcia, especificamente em sua fita azul.

Isso! Consegui! Mudei a cor!

Mas meu êxtase não dura muito tempo. Há um trabalho a ser feito.

Respiro fundo, criando coragem. Mas o Limbo colocou minhas reservas numa peneira e preciso me agarrar à pouca força que tenho antes que ela se esgote. Enfim, viro-me e olho para Jessa. A pobre e meiga Jessa, com seu cabelo embaraçado e sorriso largo. Com os dedos dos pés aparecendo pelo lençol um metro antes da extremidade da cama. Dando um empurrão mental, imagino aqueles mesmos dedos pisando no tecido, a uns 30 centímetros do rodapé. Quando olho de novo, é como se ela tivesse ficado 60 centímetros mais alta.

A empolgação agita meu estômago. Eu posso fazer isso. Posso mudar minha memória.

Voltando a atenção para seu rosto, esculpo um novo. Desintegro a gordurinha infantil que resta em suas bochechas e deixo o maxilar mais acentuado. Este trabalho é o equivalente mental a correr uma maratona. Minha mente já está cansada e turva, como se eu não dormisse há 72 horas. Mas não posso descansar, ainda não. Pressiono mais.

Os olhos de Jessa ficam mais arredondados e um pouco mais separados. Em seu queixo, surge um pequeno sinal. Seu nariz pequeno e bonitinho aumenta, arrebitando-se na ponta. E para dar um toque final, o sorriso perfeito se distorce, exibindo duas fileiras de dentes tortos.

O local onde minha irmã de 6 anos está deitada agora abriga meu marido traidor. Aquele canalha. Eu vou matá-lo.

Mas, primeiro, acho que preciso de um cochilo.

Algumas horas depois, acordo com a visão horrorosa do Cicatriz. A marca nem é sua parte mais feia. Os olhos cruéis e estreitos, os lábios finos e desdenhosos. Agora eis aí uma imagem que eu gostaria de alterar. Ele me coloca de pé e me empurra para fora da cela. Tomamos o mesmo caminho para o laboratório do Dr. Bellows.

No primeiro cruzamento, atiro-me para a direita. Mas a mão do guarda é uma algema em meu braço, sólida e implacável. Ele me puxa para a frente e eu cambaleio.

— Não vai dar certo, garotinha. Tenho ordens estritas de levar você ao laboratório sem ferimento algum.

— Sério? Isso quer dizer que você não pode me chicotear por fazer isso? — Acumulo saliva na boca e cuspo bem na cara dele. O cuspe acerta sua bochecha e escorrega lentamente, pegajoso. É ainda melhor do que urina.

O Cicatriz limpa o rosto em meu macacão.

— É claro que Bellows não falou nada sobre depois do procedimento — sussurra ele libidinosamente em meu ouvido. — Acho que você e eu teremos uma sessão privativa, só nós dois.

As palavras são cubos de gelo descendo pela minha espinha. Sei que eu deveria neutralizar a situação. Sei que não devia fazer o que estou pensando. Mas não consigo evitar. Agarro seu pescoço, puxo-o para perto e meto o joelho com toda força que tenho entre suas pernas.

— Estou ansiando por isso.

Ele se curva, gemendo de dor.

Ficou surpresa. Nem acredito que funcionou. Afinal, devo ter aprendido alguma coisa em meu Período de Defesa Pessoal.

Antes que ele consiga se recuperar, saio em disparada pelo corredor, mas não vou muito longe. Dois funcionários saem das salas e convergem até mim, segurando meus braços. O Cicatriz deve ter apertado algum botão para chamá-los.

Vou pagar por isso depois. Depois do procedimento, sem a proteção das instruções de Bellows, ficarei indefesa contra a fúria do Cicatriz.

Mas valeu a pena. Porque posso cuspir na cara no guarda. Posso meter o joelho em sua virilha, e ele ainda tem de me entregar a Bellows inteira e incólume.

E isto me dá um prazer extremo e profundo.

Será que isso faz de mim uma pessoa malvada? Ou talvez a presidente Dresden tivesse razão. Talvez, afinal, eu seja agressiva.

O guarda me enfia no laboratório sem dizer mais nada. Antes de sair, torce a carne do meu braço, uma promessa ameaçadora do que está por vir.

Apago todo o incidente da cabeça. Não posso pensar no Cicatriz agora. Preciso me concentrar nesta sala. Nesta luta. Nesta memória.

Bellows tem a companhia de uma jovem. Ela estava sentada à mesa, com uma mochila pendurada na cadeira, as mãos envolvendo um teclado esférico. Estatura mediana. Olhos claros. Cabelo castanho que se curva pelas orelhas e termina num ponto de interrogação acima dos ombros.

— Parece que a presidente Dresden passou a ter um interesse especial pelo seu caso. — Bellows mexe no lápis atrás da orelha. — Mandou a assistente pessoal para se certificar de que não vamos sair da linha.

Seu tom é neutro, mas um músculo se contorce no canto da boca. Ele não está satisfeito com a supervisão. E nada feliz comigo por tê-la provocado.

— De forma alguma. — A assistente sai de sua cadeira e sorri. — A presidente Dresden está apenas curiosa, quer saber por que o primeiro tratamento não funcionou. Por favor, sente-se.

Algo lampeja em minha mente. William disse que estava namorando a assistente da presidente. Isso quer dizer que esta mulher é a namorada dele?

Se ela tem noção de que eu sei, não dá sinal nenhum. Ela me ajuda com a cadeira cheia de fios e prende os arreios em meu corpo, seu aroma floral vagando até mim. Não é perfume, mas um comprimido que ela toma para alterar a composição do suor.

— Meu nome é MK — diz ela.

Sei que ela não é minha amiga. Mesmo que seja namorada de William, é assistente pessoal da presidente, está a apenas um passo da inimiga. Ainda assim, não consigo deixar de simpatizar com ela. É a primeira funcionária da ComA que é gentil comigo desde que fui presa.

— Eu sou Callie — digo.

— Nome completo: Calla Ann Stone. — Bellows coloca os sensores na minha cabeça. — Aniversário: 28 de outubro. Situação: no Limbo. Acabamos com as amabilidades? Alguns aqui precisam trabalhar.

MK dá um leve aperto no meu ombro e se retira para a mesa-tela.

114

Bellows encaixa fios nos sensores.

— Dobrei a potência da fórmula. Você está totalmente saudável. Se a memória estiver aí, vamos arrastá-la para fora.

Ele assente para MK, e ela liga um interruptor. Minha pele explode em arrepios.

— Você vivenciou alguma situação estranha desde o tratamento anterior? — pergunta ele.

Ah, Claro. Descobri que a AMFu promove o crime violento porque tem uma concepção distorcida da prevenção de reverberações de atos no futuro. Isso é estranho o suficiente pra você?

— Não, senhor! — respondo em voz alta.

— Tem certeza? Se tiver alguma capacidade paranormal inerente, estes tratamentos vão aumentá-la, pelo que se sabe.

Umedeço os lábios. Será que ele sabe da minha capacidade mental de manipular as memórias, como se eu fosse máquina? Mas isso começou antes do último tratamento, e não depois. Ele não tem como saber.

Recorro à resposta que treinei com minha mãe.

— Não tenho capacidade paranormal. O senhor pode ler meu registro da escola. Não há nenhuma denúncia.

— Hummm. — Ele põe a mão no queixo. — Mesmo com sua formação genética?

Meu coração para. Eles sabem sobre Jessa? Mas como?

— Não sei do que o senhor está falando.

— Seu pai — diz Bellows.

Meu pai? Como é?

Isso não importa. Meu coração recomeça a palpitar. Não ligo para a relação do meu pai com nada disso, desde que Jessa fique a salvo.

— Achou que eu não soubesse? — Bellows sorri com malícia. — Seu nome me pareceu familiar. Lembrou-me de um homem com quem já trabalhei. Ele tinha muito orgulho de sua primogênita. Um dia chegou aos laboratórios e gritou que a havia batizado com o nome do grande Callahan.

Ele vai à sua mesa e ergue a mão. O teclado esférico salta para encontrar a ponta de seus dedos. Um instante depois, a imagem do meu pai aparece no ar. É a mesma que minha mãe programou em seu medalhão, aquele que ela usa quando não está com o crucifixo.

— Pesquisei um pouco — diz Bellows. — Por acaso este homem aqui é seu pai.

Olho a imagem. Os lábios do meu pai estão relaxados, sua expressão é estoica. Já vi aquela imagem uma centena de vezes, mas nunca vi o pânico acumulado em seus olhos. Ou será minha imaginação?

— O que o senhor sabe sobre meu pai? Que relação ele pode ter com uma capacidade paranormal que eu tenha?

Bellows me examina. Atrás dele, MK aguarda, os dedos pairando sobre o teclado esférico.

— É confidencial — diz o cientista por fim. — Se sua mãe não lhe contou, não posso divulgar.

Ele assente para MK. Ela digita alguns comandos, e os dois saem. No momento em que a porta se fecha com um estalo, a fumaça é despejada na sala.

Não estou preparada. Minha mente não é uma gaiola de aço. A notícia de Bellows a escancarou. Idiota, idiota, idiota. Ele fez de propósito. O cientista jamais contaria sobre meu pai. Provavelmente inventou tudo só para me abalar.

Minha mente está aberta. Tão aberta quanto o trecho de céu acima do pátio, como a rede de dutos que se contorce e sai desta sala. Aberta como o poço sem fundo de uma mente preparada.

Estou caminhando por um corredor. Tem piso de linóleo verde, com telas de computador embutidas a intervalos regulares. As paredes iluminadas brilham com tanta intensidade...

Não! Não vou fazer isso. Não vou entregar esta parte de mim a eles.

...que consigo distinguir uma pegada parcial no chão. O cheiro acre de antisséptico faz meu nariz arder.

Trinco os dentes. Cerro o queixo. Não posso permitir que a memória chegue à porta. Não sei se minha minhas alterações permanecem. Não faço ideia se vou matar meu marido traidor ou minha irmã caçula. Meus dedos cravam na palma da mão, rasgando a pele. Fecho o punho com a maior força que consigo. Com força, porque está fechado. Trancado. Nunca vai se abrir. Nem para Bellows, nem para mais ninguém.

É minha irmã que estou tentando salvar. Minha irmã.

Fechado.

Não sei quanto tempo lutamos, o gás e eu. O suor encharca meu corpo, colando-me na cadeira. Meu coração martela como se estivesse em sobremarcha — intenso demais, rápido demais, demais para meu frágil corpo humano. Não consigo ouvir nada além do rugido nos ouvidos. Não enxergo nada senão a escuridão profunda atrás de minhas pálpebras. Não sinto gosto de nada além do sabor metálico e intenso de sangue.

FECHADO.

A certa altura, as máquinas enlouquecem. *Bip! Bip! Bip!*

MK entra às pressas na sala, digitando comandos na esfera e arrancando os sensores da minha cabeça.

Bellows vem atrás dela.

— O que está fazendo? Nós quase a pegamos.

— Seus sinais vitais extrapolaram os gráficos. — Ela aperta um botão, e meus arreios caem. — Esta memória é importante, mas não vamos sacrificar sua vida para recuperá-la. Está claro?

A náusea se instala, e caio no chão. A sala gira. Fios, computadores e os dois funcionários da AMFu correndo ao redor num tubo de vento.

— Tem razão. — Como Bellows consegue falar quando está voando de lado? Por que as palavras dele chegam com clareza, e não emboladas? Ele está no tornado, e eu, no olho do furacão. Ele não vai parar de se mexer, e eu estou eterna e consistentemente parada. — Ela não pode morrer sem realizar a memória. Sua morte prematura colocará todo o sistema em risco.

Ele entra, depois sai do meu campo de visão, oscilando, então coloco a mão na boca. Como ele consegue suportar isso? Estou ficando enjoada só de observar seu movimento.

— Vou alterar a fórmula. — Seu corpo se alonga até ele ficar todo esticado em volta de mim. Balanço a cabeça de um lado a outro, tentando me fixar em seu rosto. — Leve-a de volta à cela e controle seus sintomas. A essa hora, amanhã, teremos sua memória.

É um alívio quando MK passa o braço pela minha cintura e me retira do vento.

13

MK meio que me arrasta, meio que me carrega de volta ao Limbo. Tento ajudar, mas minhas pernas não funcionam. Caio no chão, puxando MK e sua mochila comigo.

— Você vai ficar bem. — Ela me ajuda a levantar. — Vou injetar em você um antídoto de ação rápida. Não é o procedimento padrão, mas Bellows autorizou. Ele quer você de volta à plena saúde o mais depressa possível.

Passamos pela sala de paredes de vidro. O Bigode Corpulento está sentado a uma mesa. Nenhum sinal do Cicatriz. O turno dele já deve ter acabado. Quanto tempo fiquei no laboratório? As paredes das celas estão escurecidas, então deve ser noite.

Entramos na minha cela, e MK me baixa no chão, ajeitando meus braços e pernas, como se fossem talheres preciosos. Quase acredito que ela se importa comigo. Quase acredito que sua principal preocupação seja meu bem-estar, e não o sucesso do projeto.

Até que ela retira uma seringa da mochila.

Dura, cilíndrica. Do tamanho da palma da minha mão, com um fluido amarelo nadando dentro dela.

Engulo em seco.

— O que... o que você vai fazer com isso?

— É o antídoto. Não vai doer nada. — Ela arregaça a manga do meu macacão, e sinto uma picada aguda no braço.

Um antídoto. Talvez tenha sido isso que meti no peito de Jessa. Talvez meu eu futuro estivesse tentando salvá-la, e não matá-la.

Bem que eu queria. Eu poderia desejar a mil estrelas cadentes, e ainda assim não seria verdade. Sei disso porque o monitor cardíaco ficou com uma linha contínua. Eu vi. Ela morreu.

— Viu só? — Os dedos frios de MK deslocam-se para meu pulso. — Seus batimentos cardíacos já estão reduzindo.

Ela se vira e começa a arrumar os objetos na mochila. Fecho os olhos um pouco. Ela tem razão. Eu me sinto melhor.

MK pode trabalhar para a pessoa errada, mas isso não significa que tenha más intenções. A julgar pelos objetos em sua mochila, ela é uma garota comum, como eu e Marisa. Garrafa de água, pó compacto, ursinho de pelúcia...

Espere aí um minuto. Ursinho de pelúcia. Tem pelo branco e uma fita vermelha, orelhas arredondadas e nariz preto. Idêntico ao urso da minha memória do futuro.

Esforço-me para ficar sentada.

— MK, onde você conseguiu este urso? — As palavras saem num guincho, precipitadas, com pânico.

— Shhh. — Ela fecha o zíper da mochila, o ursinho dentro, e a pendura no ombro. — É um bicho de pelúcia, Callie. Não vai te machucar.

— Não, você não entendeu. Não estou alucinando. O ursinho...

Ela cobre minha boca com os dedos.

— Você precisa descansar. Chega de falar, está bem? Voltarei pela manhã para dar uma olhada em você.

— MK...

Mas ela não está mais ouvindo. Ela e o ursinho saem da minha cela, e a porta se fecha.

Fico deitada de costas, o coração aos saltos. É ridículo da minha parte. Provavelmente não significa nada. É uma coincidência que o gêmeo do urso estivesse no peitoril de Jessa.

Só que não acredito mais em coincidências.

Fecho os olhos e tento dormir. Tenho um grande dia amanhã. Bellows vai alterar a fórmula. Torná-la ainda mais forte. Preciso resistir ao gás. *Tenho* de resistir.

Mais uma vez, sondo meu cérebro. Acompanhando meu eu do futuro, caminho pelo corredor até a sala 522. Abrindo a porta, vejo um ursinho branco e felpudo com uma fita azul brilhante. O alívio me domina, e abro um sorriso. Avanço mais para dentro do quarto e me viro para a cama a fim de matar meu marido. Absorvo seu nariz arrebitado, o queixo quadrado, os dentes tortos. Mesmo sendo feio, nunca vi nada mais bonito na vida. Mas justamente quando levanto a seringa, alguma coisa muda. Nossos olhares se encontram, e enxergo os olhos dela. Os olhos de Jessa.

E num estalo todo o estratagema se desintegra. A cara de Jessa fica suave e redonda, a pinta desaparece do queixo e suas pernas desajeitadas ficam curtas mais uma vez. Cravo a agulha no coração de Jessa. A última coisa que vejo antes de cair na realidade é o sorriso derradeiro de Jessa, cheio de dentinhos pequenos e encavalados.

Sinto um aperto no estômago. Eu fracassei. Meus dons não são fortes para sustentar a alteração, pelo menos ainda não.

Minha única opção é combater o gás. Preciso repelir a memória. Mas por quanto tempo poderei aguentar? Será que consigo resistir dia após dia?

Sento-me, e o chão se revira em ondas. Seguro minha testa. Bellows disse que a fórmula não funciona tão bem quando estou machucada. Eu preciso do Cicatriz. Preciso que ele bata em mim, para me proteger da fórmula.

Levanto-me, trôpega, mas antes que consiga correr até a grade, ouço um zumbido mecânico. Como que em câmera lenta, a porta se abre e uma figura avança pelo espaço aberto. Seu rosto está à sombra, mas os ombros preenchem a soleira.

Minha respiração fica presa na garganta. Desejo realizado. O Cicatriz está aqui.

Recuo, tropeçando nos próprios pés. Quero que ele me machuque, mas o medo agarra meu coração com seus dedos gelados. Os pelinhos da minha nuca se eriçam, e meu corpo já se encolhe da dor.

— Acabe logo com isso. — A voz rasteja pela minha garganta, derrotada e resignada. Eu dou conta. Qualquer ferimento que ele infligir valerá a pena, pois vai me manter a salvo da fórmula de Bellows e impedirá que a AMFu descubra sobre minha irmã.

O vulto avança, e a porta se fecha. Mas tem algo errado. Ele não parece o Cicatriz. Parece...

Ele segura meu braço e arquejo, porque enfim consigo ver seu rosto, e não é o do guarda, afinal de contas.

É Logan Russell.

14

Meus joelhos bambeiam e o ambiente roda, tal qual aconteceu no laboratório. Deve ser outra alucinação. Obviamente meu velho amigo não está na minha cela usando uniforme de guarda. O verdadeiro Logan Russell deve estar em casa, na cama, descansando de uma prova de natação ou de um exame de cálculo, ou de um encontro quente.

Mas, ah, ele está tão lindo! Não posso culpar minha alucinação pela atenção aos detalhes. Mesmo nas sombras, posso ver seu bíceps volumoso por baixo da camisa de manga curta e o tecido de algodão colado na barriga.

E aí noto sua expressão.

É a mesma que ele costumava me lançar em sala de aula. Durante um intervalo no sermão da professora, eu sentia o calor de seus olhos na minha pele. Quando levantava a cabeça, ele desviava os olhos rapidamente. No automático. Mas não antes de eu perceber o desejo, como se ele também corresse os olhos pelo céu toda noite, procurando uma estrela cadente para desejar que nossa amizade voltasse a existir.

Na época, eu era tímida demais para fazer alguma coisa a respeito daquele olhar. Mas não preciso ser tímida agora. Ele nem mesmo é real.

Diminuo a distância entre nós e coloco minhas mãos em seu peito. Os músculos são cumes duros sob minhas mãos, e seu coração bate na ponta dos meus dedos. Assim que o toco, o Logan ilusório puxa o ar rispidamente e fica parado, como se tivesse esperado um tempão por este momento.

Também não posso culpar minha imaginação por ser criativa.

— Você está incrível — digo. Pelo visto, nem a Callie que alucina é safa.

Minha pele fica vermelha, e minha pulsação é um baixo alto demais nos ouvidos. Eu deveria me afastar, mas a alucinação é minha e eu quero me aproximar. Quero mais.

Arrasto-me para a frente, e os dedos dos nossos pés se acariciam através dos tênis. Passo a mão em seu peito, nos ombros, depois subo, vou subindo até tocar o rosto macio e recém-barbeado, passo os dedos de um lado a outro, fascinada com a textura sedosa. Ele expira, uma lufada que parece conter toda a frustração e desejo dos últimos cinco anos.

Levo a mão aos seus lábios. Os lábios macios e quentes. Os lábios que eu quis tão desesperadamente provar antes de me entregar para a AMFu. Os lábios que agora estou me desafiando a beijar.

Mas nem na minha imaginação sou tão corajosa assim.

Ele ergue o braço e cobre minha mão, seus dedos se fechando em minha palma como se jamais quisesse soltar. Depois retira minha mão de seus lábios, lentamente, com relutância, como se fosse a coisa mais difícil que já fez.

— Nem acredito que estou dizendo isso, mas não temos muito tempo.

Espere aí um minuto. No laboratório de ciências, quando alucinei a inundação, eu não conseguia sentir as gotas de chuva. Mas sinto cada pedacinho de Logan, de sua boca macia às mãos calejadas.

— Você é real?

— Super-real.

Ai. Meu. Destino. Afasto a mão rapidamente, o rosto quente o bastante para botar fogo no ambiente. Eu estava mesmo apalpando o peito dele? Acariciando sua boca? Qual é o meu problema?

— O que está fazendo aqui? — murmuro para o chão.

— Resgatando você. — Ele levanta a mão, como se não soubesse o que fazer com ela. O momento passou. A alucinação acabou. Ele coloca a mão nas costas, e fico dolorosamente consciente de que o clima entre nós estava só na minha cabeça.

— Não é o que você pensava — diz ele. — Você não está a salvo do seu futuro aqui. A Resistência me contou que a AMFu não se importa com o crime. Só quer fazer com que as memórias se tornem realidade.

— Descobri o mesmo alguns dias atrás — sussurro.

Ele para.

— Cheguei a tempo? Sua memória virou realidade?

— Eles nem mesmo conhecem minha memória. — A saliva se aloja em minha garganta. O que ele pensaria se soubesse a verdade? Ainda quereria me salvar?

Ele agita uma varinha magnética diante da porta, e esta se abre. A varinha é igual àquelas carregadas pelos guardas, padrão AMFu, não está disponível em nenhum outro lugar.

Arregalo os olhos. Finalmente cai a ficha: ele está me tirando daqui.

— Onde conseguiu isso?

— Depois eu explico. Precisamos sair antes que o sonífero que dei ao guarda perca o efeito. — Ele me guia para sair. Tropeço em coisa nenhuma, e ele me segura.

— Qual é o problema? — Ele aperta meu ombro. — Eles te machucaram?

— É o gás. — A desorientação volta com toda força. Nem mesmo sei onde fica a porta. — Eles estão tentando trazer minha memória do futuro à tona. A vertigem é um dos efeitos colaterais. E também estou enxergando coisas que não existem. Por isso eu te apalpei. — Eu deveria deixar pra lá. Fingir que nunca aconteceu. Mas minha boca não tem mais nenhuma ligação com minha mente. — Pensei que você fosse uma alucinação. Eu não estava dando em cima de você. Nem de mão-boba. Nem abusando da sua boca. — Ai, meu Destino! *Cala a boca, Callie. Apenas cale sua boca.* — Desculpe.

— Eu não me importaria se você desse em cima de mim. — Ele pigarreia. Acho que o Logan da vida real também não é tão safo.

Nós nos encaramos. Ele realmente disse que gosta de mim? Não pode ser. Ele não está interessado em mim. Nem mesmo somos amigos.

Entretanto, estamos a centímetros de distância e sua respiração sai acelerada. Se eu me inclinar um pouquinho para a frente...

— É melhor a gente sair daqui — diz ele.

É verdade. Estamos no meio de uma missão de resgate.

Avançamos, tentando misturar nossos passos aos roncos das prisioneiras adormecidas. Com alguma sorte, ninguém está acordado para ouvir a diferença.

Cobrimos um total de dez passos quando uma voz soa junto ao meu cotovelo.

— Quem está aí?

Dou um salto, mas é apenas Sully, de pé junto às grades. Ela está diferente. Seus olhos parecem menos duros no rosto ossudo. Os cílios retos e compridos, que parecem tão ameaçadores à luz, ficam vulneráveis quando banhados pelas sombras.

— Sou eu. — Forço meu cérebro atolado, tentando bolar o jeito mais rápido de explicar. — Sully, este é o garoto que costumava me presentear com as folhas. Ele veio me soltar.

Ela estende o braço pela fresta e coloca alguma coisa na minha mão. Uma das folhas que dei a ela em troca de informações. Está seca e esfarelada, mas, tirando isso, intacta.

— Me leve com você — pede ela.

Olho para Logan, e ele dá de ombros, impotente.

— Não podemos. Esta varinha só está programada com o código da sua cela. Não sei onde encontrar o código da outra.

Só conheci essa garota alguns dias atrás, mas agora murcho ao pensar em deixá-la. Como a folha que morre em minha mão.

— Eu sinto muito, Sully. Se eu achar um jeito de voltar por você, voltarei. Nesse meio tempo, fique em segurança aqui. Você não é agressiva.

Ela franze os lábios, e uma fissura se abre em meu coração. Alguns segundos depois, porém, não resta nenhum vestígio de tristeza.

— Vai, pintinho. Voe dessa gaiola por nós duas.

Ela se afasta da grade. Coloco a folha no bolso do macacão, os membros pesados de remorso, e sigo Logan. Eu me sinto uma garrafa de bebida com gás prestes a estourar. Basta um peteleco para me fazer explodir.

Mas então chegamos ao final do corredor e a entrada está à nossa frente, imponente como sempre. Dentro da sala de paredes de vidro, o Bigode Corpulento está arriado em sua mesa, os roncos de urso sacodem seus ombros.

A pressão escapa um pouco. Não posso me sentir mal por Sully. Não tenho tempo.

Viro-me para Logan. É aqui que ele precisa fazer sua mágica.

— Deixe-me adivinhar. Conseguiu o código numérico e arrumou um jeito de contornar as varreduras de digitais, retina e sangue...?

— Infelizmente, não. Eles mudam os códigos diariamente; para conseguir as varreduras temos de deslocar os 150 quilos do guarda inconsciente. — Ele faz uma careta. — Não vai rolar.

— O que você fez então?

Em resposta, ele abre a porta na frente da estação do guarda, aquela misteriosa, que estava sempre fechada. A sala onde fizeram Beks atirar e matar um homem.

Entramos e constatamos que era apenas uma sala comum. Quatro paredes e uma simples mesa de interrogatório. Não sei o que eu esperava. Manchas de sangue no chão, o fedor de um cadáver em decomposição. Algo que refletisse os pesadelos que aconteceram ali. Ao que parece, o mal pode ser lavado com desinfetante e um frasco de purificador de ar. Não resta nada além de uma tela fria e estéril.

Logan atravessa a sala e bate duas vezes na parede de trás. Um painel desliza, revelando um armário de vidro, trancado, repleto de equipamento. Toda a parafernália necessária para se fugir da prisão. Armas de choque. Armas de fogo. Facas.

Engulo em seco. É esse o plano dele? Mesmo tendo metido o joelho numa virilha, não sou de lutar.

— Hum, Logan? Você precisa saber que minhas habilidades de combate são meio... marginais.

Ele franze a testa de concentração.

— Como você se saiu na rotina de Defesa Pessoal?

— Fiz o básico, mas resolvi parar. Ocupada demais aprendendo a cozinhar manualmente. — Estremeço. Meu antigo sonho parece frívolo se comparado às habilidades práticas para a vida que eu poderia ter aprendido. — Mas se seu Preparador de Refeições der defeito um dia, sou a garota certa para você.

Ele sorri como se eu fosse uma comediante, e tenho vontade de me socar. Eu sou a garota certa para você? O que deu em mim para dizer isso?

— Não vamos travar um combate para sair daqui — diz ele.
— Este lugar parece uma fortaleza. Seríamos devorados inteiros.

Passo os olhos pelas armas no armário trancado, parando num pulsador eletrônico com mais botões do que dedos em minhas mãos.

— Então por que estamos aqui?

— Não é o que está no armário, mas embaixo dele.

O armário fica suspenso uns 30 centímetros acima do chão. Abaixo dele, vejo os mesmos blocos de concreto que compõem as paredes da minha cela.

Logan fica de quatro e se enfia de ré naquele espaço. Recua um pouco, até que seu corpo desaparece no concreto. Num momento ele está ali; no minuto seguinte, sumiu. Falando em ser devorado inteiro...

— Logan? — pestanejo. — Acho que estou tendo mais uma alucinação. Acabo de ver você sumir.

Sua cabeça sai da parede, como se ele fosse um bicho empalhado.

— Você não está alucinando. A parede não está realmente aqui. É uma projeção holográfica.

Eu me agacho. O concreto parece tão real, sólido como qualquer parede.

Sua cabeça some de novo.

— Vem, Callie. Tem um duto de ar aqui atrás que vai nos levar para a liberdade. O que está esperando?

Nada. Não há nada para mim aqui além de um cientista louco que quer fazer experiências com meu cérebro e uma agência suja que vai me obrigar a matar minha irmã.

Respiro fundo e entro de ré pelo mesmo caminho de Logan, diretamente pelo concreto.

15

Espero que meus pés batam em pedra sólida, mas eles passam além do piso e ficam pendurados no ar.

— Devagar. — A voz de Logan vem abaixo de mim. — Tem uma escada. Impulsione a perna para a parede e coloque o pé em um degrau. Se você cair, eu seguro, prometo.

Que ótimo. O quanto teremos de despencar para encontrar o chão?

Tateio e encontro a escada. Começo a descer, um degrau de cada vez, até meu corpo estar todo dentro do poço.

Olho para baixo. Não consigo enxergar nada. Este poço tem cara de ser infinito. Se eu escorregar, vou sair voando — mas provavelmente não para sempre.

Meu coração martela. Não consigo respirar. Não consigo me mexer. A pulsação lateja nos ouvidos, tragando o barulho da ventilação, afogando qualquer pensamento sensato.

Afogando. Tudo.

— Callie? — chama Logan. — Está tudo bem?

O suor escorre por minhas sobrancelhas, desce pelo pescoço. Quase não consigo encontrar minha voz com todo esse líquido.

— Não consigo... enxergar... nada.

— Eu estou bem aqui, Callie. Você está indo muito bem. — A voz dele pega meus nervos amarrotados e os passa a ferro.

Ele sabe. Talvez eu tenha contado a história da mulher que pulou do penhasco. Ou talvez ele tenha notado quando me recusei a subir até o alto da corda durante o Período de Educação Física. De algum modo, ele sabe que tenho medo de altura.

Porém, mais importante, ele se lembra. Eu me lembro de que sua sobremesa preferida é gelatina de melancia e que ele sempre teve pavor de aranhas. Mas jamais esperava que ele se lembrasse de alguma coisa a meu respeito. Afinal, foi ele quem se esqueceu da nossa amizade.

A ideia me aquece e consigo voltar a respirar normalmente.

Abaixo de mim, uma luz pisca, e o feixe fino atravessa a escuridão. Vejo o buraco por onde passamos e o espaço além dele. Há um pequenino dispositivo preto, no formato de uma aranha, empoleirado na beira do buraco. Deve ser o que criou o holograma. A boa notícia é que esta noite nós dois enfrentamos nossos medos. A má é que parece que ele está se saindo melhor do que eu.

— Você consegue. — Ele passa a mão pelo meu tornozelo, e suas palmas calejadas penetram meus temores. — Você foi para a prisão a fim de evitar que seu futuro vire realidade. Não vai deixar que uma fobiazinha a impeça de fugir.

Você consegue. Você consegue. Você consegue. Respiro fundo uma vez, depois mais uma vez. Rapidamente, antes de minha queda livre para o nada, tiro o pé da segurança de um degrau e subo para o seguinte.

— Isso mesmo. Um pé depois do outro. É fácil como colocar uma torta no Preparador de Refeições. Quero dizer, se você ainda usa o Preparador de Refeições.

Tento rir de orgulho. As tortas manuais são minha especialidade. Não vou pensar na altura na qual me encontro. Vou fingir que o chão fica a um metro e meio abaixo de mim. É claro que posso lidar com um metro e meio.

Minhas mãos estão suadas, ficam escorregadias. Ferrugem, tinta ou poeira se soltam dos degraus em minhas mãos. Mentalmente, vejo os fragmentos caindo, caindo na escuridão. A cada degrau, subo mais e a distância da queda fica maior. Continuar escalando este prédio com Logan contraria todos os meus instintos.

— Converse comigo. — Minha voz treme e ecoa nas paredes. Preciso pensar em outra coisa. Não posso continuar imaginando minha morte iminente. — Quem pôs o buraco e o holograma aqui?

De jeito algum Logan fez isso sozinho. O cara pode ter profundezas ocultas, mas sem essa. Este trabalho é obra de profissionais.

Os sapatos dele guincham na escada.

— A Resistência.

Ele já me falou deles.

— Você se refere à comunidade secreta que criou aquele refúgio na mata? A que é composta de todos aqueles paranormais? — Subimos alguns degraus. — Como eles conseguiram essa tecnologia?

— A maioria dos paranormais tem aptidão para a ciência. Isso sempre foi um fato. Newton, Einstein, Darwin... todos eram paranormais, embora Callahan tenha sido o primeiro a assumir isso. Como você acha que eles tiveram todos aqueles saltos de intuição?

Entramos num ritmo tranquilo de escalada. Logan toca meu tornozelo de tantos em tantos degraus, e cada contato me dá nova injeção de força.

— A Resistência tem um grupo de cientistas inventando tecnologias que não partilhamos com a ComA. — Ele roça meu tornozelo de novo, e dessa vez seus dedos parecem se demorar mais. — A projeção holográfica é uma delas.

A escada termina numa tela prateada. Tento engolir, mas a saliva secou na minha boca. Por quanto tempo subimos? Quantos metros tenho para cair?

— Estou no topo. — As palavras arranham minha garganta.

— Está vendo a tela acima de você? Dê um bom soco nela.

Ah, tá. Um bom soco. Vou escorregar desses degraus enquanto impulsiono o braço para bater.

— Estou bem abaixo de você, Callie. Não vou deixar você cair.

Ele confia em mim. Acha que eu consigo fazer isso.

Ajeito a pegada na escada e lanço o punho para cima com toda força. A tela se solta.

Sou recebida por uma lufada do ar noturno. Saímos do poço e nos encontramos no teto da construção. Eu podia beijar a superfície sólida sob meus pés.

Um zilhão de estrelas cintilam no céu escuro, e o vento traz o cheiro de árvores e terra. A lua cheia pende como um globo branco perfeito, manchado de crateras. Proporciona quase tanta luz quando o sol em um dia nublado.

Forma-se um bolo em minha garganta. A liberdade é quase insuportável.

— Nunca vi nada tão bonito — sussurro.

— É aqui que nos separamos. — Sua voz é tão pesada que me arranca das estrelas.

134

Noto como o telhado é vazio. Não tem outra escada. Nem porta. Nem mesmo uma construção próxima para a qual possamos atravessar.

— Como assim? Como vou descer? E para onde você vai?

Ele me leva até a beira do telhado, e olho para a corredeira branca se chocando contra rochedos enormes. O rio. De novo.

— Não. — Recuo, apavorada. — Não posso fazer isso. Não consigo pular deste telhado.

— Você subiu aquela escada como não fosse nada. Consegue aqui também.

Meu coração dispara, como se perseguido por um inimigo, e o rugido volta aos meus ouvidos. Mas ele tem razão. Eu escalei a escada. O que significa que dou conta. Por Jessa, farei qualquer coisa.

Respiro fundo, e o ar sai de mim numa tosse.

— Tudo bem. Onde eu pulo?

Ele aponta para uma área bem abaixo de um aclive rochoso, onde o rio se alarga consideravelmente.

— Bem ali, onde a correnteza é mais fraca. Não tem pedras por pelo menos uns cem metros, assim você não tem como errar. Quando conseguir atravessar o rio, vá para o sul. Fique perto da água e procure por uma pirâmide de pedras empilhadas. Vai ter um barco escondido na vegetação. A Resistência o deixa ali para gente como você. Lá dentro, você vai encontrar uma mochila com um mapa plastificado que a levará a Harmony.

Ele gesticula por sobre o ombro.

— Eu vou voltar pelo poço e me esconder até de manhã. Desculpe por não poder ir com você. Ordens da Resistência. — Sua voz sai fraca e entrecortada de culpa. — O penhasco tem quilômetros de extensão, e, quando encontrarmos uma planície para eu voltar aos subúrbios, os guardas da AMFu estarão patrulhando os limites da cidade.

— Está tudo bem. Você já fez o bastante.

Olho a água abaixo, e o pânico palpita no meu peito de novo. Alguém fez seu dever de casa. Esta parte do rio parece completamente calma se comparada às correntes ferozes que estou acostumada a ver. Se é para pular, este é o lugar certo. Só tem um problema. Nem acredito que não pensei nisso antes.

— Logan — digo. — Eu não sei nadar.

Ele fica boquiaberto, primeiro um nadador, depois um salvador.

— Como é possível?

— Não sei. Minha mãe jamais gostou de água, então eu nunca aprendi.

Logan franze a testa, pensando com afinco. Quero dizer a ele que acabou. Ele teve todo esse trabalho para me libertar sem jamais perceber que eu era uma fugitiva ridícula. Com medo de altura. Incapaz de nadar. Meus joelhos ficam bambos, e quero desabar no cimento duro. Eu o decepcionei. Decepcionei Jessa. Fracassei comigo mesma.

Mas ele segura minha mão.

— Tudo bem. Vamos nessa.

— Nessa o quê?

— Eu vou com você.

O quê? *Como é?*

— Deixe de ser ridículo. Você disse agora mesmo...

— Presta atenção, Callie. Cinco anos atrás, eu fiquei parado e não fiz nada quando levaram meu irmão. Não vou deixar que isso aconteça de novo.

É muita generosidade, tanta que meus olhos ardem por causa das lágrimas iminentes.

— Não sou sua irmã. Sou só uma garota que você ignorou por cinco anos.

Ele toca meu rosto brevemente.

— Você nunca foi só uma garota para mim, Calla Lily.

Soa um alarme. Fraco no início, depois cada vez mais alto.

— É por sua causa — avisa ele. — O guarda deve ter acordado e descoberto que você não está lá. Vão passar um pente fino no prédio. Chegarão ao telhado logo. Não há mais tempo. — Ele agarra minha mão pegajosa. — Vamos pular no três.

Respiro fundo e olho o céu aberto. Não há tempo para ter medo. Não há tempo para me preocupar se vou me debater no espaço aberto. Não há tempo para deixar que minha fobia saia de sua jaula.

— Um...

Eu sinto tanto, Jessa. Jamais quis te machucar. Jamais sonhei que chegaria a isto.

— Dois...

Se eu morrer, você vai viver. Agora é só isso que importa.

— Três.

Está vendo, mãe? Eu te falei que a manteria em segurança. Um vale feito de nada cresce diante de mim. Eu salto.

16

A tinjo a água. Está fria. Fria como gelo. Bolhas chiam em volta do meu corpo, e mergulho tão fundo que daria para abrir um túnel pela terra. Mas meus pés não atingem o chão. Em vez disso, a água me faz boiar e me revira. Uma espuma branca me envolve, e, para além dela, a escuridão.

Para cima. Que lado é para cima?

A lua me mostrará o caminho. Entorto o pescoço, procurando loucamente um raio de luz. Nada. Não consigo enxergar mais de 15 centímetros à frente. Bato os braços e pernas. Se minhas manobras ridículas alteram minha posição, não percebo.

Preciso respirar. Meus pulmões começam a queimar. Imagino-os se expandindo feito balões cheios demais, esticando-se, cada vez maiores, até que *pop*!

Vou morrer aqui. Depois de tudo que Logan fez por mim, vou me afogar, metida nos lençóis de água do rio, como uma boneca há muito esquecida.

De repente um torno se fecha em meus pés e me puxa. Meu corpo navega pela água, retorcendo-se e virando-se enquanto luta contra a correnteza. E então, ar. O lindo e maravilhoso ar. Respiro fundo. E mais uma vez. Mas o torno não acabou. Agarra meu peito e prende meus braços junto às laterais.

Eu me debato contra as mãos, agarrando, esperneando, contorcendo-me. Qualquer coisa para me soltar.

— Calma! — grita Logan em meu ouvido. — Vai afogar a nós dois!

Ele repete isso duas vezes antes que as palavras sejam compreendidas. Deixo que braços e pernas fiquem flácidos, embora eu ainda me esforce para respirar.

— Você está bem? — diz ele.

— Tô — respondo, ofegante.

Alguma coisa afiada me cutuca no meio das costas. O osso do quadril dele. Ele está de lado, equilibrando-me em seu corpo. E então estamos em movimento, cortando as ondas, enquanto ele nada com um braço só e as duas pernas.

O prédio de vidro e aço já é uma rocha escarpada ao longe, e, se meus perseguidores se postarem no telhado, olhando para nós, não passarão de um borrão de pontos. Acho que ouço o eco fraco do alarme, mas tudo à nossa volta é água. Nada além de água.

Logan Russell está me arrastando para a margem. Salvando minha vida, em todos os sentidos da expressão.

Este é meu último pensamento coerente antes de desmaiar.

Quando recupero a consciência, estou num barco, protegida do sol por um cobertor esticado sobre varas. Uma mochila está embaixo de minha cabeça, e Logan, diante de mim, movimentando os remos com golpes fortes e ritmados.

Ele está sem camisa. Eu encaro por mais de um segundo. Seus músculos brilham sob uma camada de suor e filtro solar. Um creme branco e grosso está espalhado sobre seu nariz, impedindo minha visão perfeita de seu rosto. O impulso repentino de limpar aquela coisa me domina. Sou lembrada das vezes em que costumava entrar furtivamente em seus treinos de natação. Ele sempre tinha tempo para ajudar um parceiro com a braçada, sempre deixava a melhor raia da piscina para outra pessoa, mesmo que ele fosse o primeiro ali. Esse é Logan — mais generoso do que o necessário. Por isso fiquei para morrer quando ele parou de falar comigo. Aquilo não era do seu feitio.

Agora ele me olha e eu baixo os olhos. Meu estômago dispara como um beija-flor, e fico um tanto ciente de que cada impulso do remo coloca os nós dos dedos dele a centímetros dos meus joelhos. É quase doloroso o modo como o calor ameaça dançar pelo meu corpo e foge quando ele puxa o remo para si.

Ah, nós nos tocamos. Nas últimas 24 horas, eu toquei nele mais do que em qualquer outro garoto na vida. Mas havia circunstâncias atenuantes. Agora que não estamos fugindo da detenção, agora que não estou mais sob a influência do gás do Dr. Bellows, somos novamente a garota e o garoto que costumávamos ser — aqueles que mal se falavam, e muito menos ficavam à distância de um braço um do outro.

— Quanto tempo eu dormi? — pergunto para preencher o silêncio.

— Algumas horas. Não quis te acordar. Parecia que você precisava descansar.

As palavras são neutras, mas o olhar é direto demais. Na luz do sol severa, ele deve ter notado a marca que o Limbo deixa em todos os prisioneiros. A pele cinzenta e pálida. Hematomas como impressões digitais abaixo dos meus olhos. Um cabelo que não é lavado há dias.

Nem. Um. Pouco. Atraente.

Corando, examino o cenário que passa zunindo por nós. A correnteza furiosa se transformou nas águas plácidas de um rio lento. O penhasco imponente sumiu, juntamente às espirais metálicas e torres escarpadas que elevam-se dele, proezas arquitetônicas sonhadas pelos intelectos mais empreendedores de Eden City. Já passamos até pelos subúrbios que cercam a cidade, com suas construções residenciais e campos de atletismo.

Em vez disso, vejo cores. Vermelhos vivos, laranjas de pôr do sol, verdes esmeralda. Todas as cores refletidas nas folhas em queda de Jessa, e mais. Florestas densas acompanham as margens do rio. Não há nenhuma estrutura feita pelo homem em vista.

Olho de novo para Logan. Sua remada é vigorosa, mas está enfraquecendo. A exaustão marca suas feições. Provavelmente esteve remando durante todo o tempo em que dormi.

Cada remada o afasta mais da civilização. Cada trecho coberto pelo barco é uma distância maior de onde ele deveria estar. Do lugar ao qual pertence.

— O que você está fazendo?

— Levando você a Harmony — diz ele. — São 80 quilômetros rio acima, e eles estão esperando por nós.

A comunidade à margem da civilização. Uma chance de deixar para trás meu futuro — e minha família — como se tudo fosse um pesadelo.

Engulo em seco. Posso ter de abandonar as pessoas que mais amo, mas ele, não.

— Não. — Seguro o remo e o enfio totalmente na água, tentando virar o barco. Infelizmente, só consigo nos fazer balançar e sacudir na correnteza. — Você não pode ir para uma comunidade na mata. No futuro, você é um nadador profissional. Precisa voltar a Eden City e realizar sua memória.

— É tarde demais. Agora as patrulhas estarão estacionadas em cada trem-bala para a cidade.

Meus olhos arregalam tanto que sinto as rugas na testa.

— Então você vai a pé. — Aponto com o remo para a margem plana e arborizada. — Atravesse o rio aqui, pegue uma carona até os subúrbios, depois volte para a cidade a pé.

Minhas tentativas de virar o barco não fazem mais que provocar dor nos braços. Desistindo, empurro o remo de volta, e o barco vaga suavemente pelo rio.

— Talvez eu tenha mudado de ideia — diz ele, a voz densa de uma emoção que não consigo identificar. — Passei a vida toda ouvindo sobre Harmony. Talvez eu queira ver por conta própria.

— Não é o seu futuro.

Ele pega o remo.

— Minha memória não elimina meu livre arbítrio, Callie. Ainda posso tomar decisões. E neste momento minha decisão é ir para Harmony. Com você. Vou cuidar para que se acomode, depois voltarei para Eden City.

— Mas por quê? — Eu não devia perguntar. Devia esquecer o assunto. Mas as palavras fluem como se estivessem

143

espremidas na porta, esperando cinco longos anos para sair.

— Você não gosta de mim. Parou de falar comigo há séculos.

Ele enrijece, aí sei que passei dos limites. Jamais combinamos de não falar do passado, mas desde o momento em que o vi em minha cela, nossa interação tem tido o caráter de um sonho. Ou de uma alucinação. Minha declaração nos joga em cheio na vida real.

— Eu meio que parei de falar com todo mundo — diz ele.

— Sim, mas você *me ignorou*. Foi como se eu não existisse. Nem um "oi", nem um "com licença". Nem mesmo um "sai da minha frente".

Ele suspira. Tudo bem, então eu sou uma pessoa horrível. O cara me arrastou pelo rio. Largou a civilização para poder me entregar sã e salva em Harmony. E cá estou eu, atazanando por uma coisa que aconteceu quando éramos crianças.

— Esquece. Isso já faz muito tempo.

— Não, quero responder. Só estou pensando no melhor jeito de fazer isso. — Ele engole em seco uma, duas vezes, depois mergulha o remo no rio. Mas sua remada não é mais firme e estável. Seu movimento é irregular, aos solavancos. Quase como se estivesse tenso. Por quê? Por minha causa?

— Lembra-se do dia em que levaram Mikey? — pergunta ele, encarando as ondas na água.

— Como se fosse ontem.

Mikey era quatro anos mais velho do que a gente, e, na verdade, não o conheci direito, mas ele era parecido com Logan, só que tinha o cabelo mais comprido. Eu estava sentada na sala da T-5 quando ouvimos sirenes, seguidas pelo bater de passos. Fomos todos para a porta, esticando o pescoço para espiar o corredor. E então nós o vimos, Mikey Russell, flanqueado por dois policiais da APTec, os braços bronzeados torcidos às costas em eletroalgemas.

— Então você se lembra do que me disse?

Balanço a cabeça em negativa. A imagem de Mikey sendo levado está impressa na minha mente, mas todo o mais é um borrão caótico.

— Eu lamento muito?

— Você se virou para mim e segurou meu braço, justamente quando Mikey estava passando na frente da nossa sala. "Faça alguma coisa", você disse. — Ele cerra a mão, e o remo vibra.

— E eu fiquei parado ali feito um idiota enquanto levavam meu irmão para longe. Fiquei parado ali, só olhando, como todos vocês, embora minha vida nunca mais fosse a mesma depois daquilo.

— Ah, Logan. — Meu coração se aperta. — Você tinha 12 anos. O que poderia ter feito?

— Alguma coisa. — Ele ergue os olhos, e vejo o garotinho de novo. Aquele que se importava tanto e que se esforçava demais para fazer o que era certo. Para fazer o que era generoso. Aquele que se fechou naquele dia, e eu nunca soube o motivo. — Eu poderia ter falado com os policiais e tê-los convencido de que era algum truque de mágica que inventamos. Ou talvez convencer os outros garotos a dizer que era tudo uma grande brincadeira, que na verdade eles não viram o que disseram ter visto.

— Acho que nada disso teria funcionado — sussurro.

— Talvez eu devesse ter a coragem de olhar na cara dele enquanto o arrastavam dali. Dizer a ele que eu o amava, para que ele não se sentisse tão sozinho. Mas não fiz nada disso. E por isso não consegui falar mais com você. Eu nem mesmo dava conta de olhar para você sem ouvir aquelas palavras. *Faça alguma coisa.* — Ele se curva um pouco sobre os joelhos, e o mundo desaparece. Não existem remos batendo na água nem raios de sol aquecendo meus ombros, nem folhas flutuando ao vento. Apenas Logan e eu e aquelas palavras entre nós. — Não era minha intenção te magoar. Eu só não suportava ver a culpa nos seus olhos.

— Eu nunca culpei você. Nem por um segundo.

Por um momento, não falamos nada. O ar ao redor está repleto de tantos pensamentos, tantas emoções. A qualquer segundo, vai explodir e o excesso choverá sobre nós dois, como uma tempestade de granizo.

— Talvez eu tenha culpado a mim mesmo. — Sua voz é baixa, tão baixa, como se as palavras nunca tivessem sido pronunciadas e ele agora tivesse medo de dizê-las. — E eu transferi para você. Me desculpe.

Isso você fez mesmo. Mas a antiga raiva não emerge. Meu peito está bloqueado demais. Não tem espaço para nada além da dor que está me partindo em dois.

— Foi o que você quis dizer no telhado — explico. — Você pulou comigo para tentar compensar pelo passado.

Seus lábios se curvam, o fantasma de um sorriso que morreu cinco anos atrás.

— Quero que ele tenha orgulho de mim.

Coitados dos seus pais. Primeiro perderam Mikey, agora você.

Mas não verbalizo isso. Se eu disser, ele pode ficar chateado, e aí vou começar a chorar. E uma vez que eu tomar este caminho, vou pensar na minha mãe e em Jessa, e então onde vou parar? Uma boboca chorona não serve para nada.

Em vez disso, dou um sorriso tão grande que minhas bo-chechas chegam a doer.

— Quanto tempo até a gente parar e descansar à noite?

17

O sol está baixo no céu quando Logan sugere que a gente pare. Puxamos o barco para a margem e caminhamos até encontrar uma clareira não muito tomada de pedras. Raízes cobertas de musgo se projetam do chão, e plantas de todo tipo — em formato de leque, espinhosas, largas — amontoam-se sob as árvores imensas. Tem cheiro de terra aqui, de minhocas e gotas de chuva, muito diferente do aço e do calçamento da cidade.

Fico atrás de uma árvore e tiro o macacão amarelo, vestindo camisa e calça pretas e limpas, idênticas ao uniforme que eu usava na escola durante o Período de Educação Física. É extraordinário o que uma troca de roupa pode fazer com uma pessoa. Eu quase me sinto renovada. Quando volto, Logan está sentado no chão, arrumando o conteúdo da mochila em pilhas.

Dobro o macacão e o coloco ao lado da mochila, embora prefira queimá-lo. Espio Logan furtivamente, flagro-o olhando para mim, e nós dois viramos a cara. O velho constrangimento cresce entre nós. Mordo o lábio e tento pensar no que fazer com as mãos. Entrelaço-as junto às costas, mas parece idiotice. Cruzo os braços na altura da cintura. Defensivo demais.

Pare com isso, Callie. Controle-se. É só um garoto.

Não, nunca, sussurra uma voz dentro de mim. *Até parece que você nunca foi só uma garota para ele.*

O calor começa na minha barriga e irradia de mansinho pela minha pele. Desisto das mãos e me agacho para olhar as pilhas de suprimentos. Qualquer coisa para evitar o peso do olhar dele.

Latas. Um monte de latas de metal, com rótulo na lateral. Corda. Uma bússola. Roupas sobressalentes. Um mapa.

E então... mas o que é isso? Pacotes de roupa íntima, de tamanhos variados, e o maior par de tênis que já vi. Não entendo. Não sou especialista em sobrevivência na mata nem nada, mas por que precisamos de tanta roupa de baixo? E um tênis tamanho 47 provavelmente cabe em umas duas pessoas de Eden City.

Logan joga uma lata de metal para mim. Leio a lateral onde diz "manjericão". Pego outras, e cada lata tem um tempero. Tomilho. Alecrim. Hortelã.

Caio para trás. Levei semanas para cultivar essas ervas no peitoril da minha janela. Precisei surrupiar, implorar e subornar para conseguir as sementes com meus instrutores de Culinária Manual. E aqui estão elas, toda as ervas que consigo imaginar, bem embaladinhas em latas pequenas. Prontas para uso.

— Eu sabia que você ficaria feliz com os temperos — diz ele, sorrindo como um garotinho que entrega o primeiro presente de Natal. Seu sorriso parece uma vela em meu coração, aquecendo-o lenta, porém constantemente.

E eu não poderia pedir presente melhor. Prefiro curry e cúrcuma a uma pulseira de diamantes em qualquer espaço-tempo.

— Estou emocionada. — Há latas suficientes para abastecer o programa de estudos de pós-graduação por um ano. — Mas por que todas estas ervas estão aqui?

— As mochilas são um jeito conveniente de levar coisas para Harmony — diz ele, à vontade agora que estamos discutindo informações e fatos. Quem dera toda nossa relação pudesse ser composta por fluxos de dados. — Eles não têm nenhuma tecnologia moderna, e não é fácil voltar à civilização quando ficam sem suprimentos. Assim, um jeito de conseguir as coisas é usando pessoas como nós para o transporte.

Passo o dedo pelas latas.

— Então eles não têm comunicação digital? Como a Resistência sabe o que mandar?

— Ah, hum. — O sorriso e o conforto desaparecem, como uma chama apagada com água. — Não sei bem. Devem ter um jeito. Ou talvez adivinhem. Sei lá.

Adivinhar sapatos tamanho 47? Acho que não. Observo Logan empilhando as latas numa pirâmide. Ele está escondendo alguma coisa. Mas o quê?

— Você disse que estavam esperando por nós — falo lentamente. — Como sabem a nosso respeito se não podemos nos comunicar com eles?

— Eu disse isso? — Agora o rosto dele fica vermelho vivo. — Devo ter me expressado mal. Não tenho nenhuma ligação real com Harmony. Só sei o que meus pais me contaram.

É evidente que ele não quer falar a respeito. Eu deveria deixar o assunto para lá. Mas se eu não tivesse perguntado por que ele parou de falar comigo, ele jamais teria confessado. Eu ainda estaria acreditando que ele me botou na geladeira porque não gostava de mim.

— O que você está escondendo? — pergunto.

— Nada! A situação é complicada, é só isso. — Ele se levanta e se afasta um pouco. A cada passo, torna-se menos o cara do barco e mais o garoto que me ignorou por cinco anos. — Não posso falar nisso agora. Procure manter a mente aberta.

Eu o observo se afastando. Procure manter a mente aberta. A respeito do quê? Da nossa amizade?

Estou disposta a me manter aberta a isto. Eu esqueceria nossos cinco anos de silêncio. Eu o perdoaria por todos os segredos que ele guarda.

Se ao menos ele confiasse em mim como antigamente.

Uma hora depois, penduro o cantil de aço inox no ombro e vou enchê-lo no rio. Enrolando a barra da calça, entro na água até que a altura dos joelhos. O sol está abaixo do horizonte, e raios arroxeados perseguem o brilho laranja, contra um cenário de nuvens delgadas.

Respiro fundo e prendo o ar. Gosto do sol até quando ele não está visível.

Logan me deu isso, e eu não poderia ser mais grata. Então talvez ele tivesse razão. Talvez eu devesse manter a mente aberta.

A brisa roça minha pele, fazendo os pelinhos da minha nuca formigarem. Abro a tampa e mergulho o cantil na água.

A mente aberta. Experimento o conceito na língua, no cérebro. O que isso quer dizer? Como funciona? Seu futuro se abre diante de você. Aberta. Um número infinito de possibilidades. Abertas. Caminhos se ramificando para todos os lados. Abertos.

Um ímpeto de alguma coisa percorre meu corpo. Sinto em toda parte — nos cortes das pernas, na dor na lombar, nas mãos que seguram o cantil na água.

Mas o que é isso? Já recebi minha memória do futuro. Só devia existir uma. Não é? Então por que estou sentindo essa agitação? Por que parece que estou prestes a receber mais uma memória? Outra *memória*. ABERTA.

*E*stou enroscada no colo da minha mãe, abraçada a um cachorro de pelúcia. O pelo do cachorro é roxo e tem um anel verde em volta de um dos olhos tristes e arregalados. Cheira a uma mistura de pasta de amendoim e biscoito velho, mas, quando enterro o queixo em seu corpo, ele me envolve com uma suavidade só um pouco embaraçada.

Meu corpo parece estranho. Fora de sincronia. Como se eu tivesse vestido a pele errada.

— Por que ela teve de ir embora? — pergunto. — Para onde ela foi?

Não sei quem é "ela". Não sei por que estou triste. Só sei que existe um golfo dentro de mim tão grande que jamais pode ser preenchido.

Minha mãe faz carinho no meu cabelo, que se enrosca em minha orelha e chega até abaixo do queixo. Devo ser nova, muito nova, para ter o cabelo tão curto.

— Eu não sei, neném.

Por que ela não sabe? Minha mãe sempre sabe. Mesmo que ela precise inventar, ela sempre tem as respostas.

— Ela prometeu — digo. — Ela prometeu que ficaria durante a noite toda. Ela prometeu que ficaria para sempre, mas ela me largou. Foi embora.

— Às vezes as pessoas não conseguem cumprir as promessas.

— Mas eu tenho saudade dela. — Pego a orelha do cachorro de pelúcia entre os dentes. Quando cuspo, a orelha vira, desbotada e molhada. — Eu preciso dela.

— Eu também, neném. Eu também preciso.

Sobressalto-me. O cantil cai na água e me jogo atrás dele. O que foi *isso*? Devo ter sonhado. Mas não está desbotando, tal como acontece nos sonhos. Ouço a voz da minha mãe, sinto seus braços ao meu redor. Sinto o cheiro do pelo macio de Princess, aquele aroma persistente de lanche no meio da tarde.

Espere um minuto — Princess? *Princess?*

Princess não é meu cachorro de pelúcia. É o de Jessa.

Minha cabeça gira, e vou para a margem, cambaleando. Se o cachorro pertence a minha irmã, então a visão também deve ser dela. Mas como é possível? Como a memória dela entrou na minha mente?

Tropeço numa pedra e caio esparramada na terra. O cantil bate no chão. A água esguicha, molhando meus dedos. Ela prometeu que ia ficar a noite toda, disse minha irmã. Ela prometeu que ficaria para sempre, mas ela me largou. Ela foi embora.

— Callie? — Logan se materializa na minha frente. — Está conseguindo pegar água?

Olho para baixo e percebo que estou apertando um punhado de pedrinhas feito um torno. Abro os punhos, e as pedras caem, deixando cortes mínimos nas minhas mãos. Lágrimas ameaçam transbordar, e não é por causa dos cortes. Por mais que me esforce para ser forte, não consigo impedir que as palavras saiam de mim num ímpeto:

154

— A última coisa que eu disse a minha irmã foi uma mentira. Ela me pediu para ficar com ela a noite toda, e eu disse que ficaria, embora não fosse minha intenção. — Será que meu coração tem espaço para se partir ainda mais? Sério, será que dá? — Por que tive de mentir para ela? Por quê?

Ele estende as mãos, como se quisesse me ajudar a levantar, depois as recoloca nos bolsos.

— Você é uma ótima irmã, Callie. Qualquer um vê isso.

Esfrego o rosto no tecido de poliéster da manga. Vamos ver se ele é realmente bom para absorver a umidade.

— Será que toda nossa relação foi falsa? Será que meu amor por ela não passou de uma farsa?

— É claro que não. Você significa o mundo para ela. Todos sabem disso.

Baixo a manga e olho para ele.

— Logan, eu matei minha irmã. Em minha memória do futuro, Jessa estava num leito hospitalar na APTec, e eu cravei uma agulha em seu coração. Eu assassinei minha irmã caçula. Como é possível que eu a ame? E, se eu não a amo, como serei capaz de amar alguém?

Fico na expectativa de ver o horror estampado em seu rosto, a retração automática quando ele se der conta do que eu disse. Imaginei sua expressão milhões de vezes. Aquela que diz que sou cruel. Aquela que mostra sua repulsa. Aquela que me informa mais nitidamente do que qualquer palavra como sou uma pessoa horrível.

Mas a expressão não aparece.

Em vez disso, ele roça a ponta dos dedos no meu braço. É um toque muito leve, e ainda assim arde pelo meu corpo inteiro, selando meus pés no chão de cascalho.

— Este é um fardo horrível de se suportar.

Olho a mão dele, os dedos longos de artesão que poderiam tranquilamente lhe garantir uma carreira de pianista clássico.

— Você não acha que sou um monstro?

— O único monstro aqui é sua memória do futuro. Ela rouba sua paz e faz você duvidar de quem é. Eu te conheço, Callie, e você é cheia de amor.

Meus joelhos ficam moles como o lodo do rio sob meus pés.

— Obrigada — sussurro.

— Pelo quê?

— Por não me julgar.

— Como é possível criticar os atos futuros de alguém sem compreender as circunstâncias? — pergunta ele.

É verdade, como? Mas não falo isso. Não posso. Porque não sei se ele é tão sincero quanto aparenta. Talvez ele tenha o dom de saber exatamente o que dizer e quando. Talvez as palavras dele não tenham mais significado do que o riso que borbulhava dele cinco anos atrás.

Ou talvez, apenas talvez, ele ainda seja o mesmo garoto de quem eu me lembro.

Não falamos muito durante o jantar. Logan monta um suporte para pendurar seu cantil acima da fogueira — graças ao Destino ele cursou Métodos Antigos nas disciplinas eletivas —, e eu cozinho o arroz na panela improvisada.

Minhas mãos tremem quando meço os grãos. Coloco a água para ferver. Mexo o cantil.

Depois de minha mãe e minha irmã, cozinhar é o que mais me aproxima de um lar. E eu senti falta disso quando estava na detenção. Sinto um pouquinho da minha antiga identidade voltar enquanto escorro a água e transfiro o arroz para folhas verdes e largas. Não sou de grande utilidade aqui, na mata, mas pelo menos posso preparar uma refeição.

Depois de comer, nós nos sentamos embaixo de uma árvore grande. As agulhas de pinheiro arranham meu rosto, e o ar frio atravessa minhas roupas. Logan deixa eu ficar com o casaco de lã, pegando o casaco de capuz para si. Abrimos o cobertor espacial laminado e leve em cima de nós.

Puxo minha ponta do cobertor para me cobrir melhor, e dou as costas para Logan. As estrelas cintilam no céu, como pedras preciosas no tecido preto de um joalheiro. Jessa deve estar observando estas mesmas estrelas agora. Imagino uma linha sendo traçada entre mim e a estrela mais brilhante, depois outra linha ligando a estrela à minha irmã. *Está vendo, Jessa? Eu nunca abandonei você. Estamos unidas por esses fios imaginários.*

Minha respiração acelera. Será possível? Claramente possuo algum tipo capacidade especial, ou não teria conseguido manipular minha memória. Isso explicaria tudo. Por que sempre fomos tão próximas. Como a memória dela entrou na minha cabeça. Talvez eu até mesmo consiga falar com ela agora.

Jessa! JESSA! Você pode me ouvir?

Lanço os pensamentos no universo, atirando-os em espiral por aquelas linhas invisíveis que nos ligam às estrelas. Mordendo o lábio, aguardo algum tipo de reação. Algum sinal. Preparo-me para aquela agitação vaga de novo. Mas não acontece nada. Só o farfalhar de Logan se mexendo sobre as agulhas de pinheiros.

Rolo e fico de costas. Acho que minha capacidade paranormal não vai tão longe. E tenho certeza absoluta do que isso tudo é — um aprimoramento da minha capacidade de manipular memórias, talvez devido ao gás que Bellows ministrou.

Que pena que não estou nos laboratórios. A APTec ficaria interessada na evolução. Mas por quê? Por que os cientistas estariam tão interessados em capacidades paranormais?

A voz de Sully ecoa na minha mente: *onde estamos abrigadas, pintinho?*

Respiro fundo. É claro. Durante o tempo todo pensei que a APTec e a AMFu dividissem o mesmo prédio por acaso. Não pensei que houvesse alguma ligação entre as duas agências. Mas e se não for nada disso?

Talvez as duas agências dividam o prédio porque estão intrinsecamente relacionadas. Talvez os cientistas estejam estudando os paranormais para *descobrir* sobre nossa memória do futuro.

Quanto mais penso no assunto, mais convencida fico de que tenho razão. Por isso o gás tem o efeito colateral de melhorar a capacidade paranormal. Por isso minhas capacidades especiais parecem girar em torno de algum tipo de manipulação da memória.

Não sei por que os cientistas querem Jessa, mas tem alguma relação com a memória do futuro.

O cobertor estala, e o tornozelo de Logan roça na minha panturrilha. Nós nos afastamos.

— Callie? — chama ele.

Engulo em seco.

— Sim?

Só consigo distinguir o contorno do seu corpo em meio à escuridão, mas mentalmente lembro de cada detalhe do seu rosto. As covinhas nas bochechas. Cílios tão longos que tenho medo de que fiquem embaraçados. Dentes brancos e retos num sorriso de matar.

O silêncio infla entre nós, assumindo o significado que antecede uma declaração importante. Meu coração dispara. Quem dera ele confiasse em mim. Quem dera ele revelasse os segredos que esconde sobre Harmony. Em troca, eu contaria tudo a ele. Minhas novas capacidades paranormais. A conclusão à qual cheguei.

Mas ele não confia em mim. Passa-se um minuto inteiro de agonia, e então ele fala:

— Descanse um pouco. Vamos chegar a Harmony amanhã.

18

Pela manhã, minhas costas estão coladas no peito de Logan. Seu braço está jogado sobre meu quadril. Estamos enroscados como camundongos em um ninho.

Eu deveria me afastar. Agora que estou acordada e consciente de que nossos corpos se aproximaram sem querer, eu deveria impor uma distância entre nós. Mas não faço isso.

Não consigo.

Seu hálito quente faz cócegas na minha nuca sensível, bem ao lado da orelha. Parte de mim quer se contorcer. A outra parte, mais controlada, fica inteiramente imóvel para não acordá-lo. Assim, posso desfrutar desta tortura deliciosa pelo maior tempo possível. Seu peito infla e desinfla em minhas omoplatas; a respiração firme e constante, nada parecida com o coração que ricocheteia dentro de mim. E o braço — me prende junto a si, possessivamente, como se eu pertencesse a ele, e só a ele.

Isto não é nada parecido com meus devaneios. Minha mão fica dormente embaixo do corpo, e as agulhas de pinheiro machucam meu rosto. Entretanto ainda é muito melhor e mais delicioso do que qualquer coisa que já imaginei. Eu poderia passar o restante do dia deitada aqui, fingindo. Fingindo que ele não guarda segredos. Fingindo que ele não vai me abandonar daqui a alguns dias. Fingindo que ele é totalmente louco por mim, assim como sou por ele.

— Bom dia — diz Logan.

Dou um salto, e meu coração quase sai pela garganta. Ai, meu Destino. Ele estava acordado esse tempo todo? Será que ele notou que estou acordada?

Começo a me afastar, e sua mão aperta meu quadril, muito brevemente, antes de soltar.

— Oi. — Eu me viro para ele, fugindo para a beira do cobertor.

Nós nos encaramos. Além do breve interlúdio depois que vislumbrei a memória de Jessa, ficamos batendo papo à toa, substituindo pausas sugestivas pela comunicação real. Antes que o silêncio fique denso demais me viro e sigo para o rio, para me limpar o melhor que puder. Quando volto, Logan está sentado numa pedra, raspando os nós de um galho para usar como cajado. Quando termina, estende a faca para mim.

— Quer fazer um também?

— Não, obrigada. — Pego o cantil e bebo a água. Eu usava facas na área de refeições o tempo todo, mas não toco em nenhuma desde que recebi minha memória do futuro. Talvez seja bobeira minha, mas depois de sentir meu braço cortando o ar e cravando a agulha no peito da minha irmã, não confio em mim mesma com objetos afiados.

— Anda. — Ele dobra minha mão sobre o cabo de osso.

A faca é pesada. Estranha, mas ao mesmo tempo familiar. Eu a estendo ao sol. A lâmina é fina e plana, terminando numa ponta recortada. A metade inferior é serreada. Parece inofensiva, uma lâmina universal usada para tarefas comuns de acampamento. Mas poderia ser usada para outra coisa. Os dentes afiados poderiam perfurar a pele humana com a mesma facilidade com que dilacera o corpo de um animal.

Tremendo, coloco a faca na bainha.

— Sinceramente, não acho que seja uma boa ideia.

— Por que não?

— Você mesmo disse. Minha memória do futuro faz com que eu duvide de mim. — Ando de um lado a outro na frente da pedra. — A verdade é que não sei quem sou. A presidente Dresden disse que sou agressiva, e eu nunca teria me considerado como tal algumas semanas atrás. Nunca teria metido o joelho na virilha do Cicatriz também. Nem pulado de um penhasco. Não dá para saber o que posso fazer. — Respiro fundo. — Eu sou perigosa.

— Ah, é? — Ele sorri. — Você parece mesmo perigosa, tremendo feito vara verde só de ver uma faquinha.

— Isso não tem graça. E se eu surtar enquanto estiver segurando esta faca?

Seus olhos formam rugas nos cantos. Ele ainda não está me levando a sério. Preciso fazê-lo entender. Preciso fazer com que ele veja que não está em segurança ao meu lado.

Avançando, coloco a faca embainhada na garganta de Logan. Só para ver se posso fazer isso. Só para ver se o instinto assassino mora em mim.

Num movimento fluido, ele desvia a faca.

— Talvez você não saiba quem é. Mas eu sei.

De súbito sua boca paira acima da minha. Uma dezena de fios desencapados assoviam pela minha pele, roubando meu fôlego e eletrificando os nervos. Meu coração bate tão alto que traga o zumbido dos insetos, o canto dos passarinhos. Mais alguns centímetros e nossos lábios vão se tocar. Basta uma leve inclinação, e estaremos nos beijando.

— Quem sou eu? — sussurro.

— Calla Ann Stone. Uma garota que procura o sol, como uma flor se banhando em seus raios. Uma garota que ama sua família com todo coração. Uma garota tão corajosa que fará qualquer coisa para salvar a irmã. — Ele se aproxima. E chega mais perto ainda. — Você fez tudo o que eu devia ter feito por Mikey, mas não fiz. Sempre vou respeitar isso.

Engulo em seco, mas não resta umidade nenhuma em minha boca. Não estou tão certa assim de que ele tem razão. Não conheço essa garota que ele descreve. Não sei se posso ser ela. Mas gostaria de ser.

Meus olhos se fecham, tremulando, e empino o queixo. O calor do hálito dele se mistura ao meu...

Então alguma coisa aperta a lateral do meu pescoço. Abro os olhos de repente e percebo que não estou mais segurando a faca. Logan está, e tem a bainha bem na *minha* garganta.

— Acho que você não precisa se preocupar comigo. — Ele bate a pontinha da lâmina na minha clavícula, depois afasta a faca.

Meu Destino, fiquei mesmo na ponta dos pés. O calor toma meu rosto, e recuo um pouco.

— Era isso que você estava fazendo? Provando um argumento?

Ele sorri, e aquelas covinhas imploram para ser tocadas.

— Bom, isto e o fato de que eu costumava passar a noite acordado me perguntando qual era o seu cheiro. Agora eu sei. Maçã e mel.

— Deixe de ser mentiroso. Não tomo banho há dias!

— Por que acha que eu colocava uma folha no seu armário todos os dias? Não achou que eu fosse um futuro horticultor, não é?

Olho fixamente para ele e dou uma gargalhada. É uma risada que vem da boca do estômago e sacode meu corpo inteiro. Lembrou-me das vezes em que fiz cócegas em Jessa, mas pela primeira vez consigo pensar na minha irmã sem ficar triste.

Talvez sejam essas endorfinas malucas de tanto rir. Talvez porque ficar perto de Logan me deixe eufórica. Talvez porque ele tenha confirmado, com mais clareza do que quaisquer palavras, que não sou uma assassina de sangue-frio.

Seja como for, vou aceitar. Quando todo seu mundo foi destruído, quando você está fugindo da AMFu e do seu futuro, quando a maior ameaça à sua irmã é você mesma, você aceita o que vier.

— É agora — diz Logan algumas horas depois, consultando o mapa que tem nas mãos.

Estamos no meio da floresta, depois de caminhar vários quilômetros para o interior. Ao meu lado, uma rede de raízes expostas eleva-se até meus joelhos. No chão, pinhas misturadas a terra e cascalho, e troncos brancos e grossos perfurando o céu.

— O *quê* tem agora? — pergunto.

— Harmony, é claro. Escute.

Enrugo a testa. Agora que ele menciona o assunto, ouço gritos vagos ecoando na mata e a batida surda e repetitiva de um objeto golpeando outro.

Mas não existe abrigo nenhum. Nem fumaça. E certamente não tem gente.

— De onde vem o barulho? — pergunto.

Ele aponta para minha direita. Estreito os olhos. Tem alguma coisa agarrada à casca de uma árvore, algo que quase se mistura à madeira. Avanço alguns passos e arquejo. É um dispositivo parecido com uma aranha, como aquele no poço de ventilação.

— Está me dizendo que isto é um enorme holograma? — Agito as mãos no ar.

— Existem pelo menos cem aranhas holográficas pela periferia de Harmony — diz ele. — Todas projetando imagens holográficas para que a comunidade não possa ser detectada pelo mundo. — Ele olha o mapa novamente e gesticula para o rochedo coberto de musgo adiante. — De acordo com isto aqui, só precisamos avançar 6 metros e veremos Harmony como realmente é.

Ele estende a mão.

— Está preparada?

Hesito. Não porque não queira tocar nele, mas porque quero. Quero pegar sua mão e segurá-la para sempre. Quero voltar a ser a dupla Logan e Callie que éramos antigamente — só que de outro jeito. Porque cinco anos atrás eu nunca havia notado como seu lábio superior pousava no inferior, macio porém seguro. Minha respiração não se acelerava quando ele estava por perto, e meu estômago não dava cambalhotas sempre que ele tocava em mim.

Nossa amizade entrou em terreno desconhecido. Terreno que nunca atravessei com ninguém, terreno que eu não deveria atravessar com ele. Por mais que goste dele, sei que Logan não é meu. Logo ele irá para casa. Vai me abandonar de novo.

Ainda assim, é apenas a mão. Um simples toque. Estávamos de mãos dadas quando pulamos do telhado. Meu corpo ficou colado no dele quando ele me puxou pelo rio, e também nesta manhã, quando ficamos aninhados enquanto dormíamos.

Talvez não tenha problema segurar a mão dele, só dessa vez.

— Estamos nessa juntos — diz ele. — Para o que der e vier, quero que você se lembre disso.

Com os nervos abalados e o coração trêmulo, coloco minha mão na dele. Nossos dedos se entrelaçam, os meus pálidos se enredando aos dedos bronzeados dele, como as tranças de uma rosca doce.

— Estou pronta — digo. E entramos na mata.

19

ntramos numa clareira grande, e parece que cheguei em outro mundo. Filas de choupanas abobadadas flanqueiam os três lados de uma praça. Uma cabana de toras de verdade domina o centro, e, em frente, vejo várias mesas compridas construídas com árvores e o local para uma fogueira composto por pedras.

E então localizo um homem a uns 10 metros, trabalhando na carcaça de um cervo. Todo o restante desaparece. O cervo está pendurado pelas pernas traseiras, no galho de uma árvore, o que deixa seu ventre de frente para nós. O animal foi aberto, e dá para contar cada uma das costelas ensanguentadas e reluzentes.

Levo a mão à boca. Li sobre isso em meu curso de Culinária Manual. É daí que vem a carne. Mas é tão vermelho. Tão grosseiro e ensebado.

O homem segura o animal e faz uma incisão na face interna da perna, a partir da virilha. A faca corta a pelagem como se fosse lenço de papel. Sim, pelagem — um pelo liso e marrom,

que de algum modo ficou limpo, apesar do abate. A bile sobe
à minha garganta. Ainda bem que meus instrutores não estão
aqui para me ver.

O homem desliza a faca por baixo da pele, cortando *o quê*
nem quero imaginar, e depois, lenta e meticulosamente, retira
a pele. Ela sai numa peça só, revelando um volume escuro e
vermelho-azulado de carne fresca. Meu estômago se revira.

Lanço-me para a frente e tropeço numa corda esticada pelo
chão. *Squawk! Squawk! Squawk!* Um bando de aves pretas explode no céu, partido para lados diferentes. Tapo as orelhas e
vacilo para trás, o coração em disparada. O que eu fiz?

O homem se vira, passando a faca de uma mão a outra. Ele
é enorme. É, tipo, o maior homem que já vi. Provavelmente
caberiam duas de mim dentro de seus ombros; ele vence Logan
em pelo menos 15 centímetros.

— Somos fugitivos da Resistência — anuncia Logan. —
Hum, procuramos Harmony, um refúgio para quem deseja um
novo começo na vida.

Deve ser alguma senha secreta. Por favor, ah, por favor,
tomara que seja a certa.

O homem nos olha fixamente, depois coloca a faca numa
pedra. O ar sai de mim num silvo.

— Não ligue para as aves. São nosso sistema de alarme, assim não temos invasores entrando de fininho aqui. Meu nome
é Zed. — Andando até nós, o homem examinas as próprias
palmas. — Eu estenderia a mão para um aperto, mas acho que
vocês não vão querer tocar nisso agora.

De perto, um homem parece mais jovem do que eu pensava.
Na casa dos 20 anos, calculo, e bonito, apesar do tamanho.
Pigarreio, tentando não me esquivar de suas mãos.

— Meu nome é Callie. — Faço um gesto de cabeça para a mochila nos ombros de Logan. — Acho que temos uma coisa para você. Tênis tamanho 47?

— Eu acho que te amo. — Zed levanta um pé enorme. Usa meias imensas feitas de camurça, cortadas no meio, amarradas com tiras finas e compridas do mesmo material. — Estive forrando esta porcaria com grama, mas o isolamento não é muito bom.

— Você quem fez isso? — pergunto.

— Não. Foi minha amiga Angela. Vocês vão conhecê-la em breve. Ela é o coração de Harmony. — Ele se vira para Logan. — Desculpe, não entendi seu nome...

E então ele pensa melhor.

— Pela mãe do Destino. Você é Logan Russell, não é?

— Pego no flagra — responde Logan.

Aparentemente esquecendo o que esteve tocando, Zed agarra a mão de Logan e a sacode com força.

— Demorou pra caramba, cara! Há anos ouço histórias a seu respeito.

Como é? Logan disse que não tinha ligação com Harmony. Disse que só sabia o que seus pais lhe contaram. Eu sabia que Logan não estava dizendo toda a verdade, mas não pensei que ele fosse uma celebridade por aqui.

Lá se foi a ideia de entrar nessa juntos.

— Que histórias? — pergunto, mas meu único "aliado" verdadeiro dá de ombros, como se não soubesse. Ah, ele sabe. Só não quer me contar.

— Venham comigo. — Zed mete a mão em cada um de nossos ombros. Estremeço. Agora os pedaços de cervo estão me cobrindo toda. Sem a menor preocupação, ele nos guia pelo caminho de terra.

Caminhamos ao longo da fileira de choupanas que se forma num lado da praça. Cada abrigo é cuidadosamente coberto por um material fino de madeira que parece casca de árvore. Algumas meninas atravessam o espaço aberto no meio, bem na frente da cabana de toras e da fogueira, carregando braçadas de madeira. Uma tem blusa de malha parecida com a minha. A outra usa uma túnica de camurça, amarrada na cintura para dar forma. Elas nos fitam com curiosidade, mas não dizem nada além de um "oi".

— E então. — Zed se vira e abre um sorriso enorme para mim. — O que trouxe você a Harmony?

Exatamente como devo responder à essa pergunta?

— Vim ver os pontos turísticos?

Ele ri.

— Ah, que engraçado. Mas é sério, por que você está aqui? Fugindo da APTec ou do seu futuro?

— Não é da sua conta — gaguejo.

Zed aperta meu ombro.

— Ah, desculpe. Estou morando em Harmony há muito tempo. Eu não quis ser xereta.

Eu pisco.

— Isto é considerado uma conversa casual em Harmony?

— Ah, sim. É a única coisa que temos em comum, então fazemos o máximo para não criticar os outros.

— Se isso for verdade — digo —, acho que você não se importaria se eu perguntasse: por que *você* está aqui?

— Eu disse que tentamos não criticar os outros. Não disse que dá certo sempre.

Algo atravessa seu rosto, uma dor tão funda, tão crua, tão *familiar* que faz meu coração latejar. Um instante depois, a expressão some. Ele tira as mãos de nossos ombros e avança alguns passos.

— Mas perguntei primeiro, então é justo que eu responda. — Ele se vira e passa a língua nos lábios. — No futuro, espanco uma mulher e a transformo numa maçaroca de sangue.

Estremeço. Já ouvi memórias ruins. Tipo, eu morei num bloco de celas cheio de possíveis criminosas. Mas nunca ouvi uma descrição tão crua e fria. Sem desculpas, nem justificativas. Apenas os fatos.

— É por isso que estou aqui — diz ele. — Não porque eu precise. Dez anos atrás, a AMFu ainda não sabia como visualizar e nem registrar as memórias. Então ninguém tomou conhecimento do meu crime. Mas eu não me encaixava em lugar nenhum. Este foi o único lugar capaz de me perdoar. — Ele faz uma pausa. — O único lugar onde eu poderia tentar perdoar a mim mesmo.

— E conseguiu? — sussurro. — Quero dizer, perdoar a si mesmo?

Ele balança a cabeça.

— Estou trabalhando nisso.

Alcançamos a última choupana da fila, e ele pigarreia.

— Chegamos.

Até onde vejo, a cabana é parecida com todas as outras que vimos — uns 3 metros de extensão, telhado de casca de árvore, uma pele grande servindo de porta. Mas ao meu lado Logan enrijece o corpo e enterra os dedos no meu cotovelo. Ele passou tanto tempo sem falar que quase me esqueci de que estava aqui.

Zed levanta o couro cru.

— Depois de vocês.

Logan engole em seco. Ele não estava tão ansioso quando saltamos do telhado.

— Você pode... pode entrar primeiro? — sussurra ele para mim, a voz pesada de culpa. Não sei de onde vem a emoção, mas não estou em condições de decepcioná-lo.

Ele nunca me pediu nada. Logan arriscou sua liberdade quando me retirou da detenção. Ele me deu o casaco mais quente, o pedaço maior de fruta desidratada. E nem uma vez pediu que eu fizesse algo por ele.

Está pedindo agora. Mesmo que eu esteja entrando na toca de leões famintos, farei isso por ele. Vou entrar primeiro.

Mas, por favor, que os leões estejam dormindo.

Respirando fundo, eu entro. Está escuro, e há uma cama feita de cinco ou seis varas amarradas. Tem uma fossa de pedra um pouco além da porta, e o sol brilha por um buraco no teto. Uma figura está de pé e avança. Caminha rumo ao sol e suas feições captam a luz.

Pela mãe do Destino. Eu o reconheceria em qualquer lugar.

Agora ele está mais alto, os ombros mais largos. Um homem, e não um menino. Mas as feições de Mikey Russell são inconfundíveis.

O irmão de Logan.

20

Mikey nem mesmo me vê. Só tem olhos para o garoto que entrou no abrigo atrás de mim. Eles se olham fixamente, e Mikey franze o rosto. Ele cruza o ambiente em duas passadas e envolve o irmão nos braços.

— Olhe para você. Olhe só para você — diz Mikey.

Não consigo olhar para outro lugar. As lágrimas escorrem pelo rosto dos dois. Eles têm praticamente a mesma altura, 2 centímetros a mais ou a menos, a semelhança é impressionante, como sempre. Os mesmos olhos perspicazes, o mesmo nariz reto, o mesmo cabelo louro. Mikey, porém, usa o dele comprido, amarrado num rabo com um pedaço de couro cru, e exibe uma barba zoneada.

— Pensei que nunca mais veria você — diz Mikey.

Logan enxuga o rosto.

— Eu também.

Eles se afastam. Mikey dá um tapinha nas costas do irmão, soca seu ombro, afaga sua cabeça. É como se não conseguisse parar de tocar em Logan, não conseguisse parar de confirmar que o irmão é real, e não o resultado de um cochilo nebuloso no meio da tarde.

Logan gesticula para o meu lado.

— Lembra-se de Callie?

Mikey me olha de cima a baixo. Quero me encolher atrás de uma das varas que formam a estrutura interna da cabana.

— É aquela menina de quem você falava o tempo todo cinco anos atrás?

— Isso.

Mikey assente para mim.

— Você ficou mais bonita. — Como meu cabelo está um horror e a pele suja de lama seca, sei que ele só está sendo educado. Ou talvez este seja um visual que faz sucesso na mata, sei lá.

— Não sabia que você tinha fugido. Pensei que a APTec tivesse te carregado, você nunca mais voltou. — Mesmo ao dizer isso, percebo a tolice das minhas palavras. Se a Resistência teve todo esse trabalho para me libertar, é claro que resgataria o filho de um de seus próprios integrantes.

— Eu fui o primeiro a fugir — diz ele. — E só porque meu pai teve a ideia de uma comunidade secreta e insistiu em me transformar no líder dela. Não resgatamos alguém com frequência, como pode imaginar. É um risco enorme para nossos membros dentro da agência. Um risco enorme para toda a Resistência. — Ele olha Logan de soslaio. — Meu irmão deve ter feito uma bela defesa diante do conselho para convencê-los a tirar você de lá.

Logan fica vermelho e olha para mim brevemente.

— Eu expliquei sobre minha memória do futuro. Eles ouviram.

A memória dele. Aquela que o obrigou a falar comigo naquele dia no parque. Aquela que ele alertou ser inesperada.

Provavelmente tinha a ver comigo, já que levou os membros do conselho a autorizarem meu resgate.

A curiosidade pulsa pelo meu corpo. Que memória seria esta? Mas Logan trancou a boca. Se ele não me contou em particular, não vai me contar aqui, na frente do irmão.

— Que bom que você está livre — diz Mikey para mim, depois se vira para Logan. — Mas isso não explica o que você está fazendo aqui.

— O conselho disse que, se eu quisesse resgatar Callie, teria de fazer eu mesmo. — As palavras de Logan são lentas e tranquilas, como se ele tivesse treinado a resposta durante dias. — Eles me forneceram os recursos, mas tive de assumir o risco sozinho.

— Sim, tenho plena consciência da política. — Mikey eleva a voz. — Mas a política não explica por que meu irmão caçula estava se preocupando com questões da Resistência. Por que ele arriscaria sua carreira de nadador antes mesmo de tê-la começado.

— Eles iam obrigá-la a realizar sua memória, Mikey. Ela foi para a detenção a fim de impedir seu futuro, mas, se a memória dela ia acontecer de qualquer forma, como eu poderia deixá-la presa daquele jeito? Ela nem mesmo suporta ficar longe das janelas da escola. — Sua respiração sai ofegante e ansiosa. Agora ele se assemelha mais ao menino nervoso da T-5, aquele que conheci, do que ao cara corajoso que me resgatou. — Eu não pretendia vir com ela, juro, mas ela não sabe nadar. Então pulei no rio com ela.

Mikey bufa.

— Ah, o amor. Não é lindo? Ele ferra com sua cabeça e o obriga a fazer idiotices, como jogar seu futuro no lixo. Então, me conta. — Sua expressão endurece, e ele gesticula entre mim e Logan. — Quando foi que isso começou?

Isso? Olho rapidamente para Logan, sem saber o que significa "isso". Será que devo contar a Mikey que estávamos de mãos dadas quando entramos em Harmony? Isso já é alguma coisa, né?

Do outro lado da cabana, a expressão de Logan oscila entre as sombras e a claridade. Mas ele não responde.

— Hum — digo. — A gente voltou a se falar.

— Explique — grita Mikey.

— Nós éramos amigos cinco anos atrás — digo, ainda olhando para Logan, ainda querendo que ele assumisse o discurso. — Depois paramos. Ele voltou a falar comigo um dia antes de eu receber minha memória.

Mikey passa a mão por uma banqueta feita de um tripé de gravetos. Tem uma plataforma no meio, mas ele certamente não me oferece para sentar.

— Vocês ficaram cinco anos sem se falar?

— Sim.

— Não acredito nisso. — Ele aperta mais a banqueta e percebo os nós de seus dedos ficando brancos, apesar da pouca luz. — Eu não teria aprovado, mas ao menos entenderia se você estivesse colocando sua vida em risco por amor. Mas esta garota é uma estranha! Você não tem nenhuma ligação com ela além de uma amizade de infância, de um século atrás. Foi por isso que arriscou tudo? Logan, você não é mais criança. Tem uma responsabilidade para com todos daqui. Nós dependemos de você. Não pode sair correndo por aí por causa de um capricho com uma garota.

Logan enfim fala:

— Talvez Callie seja apenas parte disso. Talvez a outra parte seja eu querer te ver de novo. Já pensou nisso?

Aquilo faz Mikey parar. Porque não é uma desculpa esfarrapada. Não é algo que Logan diz para atenuar a situação. A dor em sua voz é crua demais para isso.

Estou louca para reconfortar o menino que há nele, aquele que perdeu o irmão tão jovem. Quero sanar as antigas rachaduras em seu coração, mas não posso. Logan nunca me deixou entrar nessa parte de sua vida. Além disso, eu não saberia o que dizer. Não entendo do que Mikey está falando. Logan só tem 17 anos. Como um mero adolescente de Eden City poderia estar colocando toda a comunidade de Harmony em perigo? Isso não faz sentido.

Mikey põe a mão no ombro do irmão. Com um só toque, ele oferece o conforto que eu não posso. Sinto uma pontada de dor, mas não me dou ao luxo de ter ciúme. Não quando Logan enfim conseguiu o que claramente queria havia tanto tempo — estar com o irmão de novo.

— Estou feliz que você esteja aqui — assegura Mikey. — Mais feliz do que você seria capaz de imaginar. Mas isso não muda a realidade. Esta garota não é nada para você. Sua vida não teria mudado em nada se você a tivesse deixado na AMFu. Mas... nós? Não vamos conseguir sem você, Logan. O que você estava pensando? Como pôde fazer isso?

Agora Logan tem de confessar. Ele tem de explicar a culpa que sentiu quando levaram Mikey. Que seu sacrifício por mim foi um jeito de compensar pela inação tantos anos antes. Mas ele não faz nada. Simplesmente morde o lábio, aceitando a crítica enquanto os dedos traçam um desenho na própria perna.

— Você não estava raciocinando. Em resumo, é isso. Meu irmão não tomaria uma decisão tão burra de propósito.

De súbito me lembro de algo que Logan falou sobre o irmão. *Quero que ele tenha orgulho de mim*. E não consigo tolerar mais, não aguento ver alguém acabando com ele, sobretudo o irmão que ele tanto deseja impressionar.

— Ele não fez isso por mim, tá legal? — digo. — É verdade que eu estava lá e é verdade que precisava da ajuda dele, mas isso não foi *por mim*. Logan pulou no rio porque ele é quem é... Porque é corajoso, honrado e altruísta. A pessoa mais altruísta que já conheci. Talvez meu destino não faça diferença para você. Mas eu nunca vou esquecer o que seu irmão abandonou para me salvar.

— O que ele abandonou? — Os lábios de Mikey se retorcem num sorriso. — A vida dele, é claro. Ele pode jogar isso fora, se quiser. Mas o futuro de Harmony? A estabilidade de nossa comunidade? Sinceramente não penso que esse sacrifício seja uma decisão dele.

— Do que você está falando?

Mikey olha para Logan.

— Você não contou a ela?

— É claro que não. — Ele não encara o irmão. Não olha para mim. Examina o tapete trançado como se contasse o número de folhas. — Não fico por aí tagarelando nossos segredos a desconhecidos.

Tudo bem, entendo que ele esteja frustrado com o irmão. Mas ele me estendeu a mão. Disse que estávamos nessa juntos. Ouvi-lo me chamar de desconhecida é uma pancada no peito.

— Então ela não faz ideia do que provocou? — pergunta Mikey, a voz tão dura que parece atravessar a cabana e me dar um tapa.

180

— Pare de fazer drama. O problema não é tão grande assim.

— É um problemão, sim. Podemos improvisar muita coisa na mata, mas boa parte delas tem que vir da civilização. Dependemos dessas mochilas, Logan. Precisamos nos comunicar com a Resistência.

— Eu entendo — argumenta Logan. — Mas você vai pensar em alguma coisa, Mikey. Você sempre tem alguma ideia.

Estou ouvindo com a máxima atenção, mas não consigo acompanhar.

Mikey arria no tapete. É como se a conversa o esgotasse e não lhe restasse energia para sentir raiva.

— Callie, você sabe por que a AMFu me levou?

— Sei — respondo. — Você fez uma bolinha flutuar acima da quadra.

— Acho que todo mundo sabe disso. O que as pessoas não sabem é que não sou o único irmão Russell com capacidade paranormal. Logan é mais discreto nesse aspecto, é só isso.

Pestanejo, depois registro suas palavras. Logan tem capacidades paranormais? De fazer o quê? Esconder informações? Meu olhar vaga para Logan, e passo a língua nos lábios, quase com medo de perguntar.

— O que... o que você pode fazer?

Os irmãos se olham. Algo é transmitido entre os dois, mas é sutil demais para eu captar. O ar parece estar prestes a explodir devido à energia contida, e Mikey ri um pouco, balançando a cabeça. Fico achando que vai ignorar minha pergunta, mas ele se vira para mim.

— A telecinese é uma habilidade preliminar, aquela que se manifesta na infância. É um ótimo truque, é claro, mas não detém poder real. Não consigo levitar nada mais pesado do que uma bola. — Ele respira fundo. — Nosso verdadeiro poder é que os irmãos Russell podem se comunicar telepaticamente. Ou melhor, eu posso falar diretamente com a mente de Logan. Na maioria das vezes, ele não consegue responder com nada além de um breve pensamento aqui e ali, mas a recepção dele para minhas palavras é clara feito cristal.

Seu olhar me prende na parede. Sinto-me indefesa como uma mariposa pousada numa vitrine.

— Há anos Logan tem sido nosso contato em Eden City. Ele é nosso meio de comunicação com a Resistência. É ele quem nos manda as mochilas com os suprimentos dos quais necessitamos para sobreviver. Mas, claro, agora ele está aqui, e não lá. Por sua causa. — Ele cospe cada palavra. — Pode-se dizer que nossa corda salva-vidas foi cortada, não é?

21

Saio correndo. Depois da iluminação fraca na cabana abobadada, o sol do fim de tarde me ofusca, mas está tudo bem. Eu já estou meio cega mesmo.

Saio cambaleando pelo caminho de terra. Eu não sabia. Juro que não sabia. Tentei impedi-lo, de verdade, mas aconteceu tudo rápido demais. Ele quis saltar. Por que ele quis saltar?

Pretextos. Desabo contra uma árvore, a casca áspera em meus braços, minha respiração ofegante. Preciso dar a elas o nome que têm: mentiras. A verdade é que eu queria que Logan viesse comigo. Eu poderia tê-lo feito retornar de qualquer ponto da nossa jornada, mas não o fiz. Não me importei com as coisas das quais ele estava abrindo mão porque eu não queria ficar sozinha. Se ele tivesse ido para casa, a comunidade inteira não estaria correndo perigo. Se eu não fosse tão inútil, bendito Destino, ele estaria em seu devido lugar.

O futuro estava certo a meu respeito. Se eu precisava de provas de que sou prejudicial às pessoas que me cercam

— bem, aqui está. A vida de Logan é uma sombra do que poderia ser, e o futuro de Harmony está em risco. E tudo por minha causa.

— Callie. — A mão gentil pousa em meu ombro. — Está tudo bem?

Enterro a cara no peito de Logan. Os contornos rígidos de seus músculos pressionam minhas bochechas. Eu devia ficar furiosa com ele, mas é culpa minha também. Por que não pude vir para cá sozinha? Por que não tive forças para isso?

— Desculpe-me — sussurro. — Eu peço mil desculpas.

— Não peça. — Ele passa o braço por minhas costas. — Você não fez nada de errado. Eu é que devia pedir desculpas, por não ter contado tudo a você.

Eu me afasto e olho seu rosto. Estamos à sombra de uma das cabanas, e a brisa traz o cheiro de pinheiros frescos. Inspiro o odor deles, percebendo que me distanciei muito da civilização. Tanto que não consigo nem sentir o cheiro da cidade.

— Por que você é tão legal comigo?

Ele suspira.

— Você me olha desse jeito e me dá vontade de continuar fingindo que sou o herói que você fez de mim. Quando na verdade não sou herói coisa alguma. Longe disso.

Encosto a cabeça na árvore. Pelo que sei, ele só tomou uma decisão abaixo de heroica.

— Você não podia ter me contado só uma coisa? Entendo que sou uma desconhecida para você. Entendo que só voltamos a nos falar há pouco tempo. Mas eu te contei minha memória. Não havia nem um segredinho que você pudesse partilhar?

— Eu tive medo — diz ele.

— Do quê?

— É uma longa história. — Ele mexe na bainha da camisa, como quem decide se vai se confidenciar comigo ou não. — Quando parei de falar com você, cinco anos atrás, foi porque te ver fazia com que eu me lembrasse do que não fiz. Mas e os outros? Eu os evitava porque via como eles olharam para Mikey, como se ele fosse uma aberração. E eu não queria que olhassem para mim daquele jeito.

Seguro a mão dele. Sei como ele se sente. Eu vi Jessa no parquinho durante o Período ao Ar Livre, sozinha, fingindo não notar as outras meninas, que davam gritinhos, riam e brincavam de pique. Suas colegas de turma talvez não soubessem por que ela era diferente, mas evidentemente ela era.

Todo aquele tempo perdido. Enquanto Logan escondia seus poderes do mundo, eu escondia os de Jessa. Podíamos ter confiado um no outro. Podíamos ter sofrido juntos, reconfortados por sabermos que alguém compreendia.

— Você devia ter me contado — digo. — Eu não o teria criticado.

— Eu sei. E eu queria te contar. Principalmente naquele dia no parque, quando vi Jessa adivinhando a cor das folhas. Mas eu tinha acabado de receber minha memória do futuro e aquilo mudou tudo.

Fico à espera, a respiração presa nos pulmões. Minhas esperanças encurraladas no peito.

— Minha memória não foi o que eu esperava. — As palavras jorram de sua boca, como melaço de uma árvore, lentas, pegajosas e compensando cada segundo. — Como eu te falei, eu me vi como um nadador medalha de ouro. Eu estava me aquecendo para a final do campeonato nacional, e era vitória certa. Mas esta é só uma parte da memória. Cada detalhe saltou para mim. O concreto molhado embaixo dos meus pés descalços. O cheiro de cloro saturando o ar. A cicatriz no meio da minha palma. — Ele ergue a mão e nós dois olhamos a pele lisa, ainda imaculada. — E depois vi na plateia uma menina e fui tomado por uma sensação dominadora de integração, de ser totalmente aceito do jeito que sou.

Ele chuta a base da árvore ritmadamente. A casca se lasca, expondo um trecho liso da madeira.

— Fiquei muito chateado quando recebi a memória. Nem mesmo entendi o que significava e, tipo, como é que ela poderia nortear minhas decisões na vida? E aí vi você no parque. — Ele para de chutar. — E pensei, talvez a memória estivesse me dizendo para confiar nesse sentimento, ir atrás dele. Talvez estivesse dizendo: é essa sensação que faz a vida valer a pena.

— Não entendo — sussurro. — O que isso tem a ver comigo?

— A garota na minha memória era você. — Ele muda de posição, até que seus ombros bloqueiam minha visão das cabanas, a fumaça subido dos telhados num espiral. Até que seus olhos estão bem acima de mim, verdes como a relva da floresta viçosa por causa da terra e da chuva. Até seu rosto se tornar meu mundo inteiro. — Você fez com que eu me sentisse parte de alguma coisa. Sempre me fez sentir assim. Por isso não te contei sobre as mochilas. Tive medo de que isso mudasse o que você sentia, e quis segurar esse sentimento só mais um pouquinho.

22

Acho que não consigo falar. Meu coração parece grande demais para meu peito, como se fosse uma boneca russa colocada na ordem errada. Levanto a mão e a coloco em seu rosto. Alguns dias atrás, ele estava bem barbeado. Agora os pelos recém-crescidos espetam as pontas dos meus dedos e um tremor sobe pela minha coluna. Percorre meus braços e sopra uma brisa fria na minha nuca.

Ele chega mais perto.

— É assim? Quero dizer, muda o que você sente?

— Só para melhor.

A boca toca a minha, leve como a mariposa dançando na brisa. Estou perdida. Na escola, aprendemos sobre o efeito borboleta, que diz que algo insignificante como o bater das asas de um inseto pode provocar um furacão do outro lado do mundo. Bom, isto sou eu. Tem uma tempestade dentro de mim, rolando violentamente, ameaçando me levar. Pela primeira vez eu ficaria feliz em me afogar.

O beijo se aprofunda. O calor se espalha do contato de nossos lábios por todo meu corpo, envolvendo-me no aconchego que é Logan. Passo as mãos pelo seu pescoço, ele me arrasta para trás até meus ombros baterem na casca da árvore. Sua boca se movimenta na minha, pela minha língua, meus dentes. Depois, as mãos tocam meu rosto.

Eu morro. Aquele único roçar de dedos no meu rosto, ao mesmo tempo terno e doloroso, me destrói. Não sabia que um beijo podia ser tão extraordinário. Não sabia que um garoto podia significar tanto. Não sabia que podia ser feliz assim de novo.

Levo as mãos ao rosto dele, tocando suas bochechas tal como ele toca as minhas, e parece que estamos segurando a exata essência um do outro entre nossos dedos. Não há segredos entre nós. Nenhum mal-entendido, ou mágoa, nem medo do futuro. Só a boca de Logan e meus lábios; suas costelas, meu peito; as coxas dele, meus quadris. Não penso em nossa distância de cinco anos. Não penso na separação que está por vir, quando ele voltar a Eden City. Sinto apenas nossa convergência. A união de nossos copos e almas. Neste momento, Logan e eu somos um só.

Uma eternidade depois, ele se afasta e sorri. Estamos tão próximos que sinto o contorno de seus lábios, a lufada de hálito que deixa sua boca e entra na minha.

— Bem — digo, quando finalmente recupero a fala —, se esta é a reação que consigo de uma confissão atrasada... tem algum outro segredo que você queira me contar?

Ele ri e me dá um beijo rápido na boca.

— No momento, estou limpo.

De mãos dadas, Logan e eu seguimos pelo caminho até a choupana de Mikey. Quando nos aproximamos, Mikey levanta a aba de couro cru e sai. Antes eu achava que os irmãos pareciam gêmeos, mas sob o sol forte vejo diferenças que havia deixado passar. Enquanto Logan tem um belo bronzeado dourado, a pele de Mikey parece a casca marrom-escura dos pinheiros. Além disso, suas veias saltam e se projetam contra feixes loucos de músculos — o tipo de constituição que deve resultar de se viver na mata.

Ele fecha a cara diante de nossos dedos entrelaçados.

— Os pombinhos se beijaram e fizeram as pazes?

Ruborizando, solto a mão de Logan. É evidente que Mikey não aprova nossa relação. Por que aprovaria? Logan pode estar aqui agora, mas pertence à civilização. O que temos só pode ser temporário.

O que temos só pode ser temporário.

As palavras congelam minha espinha. Ai, meu Destino. Como pude me esquecer? O futuro de Logan é de volta a Eden City, onde ele é um nadador campeão com um quarto cheio de medalhas. Onde ele é necessário para se comunicar telepaticamente com Mikey e preparar as mochilas com suprimentos essenciais.

O gelo se acomoda em meus pulmões, empilhando-se ali até eu mal conseguir respirar. É tão gostoso segurar a mão de Logan. Beijá-lo me parece tão certo. Quando estamos juntos, não me sinto um monstro. Sinto-me a garota que ele enxerga, aquela que sabe ser forte quando é necessário. Mas nada disso importa. Não posso ficar com ele.

Fico aguardando que Logan responda ao irmão, que explique que não é importante o que Mikey acha que vê. Tudo se acabará em alguns dias, de qualquer forma.

Mas ele não diz nada. É aí que entendo. Tenho meus pontos fracos, e ele tem os dele. Logan pode me salvar da AMFu. Pode me arrastar por um rio. Mas a única coisa que não consegue fazer é me proteger da ira do irmão.

Está tudo bem. Nessa área específica das nossas vidas, posso me impor por nós dois.

Encaro Mikey e empino o queixo.

— Me desculpe se eu retirei sua fonte de comunicação com a Resistência. Se eu soubesse, teria tomado uma decisão diferente. Mas está feito. Não posso voltar e alterar nenhuma de nossas decisões, e ficar ressentido comigo mim não vai mudar os fatos.

O vento sopra em meus cabelos, e o sol forte queima meus braços. Mikey me examina, depois faz um gesto ríspido de cabeça.

— Tudo bem.

Entendo que não estou perdoada. Ele está apenas colocando seu ressentimento em fogo baixo. O problema do fogo baixo é que a panela continua a ferver, e, cedo ou tarde, seu conteúdo transborda... ou queima e vira uma crosta.

Viro-me para Logan, desesperada para mudar de assunto.

— Êste poder é raro? Mikey pode se comunicar com mais alguém em Eden City?

— Não funciona assim — diz Mikey. — Não posso mandar uma mensagem a qualquer um. Deve haver uma ligação genética, e quanto maior a combinação do DNA, melhor. — Ele corre os dedos pela barba. — Minha ligação com Logan é a mais forte, mas também me comunico com nossa mãe. Nem perto das frases inteiras que consigo falar na cabeça de Logan, mas em geral sou capaz de transmitir uma imagem concreta se me concentrar bastante.

Sinto meu peito relaxando.

— Isso é ótimo. Você ainda vai poder mandar recados.

— Não, não é ótimo — rebate ele. — Na melhor das hipóteses é tedioso, na pior, é ineficaz. Não é uma solução, só uma medida paliativa. É o que farei por alguns dias, mas não é uma solução de longo prazo.

Ele me olha como se a culpa fosse minha. É claro que a questão não está resolvida, nem de longe. Só foi colocada na porcaria do fogo baixo de novo.

23

Mikey nos leva para a mata, a oeste do povoado. Depois de uns 800 metros, chegamos a um campo vasto, com filas e mais filas de plantas. Muitas pessoas estão espalhadas pelo terreno, cavando a terra, arrancando ervas daninhas e empilhando raízes. Vejo batatas marrons e grumosas. Cebolas gordas com camadas finas como papel. E cenouras! A pele laranja está escurecida pela terra, mas a folhagem é verde e exuberante.

Respiro fundo. Li sobre como cultivavam comida nos dias Pré-Boom, mas nunca pensei que realmente veria isso. Temos uma pequena horta no curso de Culinária Manual, mas a maioria dos vegetais hoje em dia é produzida em estufas hidropônicas, em fileiras elevadas para poupar espaço e aumentar a eficiência.

Mikey avança um passo, coloca as mãos em concha em torno da boca.

— Ei, Angela! Tem um minuto? Quero te apresentar sua nova colega de quarto.

Uma mulher se levanta e apoia um cesto de cenouras no quadril. Um trapo cobre mil trancinhas em seu cabelo, e a terra risca a calça do joelho para baixo. À medida que ela se aproxima de nós, seus olhos vivos brilham. Aquele sorriso seria capaz de pulverizar Eden City.

Ela se aproxima do nosso grupo e passa a mão pelo braço de Mikey com uma tranquilidade que só pode vir de um longo relacionamento. Suas mãos se entrelaçam e as pulseiras iguais, tecidas a partir de folhas de uma planta, brilham na luz.

Coloco meu pulso — a tatuagem da ampulheta patentemente ausente — às costas enquanto Angela puxa Logan para um abraço.

— Você deve ser o irmão de Mikey. Bem-vindo a Harmony. Mas devo dizer que lamento ver você. Eu torcia para que pelo menos um irmão Russell vivesse tranquilamente na civilização. — Ela lança a Mikey um olhar carinhoso, depois pisca para Logan. — E, cá entre nós, fiquei muito feliz que fosse você.

— Bom, estou feliz por estar aqui. — Logan gesticula para mim. — Esta é Callie.

Angela dirige seu sorriso ofuscante para mim.

— Bem-vinda. Acabei com as cenouras por aqui. Por que não deixamos os rapazes colocarem o papo em dia e você me ajuda a preparar o jantar? Não tem medo de sujar as mãos, tem?

— Ah, não — digo, meus dedos coçando para tirar uma cenoura do cesto. — Eu vivo para isso. Nem acredito que vocês conseguem cozinhar manualmente todo dia.

Angela ri.

— A maior parte da comunidade entende isso como uma dificuldade, e não um luxo. Se eu queimar o ensopado, eles terão de comer mesmo assim.

— Mas essa é a beleza da coisa toda! — Eu cedo ao impulso e pego uma raiz laranja. Trago ao nariz, inalo com gosto. É assim que todos os vegetais devem cheirar: como se tivessem saído diretamente da terra, porque saíram mesmo. — Quem se importa se sua comida tem um gosto bom, ou se tem o mesmíssimo gosto sempre? É a variedade que dá sabor à vida.

— A Callie aqui estava treinando para ser chef da era Pré--Boom — diz Logan. — Era a primeira da turma.

Baixo a cenoura.

— Como você sabia disso?

— Eu experimentava seus pratos todo ano no Festival — diz ele em voz baixa. — E você tem razão. Gosto mais da comida quando não é sutil. Ouvi umas pessoas dizendo que sua guacamole tinha coentro demais. Mas eu achei sublime.

Nossos olhares se encontram e se sustentam. Eu não deveria estar fazendo isso. Não devia sentir esse formigamento na coluna. Devia guardar suas palavras na lembrança para carregá-las comigo. Ele pode ser o garoto mais perfeito do mundo, mas não pertence a mim. Pertence a Eden City, onde se faz necessário para manter Harmony viva. Bem no fundo, eu sei disso. Obrigo o formigamento a desaparecer, atenuando-o com minha culpa.

Mikey pigarreia.

— É melhor irmos andando, Logan. Tenho muito para mostrar a você antes do jantar.

Eu me despeço dos meninos e flagro Angela olhando para mim.

— O que foi tudo aquilo? — pergunta ela.

Coloco a cenoura no cesto.

— Como assim?

Ela ajeita o cesto no quadril e caminha até a mata. Vou atrás dela.

— Talvez não seja de minha conta — diz ela. — Sei que acabei de conhecer vocês dois, mas há anos ouço histórias sobre Logan. Eu o amo porque Mikey o ama, e não quero vê-lo magoado. Então o que está havendo entre vocês?

Esfrego meu peito, mas de pouco adianta para acalmar o coração dolorido. Como posso resumir nossa história? Quando penso um pouco mais, vejo que não é tão complicada assim.

— Antigamente éramos amigos e deixamos de ser. E agora somos de novo, e talvez a gente possa ser algo mais... Mas ele vai ter que ir para casa logo. Nunca vai dar certo no longo prazo.

Aprumo os ombros com uma nova determinação. Esqueça o longo prazo. Não vai dar certo agora. O que significa que preciso combater nossa atração. Logan não vai nos separar, mas, pelo bem dele, devo fazer isso.

Ela entra à esquerda, ao lado de uma árvore que me parece idêntica a todas as outras.

— Metade de nós está aqui para fugir do nosso futuro, Callie. Não podemos ruminar o que pode acontecer amanhã, então nos concentramos no dia a dia. É só o que temos.

Contorno pedras e saltito por cima de raízes, pensando nas palavras dela. Toda minha infância foi uma contagem regressiva para o dia em que eu receberia minha memória do futuro. Passei tanto tempo na expectativa pelo amanhã — fazendo planos, imaginando hipóteses, preocupando-me interminavelmente — que nem sei como viver no presente. Eu nem saberia por onde começar.

Contornamos uma árvore, e de repente o povoado está ali, com suas filas de cabanas em três lados de uma praça. Afasto os pensamentos com Logan. Mais tarde terei muito tempo para sentir pena de mim. Agora, tenho um estilo de vida totalmente novo a aprender.

Angela vai para a cabana de toras e joga as cenouras numa das mesas compridas na frente.

— Chamamos isto aqui de praça da aldeia — diz ela. — É o centro da vida em Harmony, onde comemos, cozinhamos, passamos tempo juntos. O depósito geral fica dentro da cabana e todos dormimos ali no inverno.

Ela vai até dois barris de madeira posicionados lado a lado na frente da cabana de toras e levanta a tampa do primeiro.

— Estamos sem água potável. Terei de fazer um pouco mais.

Angela pega um pouco d'água do segundo barril com uma lata de alumínio grande e coloca num tripé de gravetos. É meio parecido com o banco de três pernas de Mikey, só que em vez de um assento, há três níveis de tecido poroso amarrados nos gravetos. Angela despeja a água no primeiro nível, a qual vai pingando pelas três camadas até uma bacia abaixo.

Admiro o material poroso em cada camada. Grama, areia e carvão.

— Inacreditável.

— Nunca ouviu falar nessas coisas? — pergunta ela. — Mikey me disse que hoje em dia todos os garotos da Resistência falam de vir para Harmony. Há anos Logan vem praticando como fazer fogo.

Então foi assim que ele aprendeu. No fim das contas não foi cursando a disciplina eletiva Métodos Antigos.

— Não, nunca tinha ouvido falar da Resistência, mesmo tendo uma irmã dotada de capacidades paranormais.

— Que estranho — diz ela. — A Resistência sempre consegue chegar às pessoas certas. Seus pais devem ter a cabeça metida no concreto.

É verdade, metida no concreto. Sempre nos resguardamos, e minha mãe sempre me ensinou a não falar de nossa família. Pensei que o maior segredo fosse a capacidade paranormal de Jessa.

Mas existe todo um grupo de pessoas com os mesmos poderes. E elas se reuniram para ajudar umas às outras. Minha mãe provavelmente iria querer fazer parte deste grupo. Teria sido mais fácil proteger Jessa com os recursos da Resistência.

A não ser que a capacidade de Jessa, no fim das contas, não seja o segredo. A não ser que minha mãe esteja escondendo algo totalmente diferente.

Franzo a testa enquanto Angela pega a bacia de água recém-filtrada e despeja no caldeirão.

— Preciso avisar minha mãe sobre minha memória do futuro. Daqui a alguns meses, minha irmã será presa pela APTec. Quando seu cabelo chegar aos ombros. Sei que Logan é a fonte habitual de comunicação de vocês, e agora ele está aqui. Mas você acha que Mikey consegue passar um recado por intermédio da mãe dele?

— Claro. Vou falar com ele — diz ela. Simples assim. Sem perguntas, sem condições. Eu mesma deveria pedir a Mikey, mas sem dúvida ele ficará mais receptivo se o pedido partir de Angela. — Sua mãe é Phoebe Stone, não é?

Fico boquiaberta.

— Como sabe disso?

A mão dela ainda está no caldeirão.

— Sua mãe não é membro da Resistência?

— Acho que não.

— Ah. Devo ter ouvido o nome dela em outro lugar, então.

Fico desconfiada. Será possível que minha mãe seja integrante e simplesmente nunca tenha me contado?

De jeito nenhum. Nós contávamos tudo uma à outra. Precisava ser assim. Era nossa família contra o mundo. Três lados de um triângulo. Minha mãe jamais guardaria um segredo tão grande de mim. Não é?

Levanto-me e pego outra lata de água para colocar no tripé. Não sei mais o que pensar.

Tenho me sentido tão solitária desde que recebi minha memória do futuro. Mas talvez sempre tenha sido assim. Talvez só agora eu tenha percebido isso.

24

Cubos de cenoura e batata perfeitamente cortados nadam junto a pedaços de carne de cervo num grosso caldo marrom. Coloco mais uma pitada de orégano no ensopado que ferve sobre a fogueira, e um aroma delicioso se espalha no ar.

— Que cheiro incrível. — Angela arruma tigelas de madeira na mesa comprida. O sol poente parece um ovo brilhante no alto das árvores. Ela me garante que o serviço do jantar começará quando o sol estiver "bem ali" no céu. Mas ela estava apontando para o alto das árvores ou alguns centímetros acima disso?

— Acho que meu cargo como Cozinheira Manual pode estar em perigo — diz ela. — Uma provinha do seu ensopado e as pessoas vão me expulsar das telas holográficas.

Deixo minha concha cair no caldeirão e preciso pescá-la.

— Garanto que não estou atrás do seu cargo. Só estou tentando ajudar.

— Eu estou brincando. — Ela me passa um pano para que eu limpe o cabo da concha. — Além disso, seria um prazer dar lugar a alguém com seu talento. Eu só me apresentei como voluntária porque ninguém mais quis. Se quiser o cargo, basta falar.

O emprego dos meus sonhos. Eu devia estar saltitante diante da oportunidade de cozinhar. Mas, quando abro a boca, a aceitação desce pela garganta. É quando percebo que ainda não deixei meu antigo mundo para trás. Meu corpo pode estar aqui, mas o coração e a mente estão com minha mãe e minha irmã em Eden City.

Protelando, pego uma porção do ensopado saudável com a concha e sirvo na tigela de Angela.

— Não tem nada que eu gostaria mais. Só não sei se minha estada aqui é... permanente.

Ela coloca a tigela ao lado das outras na mesa.

— Para onde você iria? Voltaria a Eden City?

— Claro que não. Eu jamais tentaria o Destino desse jeito. — Reviro meus pensamentos, tentando analisar o que quero dizer. — A APTec vai prender minha irmã em algum momento no ano que vem. Não sei o que posso fazer estando longe, se é que posso fazer alguma coisa. Mas, se houver um lugar para onde eu possa ir para descobrir o que eles estão tramando... por que querem minha irmã, por que estão tão interessados em seus poderes paranormais... talvez isto dê à minha mãe uma chance de lutar para protegê-la.

— Não precisa ir tão longe assim — diz ela.

— O que quer dizer com isso?

— Pense bem. Quem criou Harmony? A Resistência. E quem inventou a Resistência? Um bando de paranormais. Aposto que qualquer informação que você busca está bem aqui.

Baixo a concha.

— Angela, você é um gênio.

Ela me abre aquele sorriso de mil watts.

— É o que dizem.

Caímos num ritmo tranquilo. Eu sirvo com a concha, e ela limpa a lateral das tigelas, colocando-as na mesa.

Durante a hora seguinte devo conhecer todos os cinquenta habitantes de Harmony. Tem um homem cuja barba grisalha chega na cintura. Uma ruiva de trancinhas que me lembra Sully. Um garotinho mirrado chamado Ryder, que está aqui sem os pais. Eles parecem legais, especialmente Ryder, que me abre um sorriso tímido depois de dar um abraço forte em Angela. Mas durante todo o tempo me sinto a novata. Ainda bem que posso me esconder atrás de uma panela de ensopado.

Os irmãos Russell aparecem quando estamos raspando o fundo do caldeirão. Mikey vai diretamente até Angela e cochicha alguma coisa. Os braços dele estão em volta da cintura dela, criando uma barreira entre os dois e os demais.

— O quê? — A mão de Angela dá um solavanco, e o ensopado espirra da tigela. — Não.

Ele continua cochichando, a mão subindo para lhe acariciar os cabelos.

— Não. Não pode ser. — Os ombros dela estremecem e Angela leva os nós dos dedos à boca.

Mikey olha em volta, perdido. É a primeira vez que o vejo descontrolado.

— Callie, pode terminar de servir? Preciso tirar Angie daqui.

Mal tenho tempo de concordar com a cabeça quando ele a leva embora. Meu último vislumbre de Angela é das lágrimas escorrendo por suas bochechas.

Viro-me para Logan, meu estômago dando cambalhotas, depois arriando. Não o vejo há horas. Horas durante as quais ele pode ter repensado o beijo e concluído que não vale a pena levar o relacionamento adiante. É claro que cheguei a uma conclusão parecida, mas sobretudo não tenho certeza se consigo lidar com uma rejeição de Logan agora. *Eu* quero ser a voz da razão, não ele. Talvez seja egoísmo da minha parte, talvez eu esteja sendo infantil. Sentindo-me culpada, repreendo-me por pensar assim, mas tais ideias permanecem na minha cabeça.

— O que houve? — pergunto, esforçando-me para aparentar normalidade.

— Não sei. Passamos a tarde pescando, e, quando voltamos à cabana, Mikey encontrou um envelope na mochila que trouxemos de Eden City. — Ele passa a mão da testa. — Tem alguma coisa a ver com Angela.

Logan se coloca atrás da mesa, ao meu lado, como se fosse a coisa mais natural do mundo. Como se fosse certo que ele deseja ficar comigo.

Minha pulsação acelera. Talvez ele não tenha repensado nada. Talvez, como eu, as horas só tenham incitado a saudade ainda mais. Talvez a mente dele esteja lhe dizendo uma coisa, e seu corpo, o coração e a alma lhe digam outra. Querer não é pecado, não é?

Sirvo o que resta do ensopado. Mais algumas pessoas passam e pegam tigelas, porém, muito em breve, é evidente que não virá mais ninguém.

— Você comeu? — pergunta ele, seu hálito fazendo cócegas em meu ombro.

— Provei o ensopado tantas vezes que estou satisfeita.

— Então vamos. Quero te mostrar uma coisa.

Ele pega uma tigela de ensopado para si e me leva pelo povoado. Caminhamos uns 400 metros na mata e ficamos atrás de uma muralha de árvores.

Prendo a respiração. Tufos verdes de relva aparecem por entre as folhas de cores vivas que cobrem o chão, e borboletas adejam por entre as flores silvestres roxas. As árvores nos protegem do vento e do barulho. Talvez de todo o mundo.

— Como descobriu este lugar? — pergunto.

— Mikey me mostrou. Ele gosta de vir aqui quando precisa pensar.

Sentamos em um tronco encostado numa árvore, e ele saboreia o ensopado. Não falamos enquanto ele come, mas seu silêncio parece diferente daquele ao qual nos acostumamos por cinco anos. Não é cheio de palavras não ditas e sentimentos feridos. Não é como o zumbido da broca do dentista um instante antes de descer. É simplesmente... bom.

Logan pega um pedaço de cenoura e vira a tigela para beber o caldo.

— Isto está uma delícia.

Palavras simples. Eu as ouvi dezenas de vezes esta noite. Porém, partindo de Logan, o elogio me deixa eufórica.

— Obrigada.

— Eu me sinto mal por comer sozinho. — Ele pega um pedaço de carne e o estende. — Tome, coma um pouco.

— Não quero pegar sua comida.

Ele leva a carne à minha boca, como quem vai me alimentar.

— Ande logo. Vou gostar mais do meu jantar se tiver companhia.

Hesitante, curvo-me para a frente e capturo a carne de sua mão. Assim que meus lábios roçam seus dedos, uma centelha dispara por mim, um único fogo de artifício que crepita por toda as terminações nervosas do meu corpo. O cervo tem um sabor forte e suculento. Eu já devia saber; eu mesma temperei. Ainda assim, não é nada comparado ao gosto da pele de Logan. Macia, porém firme. Quente. Meio salgada e totalmente irresistível.

O sol já se pôs atrás das árvores, e eu lanço os olhos a Logan sob a luz minguante. Ele não é meu, não posso ficar com ele, mas Angela disse para eu me concentrar no dia a dia. Isso significa desfrutar da visão à minha frente, ainda que seja temporária.

— Que foi? — diz ele, e percebo que estou encarando.

Vermelha, baixo os olhos.

— Nada. Eu, hum, queria te falar sobre uma coisa... esquisita... que aconteceu comigo. Acho que foi uma espécie de capacidade paranormal, mas não sei se o poder é meu ou de Jessa.

Ele se vira para mim, apoiando o tornozelo sobre o joelho.

— Diga aí.

— Tive uma visão. Ou talvez fosse um sonho, não sei bem. Mas parecia uma memória do futuro, só que eu a estava vendo pelos olhos da minha irmã.

Conto a ele sobre estar sentada no colo da minha mãe, triste, e especulo se esta visão tem alguma relação com a prisão de Jessa pela APTec no futuro.

Quando termino, ele está de testa franzida.

— Tive uma ideia. É um tiro no escuro, mas, se der certo, pode nos dar algumas respostas.

— O que é?

— Quero que você abra sua mente, igual aprendemos no Período de Meditação.

Fico desconfiada.

— Por quê? O que você vai fazer?

— *Eu* não vou fazer nada. Só quero ver o que vai acontecer.

De súbito, sinto a brisa firme atravessando minhas roupas finas. Uma experiência. Uma experiência lógica, uma vez que a última visão veio de uma abertura não intencional da minha mente. Mas e se eu repetir a experiência? E se *não repetir*?

Só tem um jeito de descobrir.

Aberto. O que é aberto? O buraco no teto da cabana de Mikey. A carcaça do cervo, aberta nas costelas. O centro oco do tronco no qual estamos sentados. Aberto, aberto, aberto.

Olho, espero por ela... e sim! Lá está. Aquela onda de alguma coisa enchendo a ponta dos meus dedos e os dentes, os cílios e os dedos dos pés.

Minha memória. A memória de Jessa. A memória de alguém. ABERTA.

Estou montada numa prancha de metal dentro de uma cápsula aberta. Minhas mãos seguram as alças de cada lado. Levito e volto a cair. Subo e desço de novo.

Uma gangorra. Estou no playground durante o Período ao Ar Livre, mas em qual turma?

Tenho aquela sensação extracorpórea de novo, mas olho pelos raios da esfera, na esperança de ver o sorriso característico de Marisa na cápsula de frente para mim. Em vez disso, tenho um vislumbre da franja cortada com precisão de Primeiro de Janeiro, Olivia Dresden. Filha da presidente Dresden e colega de turma de Jessa.

— Estou pensando em um número entre 1 e 10. — Olivia voa até o alto. — Qual é?

Comprimindo bem os lábios, seguro as alças e escoro os pés nos raios.

— Ande logo — reclama Olivia. — Eu sei que você sabe a resposta. Pode me falar. Prometo que não vou contar nada.

Balanço a cabeça.

— Desculpe. Eu não sei.

Para cima. Para baixo. Subindo. Descendo. De súbito, bato no chão com tanta força que meus dentes doem.

— Tá bom. — As tranças idênticas de Olivia quicam em seus ombros enquanto ela abre a portinhola e salta para fora. — Não quero ser sua amiga mesmo.

Eu arquejo, e a memória se desfaz. Estou de volta a Harmony, sentada ao lado de Logan no tronco.

— Consegui! — digo. — Entrei em outra memória de minha irmã. — Brevemente, descrevo a cena que vi.

— Eu sabia! — exclama ele. — Você é uma Receptora, como eu.

— Eu sou o quê?

— Uma Receptora. — Ele se levanta e anda de um lado a outro, os sapatos espalhando agulhas de pinheiro, como se fossem gafanhotos saltitantes em busca da segurança. — É como chamam meu poder. Não posso fazer grande coisa além de receber mensagens. Se não houvesse um Emissor, você pensaria que eu era igual a todo mundo.

Minha cabeça gira.

— Então está me dizendo que a capacidade é minha e de Jessa?

— É o que parece. Emissores e Receptores costumam aparecer aos pares, como Mikey e eu. Em seu par, a Emissora é sua irmã, mas ela parece estar mandando memórias inteiras para sua mente, em vez de palavras.

Observo o rastro de terra deixado por Logan.

— Não entendo. Como posso ter deixado isso passar?

— Jessa tem 6 anos. É a idade certa para a capacidade primária se manifestar. — Ele franze a testa. — Ela já tem algum tipo de precognição, não é? Não era por isso que ela sabia a cor das folhas antes que caíssem?

Faço que sim com a cabeça.

— Ela é capaz de enxergar alguns minutos do futuro desde que aprendeu a falar.

— Estou achando que a precognição é uma capacidade preliminar, como a telecinese de Mikey. Jessa deve ter tomado posse de seus verdadeiros dons recentemente. Talvez ela nem tenha percebido que está enviando memórias a você. — Ele volta a mim. — Quando você recebeu a memória do futuro em seu aniversário de 17 anos, deve ter despertado alguma coisa em seu cérebro. De algum jeito aquilo mostrou como seus poderes funcionavam.

— Foi quando comecei a manipular memórias. — Conto a ele como minha mente foi capaz de rodar minha memória feito um dispositivo de gravação, até alterar aspectos da memória em si. Decepcionada, noto que ainda tenho de tornar as mudanças permanentes. — E depois Bellows me submeteu ao gás e disse que isto aumentaria qualquer capacidade paranormal inerente que eu tivesse.

— O gás, por sua vez, deve ter ativado algo em Jessa. Ajudou a atingir sua capacidade primária.

— Mas como? Quem inalou o gás fui eu, não ela.

— Se vocês duas são um verdadeiro par Emissor-Receptor, há uma ligação psíquica profunda entre vocês. Por isso os pares se manifestam com mais frequência entre irmãos, e mais fortemente em gêmeos.

É por isso que a meditação sempre foi fácil para mim. É como um músculo que eu nunca flexionei, mas, assim que o fiz, passou a ser uma segunda natureza. Então, consegui abrir minha mente por acidente. Por isso consegui fechá-la com sucesso contra o gás. Está tudo ligado à minha capacidade de Receptora.

Levanto-me de um salto, vibrando de empolgação. No fim das contas, não deixei Jessa para trás. É claro que não posso falar com ela, mas tenho acesso a suas memórias e isto é quase tão bom quanto. Conseguirei vê-la sempre que quiser. Ficar com ela. Vê-la crescer.

O riso borbulha de mim, e eu rodopio de braços esticados. Escorrego e deslizo nas agulhas de pinheiro, mas não me importo. Um espelho mágico. É isso. Um espelho da vida da minha irmã.

Não posso esperar nem mais um minuto. Agora que sei que ela está aqui, ao alcance, preciso vê-la, pelo menos por alguns minutos. Logan vai entender.

Paro de girar e tento acalmar meu coração galopante. Não consigo acalmar a mente, é como se eu estivesse prestes a explodir.

Vamos ver. Aberta. Pense aberto. O interior do berço de Jessa. Sua boca formando um "O" quando dei a ela o cachorro roxo de pelúcia. Minha irmã abrindo uma porta e me recebendo em casa. Aberta, aberta, aberta.

Aguardo pela sensação, fecho os olhos, concentro-me e sim! Lá está! A memória. ABERTA.

Estou montada numa prancha de metal dentro de uma cápsula aberta. Minhas mãos seguram as alças de cada lado. Levito até o alto e volto a cair. Subo e desço de novo.

Enrugo a testa, saindo da memória.

— Não entendo. Tive a mesma memória.

— Era o que eu esperava — diz Logan. — Lembre-se de que esta é uma capacidade passiva. Você não pode decidir quando vai receber uma nova mensagem. Se funciona parecido com a minha, Jessa precisa enviar a memória antes que você possa abrir sua mente a ela.

— Mas isso é loucura. Como vamos nos conectar?

— Vocês não precisam fazer isso na mesma hora. — Ele se abaixa no tronco, e sento ao seu lado. — Pense da seguinte maneira... Quando ela te manda uma mensagem, ela é armazenada em algum lugar, talvez em outra dimensão, esperando que você a recupere. Até que mande uma nova, quando você abrir sua mente, vai receber a mesma mensagem repetidas vezes.

Ele segura o lóbulo da minha orelha.

— Você tem orelhas muito bonitas. Já te disseram isso?

O ar fica preso no meu peito, até eu ficar com a sensação de que meus pulmões podem explodir, juntamente ao coração. Se

Logan continuar tocando em mim, não vai sobrar órgão nenhum. *Respire, Callie*. É só um toque, uma leve sensação que eu talvez nem notaria em meio a uma multidão. Mas não estamos numa multidão. Estamos numa clareira mágica à margem do mundo. E agora que senti o toque de Logan, nunca mais quero ficar sem ele.

Só que nunca é muito tempo. E independentemente do que Angela diga sobre se concentrar no presente, preciso me lembrar de que o hoje desaparecerá como areia caindo numa ampulheta. Antes que eu consiga agarrar mais alguns grãos, terá sumido.

Assim como Logan partirá, deixando-me sem nada além de um punhado de lembranças.

Ele solta minha orelha. O sol já se escondeu atrás das árvores. O anoitecer decai em sombras arroxeadas ao redor, e insetos invisíveis voam em torno dos meus braços.

— O que isso quer dizer? — pergunta ele. — Ajuda a entender por que a APTec quer Jessa?

Balanço a cabeça.

— Na verdade, não. No máximo, abre mais possibilidades. Eles podem estar estudando sua precognição ou sua capacidade de Emissora.

— Não se preocupe. Você vai entender tudo.

Ele passa o braço em volta de mim e coloca minha cabeça em seu ombro, aninhando-a embaixo do queixo. Nossos corpos se encostam, e é como se ele tivesse jogado um cobertor quente em cima da gente e acendido uma lareira crepitante, só para garantir. Estamos no meio do nada, sem eletricidade nem água corrente. Ele irá embora daqui a alguns dias, e ainda assim eu me sinto em segurança. Ele faz com que eu me sinta em segurança.

Aninho-me mais junto a ele. Não quero pensar no futuro. Prefiro abrir a mente para ver se Jessa mandou alguma memória nova. Posso estar alguns dias atrasada, mas vou cumprir a promessa que fiz a minha irmã. Ficarei com ela, a noite toda.

25

É a primeira coisa que eu ouço quando chego à cabana de Angela — o gemido agonizante de um coração sendo partido.

Não penso duas vezes. Afastando a porta de couro cru, entro às pressas. A escuridão me cerca e caio de joelhos, engatinhando até o barulho. Mas no tempo que levo para alcançar Angela, meus olhos se adaptam o suficiente para distinguir sua figura enrolada como uma bola.

Como fiz com minha irmã durante toda a vida, pego Angela nos braços. Ela se vira para mim, enterra a cara no meu ombro e chora com uma intensidade ainda maior.

— Vai ficar tudo bem — digo em voz baixa de encontro aos seus cabelos. — Pronto, pronto. Vai ficar tudo bem.

Mas será que vai? Talvez seja porque não consigo enxergar mais de 30 centímetros além do nariz. Talvez seja porque eu esteja ajoelhada num abrigo que jamais verá eletricidade. Talvez eu não mais acredite no felizes para sempre.

215

Qualquer que seja o motivo, minhas palavras ficam no ar, revelando-se tão banais quanto são de fato.

— Minha mãe morreu — sussurra Angela. — Ela faleceu de uma complicação violenta da gripe. A cremação cerimonial será em dois dias.

Acaricio suas costas, impotente.

— Eu sinto muito, Angela.

— Nem tive a chance de me despedir. Um mês atrás, ela mandou um recado pela Resistência, pedindo que eu voltasse para Eden City. Eu me recusei, e agora é tarde demais. — Ela cai numa nova onda de choro.

— Ah, Angela. Certamente ela entendeu que você não podia voltar. A AMFu não está procurando por você?

— Não. — Ela soluça. — Não tem ninguém atrás de mim. Minha memória não é criminosa. Foi uma decisão totalmente pessoal vir para cá. E nunca vou voltar, nem mesmo para uma visita.

— Mas por quê?

Ela se afasta. Não consigo enxergar seu rosto na escuridão, mas a umidade das lágrimas deixa minha blusa pegajosa nos ombros.

— Você sabe tão bem quanto eu. Os que fogem de suas memórias vivem num medo eterno do futuro.

Não é de se admirar que minhas palavras tenham soado rasas. O que são expressões vazias para tranquilizar alguém em um mundo no qual é possível enxergar imagens concretas do futuro?

— Quer falar sobre isso? — pergunto.

Ela suspira, e o sopro alvoroça minha pele. Suas mãos buscam as minhas, e sinto um choque quando seus dedos gelados envolvem meu braço.

— Eu vou ter uma filha — diz ela em voz baixa. — No futuro, eu tenho a menina mais linda que você já viu. Cabelos delicados como uma teia de aranha, olhos da cor do céu à meia-noite. E quando ela arrulha para você, você tem vontade de ir até o fim do mundo para garantir sua segurança.

Minhas unhas se enterram nas panturrilhas. Ai, meu Destino. Por favor, não deixe que nada aconteça a essa garotinha.

Por um bom tempo ouço apenas meu coração martelando, depois Angela volta a falar:

— Na minha memória, estamos fazendo um piquenique em um penhasco perto do rio. Daqueles sancionados pela ComA, com grades de metal preta nas beiradas. Eu viro a cara por um segundo, juro. Só um instante de nada para limpar o suco que ela derramou na minha blusa. Quando levanto a cabeça, minha filha está em cima da grade. Eu nem mesmo sabia que ela era capaz de engatinhar tão depressa. Corro para ela, gritando seu nome. Ela olha para mim uma vez, aqueles olhos pretos e lindos ardendo nos meus, e então escorrega pela grade. E cai no penhasco.

Meu coração se agita. Os olhos de Angela nadam em minha memória, com tanta clareza que consigo enxergar milhares de fraturas mínimas em suas profundezas. Eu pisco, e, de súbito, sobrepostos à imagem, estão os olhos redondos e inocentes de sua filha que ainda não nasceu.

— Ah, Angela — digo, sufocada.

— E foi por isso que não pude voltar para casa e ver minha mãe. Por mais que eu ame minha família, minha prioridade é garantir que a memória não se realize. Existem algumas coisas com as quais a gente é capaz de conviver. E outras, não. — Sua voz agora é mais forte, como se as convicções lhe clareassem a consciência. — Mesmo sendo insuportável conviver com essa memória, sei que eu não sobreviveria ao futuro no qual ela se tornasse realidade.

— Mas você não podia voltar para uma visita curta? — pergunto. — Talvez você possa ir à cremação cerimonial. Ver sua família. Despedir-se.

— Não. — Seu cabelo chicoteia meu rosto, como se ela estivesse balançando a cabeça com força. — A pressão do Destino é forte. Já vi isso acontecer várias vezes. Assim que você se coloca ao alcance dele, o Destino dá um jeito de obrigá-la a viver seu futuro. A única resposta é fugir para o mais longe possível e jamais olhar para trás.

Quero argumentar com ela. Mas não posso. Porque eu vi o Destino funcionando, diante dos meus olhos. Pensei que minha ida para a detenção daria segurança, mas o Destino encontrou um jeito de distorcer a situação. Se Logan não tivesse me resgatado, mais cedo ou mais tarde o Destino teria vencido.

— Não se pode ficar com um pé em cada mundo, Callie. É preciso tomar uma decisão. A prevenção de sua memória é soberana ou não? — Suas mãos encontram as minhas e apertam. — Se a resposta for sim, você jamais deve voltar à civilização.

Mais tarde, naquela mesma noite, fiquei me revirando no tapete, no chão de Angela. Ela dispôs musgo, grama e folhas por baixo e me deu um cobertor de camurça. É, de longe, a cama mais confortável na qual dormi desde que fui presa, mas a lua lança sombras esquisitas pelo buraco no teto. Além disso, não consigo me esquecer de que estou deitada debaixo da pele de um bicho morto.

Sento-me e puxo os joelhos ao peito. Depois de chorar por mais alguns minutos, Angela se recompôs e me deu um graveto para mascar. Ela me mostra como colocar um pouco de detergente na ponta das fibras, assim eu podia escovar os dentes antes de dormir.

Agora, espremendo os olhos para enxergar dentro da cabana, consigo distinguir um montinho no chão. Enquanto olho, o amontoado se mexe e ouço uma fungadela e um gemido grave.

— Angela? — digo. — Como você está?

As sombras parecem estremecer, mas não tenho resposta. Ou ela está dormindo, ou não quer falar.

Deito-me de novo e puxo a camurça sobre meu corpo. Será que Angela tem razão? É claro que não tenho planos de voltar à civilização. Minha prioridade é garantir que minha memória não se realize. Mesmo que Jessa seja presa, a APTec só quer estudá-la, enquanto meu eu futuro pode matá-la. É claro que é melhor ter alguma vida do que vida nenhuma.

Mas não posso ficar assistindo de longe, impotente, sabendo que a abandonei. Parte da minha alma morrerá se eu ficar aqui, enfiada em Harmony, a salvo, enquanto a APTec arrasta minha irmã para seus laboratórios. Preciso encontrar algumas respostas que possam ajudá-la. Mas e se tais respostas me levarem para a mão do Destino?

Não sei. Só tenho certeza de uma coisa: sinto saudade da minha irmã e quero vê-la. Abro a mente, pela quinta vez na última hora, e Jessa sobe e desce na gangorra. De novo.

Suspirando, viro-me no tapete. Já foram tantas vezes que já consigo enxergar a franja reta de Olivia e ouvir seus gritinhos. Vou tentar de novo amanhã.

Minha mente vaga para campos abertos que se desdobram abaixo de um céu vasto. Uma grama verde e macia faz cócegas nos dedos dos pés. O ar é tão fresco que dá vontade de abrir os pulmões e tomar uma golfada.

Meu corpo relaxa quando o cansaço me domina. Meus braços e pernas afundam no chão, e meu último pensamento consciente é: aberta.

Estou sentada a uma mesa de madeira. Meus dedos correm pelo teclado esférico da minha mesa-tela. O zíper do meu macacão prateado está enterrado no meu peito, e meu cabelo se enrola abaixo das orelhas, fazendo cócegas no queixo. Tudo que ouço em volta é o digitar de dedos em teclas.

Na escola. Estou na escola, fazendo uma prova. Meu dedo escorrega, e minha unha fica presa na fresta do teclado esférico. Rapidamente, antes que a professora perceba, eu a puxo.

A porta se ilumina. Uma mulher com uniforme da AMFu entra na sala. Tem cabelo prateado brilhante cortado rente à cabeça, e a roliça Olivia Dresden chama:

— Mamãe!

A presidente Dresden. Chefe da AMFu. Quem mais seria?

A presidente assente rispidamente para a filha antes de se dirigir à professora.

— Desculpe-me pela interrupção, mas preciso retirar uma de suas alunas para uma varredura.

A Srta. Farnsworth, a professora, retorce os lábios. Seu cabelo tem cachos rebeldes.

— Que tipo de varredura?

— Infelizmente é confidencial — diz a presidente Dresden.

— Bem, infelizmente isto não é conveniente. Como pode ver, meus alunos estão fazendo uma prova de aritmética.

As duas mulheres se olham. A presidente Dresden vira a cabeça e examina os vinte pares de olhos que a observam.

— Srta. Farnsworth — começa ela. — Podemos ter uma palavrinha lá fora?

A professora faz que sim com a cabeça.

— Turma, por favor, volte a suas provas. Retornarei em alguns minutos para fazer o download das respostas.

Elas saem, e a porta é fechada. O digitar dos dedos recomeça, mas tiro minha mesa-tela da tomada e verifico o nível da bateria. Pela metade. Pegando o carregador atrás da minha mesa, levo a mesa para a frente da sala e conecto no carregador-turbo.

Vozes baixas, porém nítidas, flutuam do outro lado da porta.

— É o único jeito — diz a presidente Dresden. — Recebemos novas informações de que a Chave está numa criança com capacidade paranormal. De que outra maneira vamos descobri-la, sem fazer uma varredura sistemática em cada criança da escola?

— Onde está a suspeita razoável? — pergunta a Srta. Farnsworth. — Não é preciso uma denúncia de testemunhas oculares?

— Deixe as diretrizes da EdA de lado por um momento. Nada é mais importante do que encontrar a Chave. Você sabe disso.

A Srta. Farnsworth faz um muxoxo.

— Exatamente de onde vem sua informação? Como saber se podemos confiar nela?

A presidente se cala por um instante.

— Eu provavelmente não devia lhe contar isso, mas temos uma precognitiva. Verdadeira. Não essas crianças que brincam de ler a sorte. Seus poderes de enxergar o futuro imediato são inúteis. Afinal segundos depois o mundo todo sabe o que elas sabem.

Esta é diferente. Ela pode enxergar anos no futuro. Décadas. Ela não vê tudo. Vê apenas fragmentos, mas já provou seu valor, e o que ela está nos dizendo é que o Primeiro Incidente se aproxima rapidamente.

A Srta. Farnsworth fica em silêncio. Verifico o nível da minha bateria. Três quartos.

— A varredura universal nas escolas é heterodoxa — continua a presidente. — Mas agora você entende por que precisamos fazê-la?

A Srta. Farnsworth suspira.

— Se as pessoas souberem disso, terá uma rebelião nas mãos. Você sabe disso, não sabe?

— Então guarde segredo. Faremos um aluno por vez, começando pela mais velha. Vamos espaçar em intervalos de algumas semanas. Se os pais fizerem alguma pergunta, diga que é para colocação acadêmica.

— Não gosto disso.

— Não precisa gostar. Tenho um decreto da ComA. Quem é a criança mais velha da turma?

— Seria a Primeiro de Janeiro. Sua filha — diz a professora.

A presidente Dresden para por um segundo.

— Ela já foi testada. Quem é a próxima?

Sem aguardar por uma resposta, corro de volta ao meu lugar. Minha bateria está totalmente carregada, e não tenho mais nenhum pretexto para ficar perto da porta. Reconecto minha mesa-tela e digito o maior número de somas que consigo antes de a Srta. Farnsworth voltar para a sala.

26

Acordo, meu coração aos saltos. Jessa é a mais jovem da turma. Seu aniversário é no dia 13 de dezembro. Se o teste vai ser metódico, ela será a última.

Na minha memória do futuro, o cabelo dela caía na altura dos ombros. Na memória que acabo de receber, ele está logo abaixo das orelhas, fazendo cócegas no queixo.

Eu tenho tempo. Eu tenho tempo. Eu tenho tempo.

Mas não importa quantas vezes lembre a mim mesma, meu estômago revira, centrifugando o ensopado que comi na noite passada.

Pisco para as varas arqueadas que sustentam o telhado. Angela ainda dorme do outro lado da cabana, a camurça jogada de lado e o braço cobrindo os olhos. Se eu tinha alguma dúvida de que as duas agências são intrinsecamente relacionadas, a prova está aqui. Por que outro motivo a presidente Dresden, chefe da AMFu, estaria conversando com a professora de Jessa sobre assuntos da APTec?

Vou até a porta e saio de mansinho. A brisa esfria o suor no meu corpo, e o couro cru sacoleja às minhas costas. O amanhecer se aproxima. O céu passa a impressão de que alguém acendeu uma lanterna atrás de um cobertor azul-marinho. A luz se esgueira pelas beiradas e se derrama por toda a faixa, como um letreiro iluminado por trás.

A praça da aldeia está vazia. Alguns passarinhos trinam, mas nem eles irrompem sua cantoria, como se fosse cedo demais até para esse nível de ânimo.

Aparece alguém do outro lado da praça. À medida que se aproxima, vejo que é Logan, carregando um balde de madeira. Ele para à minha frente e coloca o balde no chão. O vapor sobe da água e se dissipa no ar.

— Água quente — diz ele. — Direto do fogo.

Respiro fundo. Tonéis de água se aquecem ao sol durante o dia para que as pessoas de Harmony possam tomar banho com água morna num sistema de revezamento. Logan e eu fomos colocados no final do cronograma, mas nossa vez levará dias para chegar.

— Para mim? — Tomei banho no rio, mas não é nada parecido. Não com água quente escorrendo na pele, fazendo-me sentir verdadeiramente limpa pela primeira vez desde que fui presa.

Ele faz que sim com a cabeça.

— Não consegui dormir, então tive tempo de sobra.

Ao que parece, muito tempo. Angela explicou que a água quente é um luxo pessoal, por isso a madeira usada para o fogo não deve ser retirada da pilha comunitária. Para me trazer este balde, Logan teve de coletar a própria madeira, fazer o fogo, ferver a água e depois carregá-la pela aldeia.

— Logan, eu... nem sei o que dizer. Obrigada.

Ele dá uma piscadela e começa a se afastar.

— Vou sair antes que a água esfrie.

Mas ainda não quero que ele vá embora. Quero que fique aqui, comigo, por mais alguns minutos.

— Espere — chamo, sem pensar.

Ele se vira.

— Sim?

Gosto demais de você, desejo dizer. *Talvez até esteja apaixonada por você. Talvez eu sempre tenha sido, desde que você me deu uma folha vermelha para fazer que eu me lembrasse do sol. Aconteça o que acontecer, quero que você saiba disso.*

Ouço as palavras na minha cabeça. Consigo me enxergar dizendo-as, imagino Logan inspirando e a luz em seus olhos enquanto ele diz, *Sim, sim. Eu sinto o mesmo.*

Mas e se ele não sentir? E se ele me trouxe água quente só porque estava entediado?

— Tive mais uma memória na noite passada — digo, em vez disso. — Enquanto eu dormia.

Deixando minha confissão muda de lado, conto sobre a sala de aula e o plano da presidente Dresden de examinar cada criança.

— Você sabe o que significa a "Chave" ou o "Primeiro Incidente"?

Ele balança a cabeça.

— Não, mas me parece familiar. Você devia perguntar por aí. Certamente alguém daqui sabe alguma coisa a respeito.

Nós dois olhamos o balde de água. Os filetes de vapor já parecem menos densos.

— Preciso ir para o meu banho — digo com relutância. — Depois de todo o trabalho que você teve.

— Aproveite cada gota — pede ele. — Procurarei por você mais tarde.

Eu o observe contornar a cabana de toras, aí pego o balde. É mais pesado do que eu pensava, e minhas mãos escorregam na alça de corda. A água espirra pelas beiradas. Trinco os dentes e seguro com mais firmeza.

Quando passo pela choupana, Angela sai, esticando os braços para cima.

— Ora, ora. O que temos aqui?

— Logan trouxe água quente para mim.

— Ele não perde tempo, não é?

Fico vermelha.

— Talvez ele ache que eu precise de um bom banho.

Ela baixa as mãos no balde.

— Foi assim que Mikey me cortejou, sabia? Trouxe para mim um balde de água quente todo dia até que me venceu e aceitei sua pulseira de planta.

— Quanto tempo levou?

Ela ri.

— Três dias, por aí. É difícil resistir ao encanto dos Russell.

Eu não poderia estar mais de acordo, mas não é o tipo de coisa que queira admitir. Em vez disso, despeço-me e corro para trás da cabana, para a área do "banho", que é um pedaço de terra cercado por tapetes pendurados em galhos de árvores. Ali dentro, uma caixa de madeira guarda um pedaço de sabão e umas camisetas velhas para usar como esponja.

Tiro a roupa. No segundo em que a água quente escorre pela minha pele, solto um gemido. Angela tem razão. Água quente é muito melhor do que o recitar de um poema. Mais romântica do que um convite para ver um chip de memória.

Franzindo a testa, espremo a camiseta na base do pescoço, então a água escorre em filetes pelas minhas costas. Acho que Logan está me cortejando. Mas por quê? Ele não está pensando no longo prazo. Daqui a quatro ou cinco dias, ele voltará para Eden City e eu ficarei aqui, no exílio, pelo restante da vida. Não existe futuro entre nós. Nunca vai haver um futuro entre nós. Por mais que eu queira, se ele precisa estar em casa, jamais ficaremos juntos.

Ensaboo a barriga, braços, pernas. Eu sou temporária. Eu sou temporária. Eu sou temporária.

Se eu disser isso muitas vezes, talvez entre na minha cabeça.

Mesmo que meu coração se recuse a ouvir.

Penduro tiras de carne de cervo em três varas compridas apoiadas numa estrutura em formato de A. Agora que o cervo foi cortado em pedaços menores, agora que se assemelha a carne e não a um animal, meu estômago não se revira mais.

— Está bom. — Zed arruma pedras em volta do fogo baixo e fumacento. O anel de pedras vai aquecer e fará o calor se elevar, secando a carne em vez de cozinhá-la. — Você tem um dom natural para isso.

— Essa foi uma das primeiras aulas do nosso curso de Culinária Manual. Depois de ferver água e fritar um ovo.

— Então não tem problema fazer carne seca de cervo. Mas não a parte em que você despela o animal?

Torço o nariz.

— Você viu minha cara, né? Meu estômago estava ainda pior. Se eu realmente quiser ser uma chef manual, preciso parar de frescura.

Digo isso sem pensar. É claro que não serei uma chef manual. Não com a memória que tenho. Mesmo que, de algum modo, eu consiga escapar da minha situação de foragida, nenhum programa, em seu juízo perfeito, me aceitaria. A profissão é competitiva demais para se arriscar com alguém sem futuro comprovado.

De algum modo, em todo o turbilhão da minha memória do futuro, esqueci-me de lamentar o que ela não é — uma visão de mim mesma como chef de sucesso. Jamais vou cozinhar para os ricos de Eden City; nem de nenhuma outra cidade. Jamais terei meu próprio estabelecimento de refeições para aqueles que podem pagar para evitar o Preparador de Refeições.

Ainda assim, as pessoas de Harmony não estão preocupadas com meu currículo. Só se importam com o gosto do meu ensopado. No fim, é isso que importa — e não algum prêmio. Não a ideia de sucesso da elite. Tudo que eu sempre quis foi cozinhar para quem gosta da minha comida.

Assim, é possível que o sonho, afinal, não tenha morrido.

— É preciso se acostumar ao trabalho de despelar animais. Se quiser, posso te mostrar — diz Zed. — Vou fazer você começar com algo pequeno, como um peixe, depois passar para esquilos e cervos. Logo você perderá a frescura.

Abro um sorriso.

— Eu gostaria disso.

Ele termina com as pedras e começa a erguer um abrigo de madeira em volta do fogo, a fim de protegê-lo do vento. Nunca pensei que diria isso, mas para um futuro espancador de mulheres, ele parece um cara legal. E, como coordenador de tarefas de Harmony, deve ouvir um monte de coisas.

— Você já está em Harmony há um bom tempo, né? — pergunto.

— Quase desde o começo. Angela e eu chegamos só alguns meses depois de Mikey.

Respiro fundo. A lembrança da presidente Dresden ficou rondando minha cabeça a manhã toda.

— Já ouviu alguém mencionar a "Chave"? E o "Primeiro Incidente"?

— Sobre o Primeiro Incidente, não sei. — Ele agita a mão para enxotar as moscas. — Mas acho que a Chave se refere à pessoa que descobriu como enviar memórias para o passado.

Franzo a testa.

— Não. A Chave à qual estou me referindo é algo que acontece no futuro, não no passado.

— Então não sei. Mas sabe quem pode responder? Laurel. Ela é nossa poetisa residente e cuida de todos os registros da comunidade. Provavelmente não existe nenhum conhecimento paranormal sobre o qual ela não tenha ouvido falar. Depois do serviço, você pode encontrá-la na loja de conveniência da cabana de toras.

— Obrigada, Zed. Eu agradeço muito.

A carne começa a encolher conforme seca, e ele me ajuda a aproximar as tiras na vara. É difícil acreditar que uma versão futura deste homem seja capaz de bater numa mulher. Talvez tão difícil quanto seja acreditar na minha própria memória do futuro.

— Posso te fazer uma pergunta? — Passo a língua nos lábios. — Quem era ela?

Ele fica petrificado, as mãos se fecham nas tiras escuras de proteína. Claramente não teve dúvidas de que a "ela" a quem estou me referindo é a mulher que apanha de seu eu futuro.

Ele baixa a carne.

— Não sei. — Sua voz sai rouca da garganta, como carne ralando em cacos de vidro. — Eu gostava muito dela. Disso eu sei. Quando entrei no quarto, ela estava nua, então acho que era minha namorada. Mas não vi seu rosto.

Quase trombo nas tiras de carne. É isso que acaba com a gente quando o assunto é a memória do futuro. Você tem um fragmento do seu futuro, tão multidimensional e nítido que parece a vida real. Mas não tem contexto. Nenhum motivo, nem explicação. Fica só com um fato, algo que não pode defender nem justificar.

Por mais horríveis que sejam as memórias do futuro de Beks e de Sully, pelo menos as duas tinham um motivo. O ladrão matou a avó de Beks, o homem estuprou Sully. Zed e eu não temos nada.

— Como você consegue conviver com isso? — sussurro.

Ele inala o ar, com fumaça e tudo.

— Faço tudo que posso para evitar o Destino. Vim para cá. Não me envolvo com mulheres. Provavelmente esta é a conversa mais longa que já tive com uma garota, além de Angela. E a cada dia que passa, respiro mais aliviado porque é mais um dia em que minha memória não se realizou.

Ele levanta a cabeça, e minha pulsação se acelera, por empatia. Seu rosto carrega uma expressão que não é bem de fé. A fé em si é assustadora demais, inatingível demais. O otimismo é reservado para as pessoas boas, aquelas que passam pela vida sem prejudicar ninguém. Mas a expressão de Zed é de algo que se aproxima da fé, algo que um dia pode se tornar fé caso as circunstâncias permitam.

— Às vezes vejo uma garota bonita e fico tentado, como qualquer um — diz ele. — Mas tem uma voz dentro de mim que me impede de fazer alguma idiotice. Ela lembra que não posso ter namorada. Não adianta tentar o Destino, não quando passei por isso tudo para escapar dele. E se eu cometer um lapso? E se meu controle falhar, mesmo que por um segundo, e eu fizer o impensável? — Sua voz baixa a um sussurro. — E se eu machucar alguém de quem gosto?

Estremeço, embora minha pele esteja aquecida pela fumaça que se eleva do fogo. Não tenho uma resposta, pois a mesma voz ganha vida dentro de mim. E diz, em termos claros: *Jessa está a salvo agora*. Ao fugir da civilização, finalmente consegui minha garantia. Desde que eu permaneça em Harmony, minha memória não poderá se realizar.

É claro que eu seria uma idiota se voltasse a Eden City. Por qualquer motivo.

27

— Vai estar com cheiro de chulé — diz Logan depois dos serviços naquele mesmo dia. Estamos na frente da cabana de toras. O céu troveja, e nuvens escuras se acumulam, como se estivessem reunindo forças para o ataque iminente.

— Por que isso? — pergunto, semicerrando os olhos para o céu. Ainda bem que vamos entrar.

— Mikey me falou que todo mundo se junta e dorme aqui dentro quando esfria. Disse que no inverno passado ele acordou com a meia suja de alguém na boca.

— Eca.

Preparando-me, abro a porta e entro. Mas não tem cheiro de chulé nem nada. Em vez disso, sou recebida pelo aroma de serragem. Pequenas mesas redondas contêm tabuleiros de xadrez entalhados a mão, e há papel pergaminho pendurado nas paredes. Uma garota e um garoto estão sentados atrás de um balcão comprido coberto de cestos. Carne seca de cervo, frutas secas, sabão, papel, meias, roupa íntima, pacotes de ervas desidratadas, até mesmo alguns livros. Qualquer coisa que eu poderia querer na mata.

— Entrem, Callie, Logan. — A garota gesticula para nós. Sua franja escura e o rabo de cavalo me parecem familiares. Devo tê-la conhecido na noite anterior. — Meu nome é Laurel, e este é Brayden. Tem alguma coisa que vocês queiram comprar?

— Não tenho crédito algum — digo.

— Ah, por aqui não usamos créditos. — Ela aponta um papel com letras escritas à mão. — Ou, pelo menos, não os créditos aos quais você estava habituada. Cada um de nós tem cinquenta pontos por mês e pode trocar estes pontos por qualquer coisa que você vê aqui.

Passo as mãos sobre um cesto. Até a carne seca? Zed e eu a retiramos do suporte algumas horas atrás.

— Até isso, infelizmente — diz Brayden. O cabelo ruivo cai na testa e suas sardas se destacam como estrelas no céu noturno. — É o único jeito justo de dividir as coisas.

Minhas mãos param.

— Você são dotados de poder paranormal?

Ele contorce a boca.

— Ah, desculpe. Deteste quando faço isso.

— Você lê pensamentos?

— Só se você tiver um pensamento específico. Não posso vasculhar suas lembranças nem ler suas emoções, nem nada disso. — O rubor sobe por seu pescoço, apagando as sardas.

— O que eu estou pensando agora? — pergunta Logan.

— Você quer saber do que estamos falando. — O rubor desbota como água se infiltrando no solo. — Eu estava explicando a Callie como fazemos as coisas por aqui. Veja

Laurel. Ela precisa comprar o papel como todo mundo, muito embora um de seus deveres seja produzir papel e tinta de nogueira.

Pego o papel pergaminho. As bordas são puídas, e o papel parece ter sido amassado numa bola e depois alisado. Mas é papel.

— Você fez isto? Deve ter levado uma eternidade.

— Tenho um interesse especial. Sou poetisa, sabia? — Laurel aponta as folhas penduradas nas paredes. — Aqueles são os poemas que "publiquei". Se eu não me oferecesse para fabricar o papel, não sei se outra pessoa o faria.

Espio as letras regulares que cobrem a página. Quase parecem as palavras em minha mesa-tela. Não me admira que ela tenha sido eleita guardiã dos registros.

— Não vim aqui para comprar nada — explico. — Zed falou que talvez você tenha respostas para algumas perguntas minhas.

— Ele falou? — Seu rosto se ilumina como uma pederneira riscando o aço. — Ele disse mais alguma coisa sobre mim?

— Laurel faria qualquer coisa para ganhar uma pulseira de planta de Zed — diz Brayden. — Eu poderia dizer isso mesmo que não lesse pensamentos.

Ela joga um pacote de ervas desidratadas nele.

— Cale a boca. Acho Zed um amor, é só isso. Quando ele tem algum ponto sobrando no fim do mês, sempre compra papel para mim, assim posso escrever mais poemas.

— Ele gosta de você. Sempre que você está por perto, ele pensa no quanto acha seus... hum, olhos bonitos.

O sorriso dela é ao mesmo tempo constrangido e satisfeito.

— Acho que ele gosta da minha poesia.

Arrasto os pés no chão, sem saber o que responder. Tenho certeza de que Zed acha Laurel atraente, mas em vista do que ele me confidenciou, a relação deles não tem muito futuro.

Logan pigarreia.

— Queremos entender as expressões "a Chave" e "o Primeiro Incidente". Já ouviu falar nisso?

Ela e Brayden se olham.

— Existe uma lenda sobre uma Chave que ajudou Callahan a destrancar os segredos da memória do futuro.

Franzo a testa.

— Isso não é verdade. Tanner Callahan recebeu a primeira memória do futuro. Ele não a inventou. Sei disso porque fui batizada em homenagem a ele.

— Só estou te contando o que diz a lenda. — Ela tamborila os dedos na mesa. — A Chave tem a última peça do quebra-cabeças. Sem a Chave, diz a lenda, a memória do futuro jamais teria sido descoberta.

É mais ou menos a história que Zed me contou. Mas não ligo para o que aconteceu no passado. Estou interessada no futuro.

Combato a sensação desagradável no estômago. Quais são as chances de eu entender as palavras em código da presidente, quando nem mesmo estou no mesmo universo dela? Agradecendo em voz baixa, viro-me para sair.

— Espere — Laurel me chama. — Já que está aqui, gostaria de preencher meu diário de bordo? Estou mantendo um registro dos habitantes de Harmony. — Ela enfia a mão por baixo da mesa e saca um maço de papéis atados por tiras de couro cru. — Tome, pegue uma pena e um pote de tinta de nogueira.

Levamos os suprimentos para uma mesa redonda e nos sentamos nos bancos de três pernas, que rangem.

— Você parece decepcionada — cochicha Logan, empurrando de lado as peças de xadrez. Nossos joelhos roçam debaixo da mesa. Como acontece sempre que nos tocamos, o ar crepita de eletricidade.

Mas pode ser só a tempestade lá fora. Meu coração acompanha as gotas de chuva que batem no telhado — furiosas e ferozes, uma investida que talvez não pare nunca. Será que sempre vou me sentir assim quando ele me tocar? Ou meus sentimentos turbulentos um dia se transformarão em algo calmo e sereno?

Olho rapidamente para ele, seus olhos e a boca, as covinhas na bochecha. Rapidamente, antes que eu me perca na visão dele, olho para Laurel e Brayden do outro lado da sala.

— Decepcionada, não. Eu torcia para que ela tivesse mais informações do que uma história que já ouvi.

— Continue perguntando. Mais cedo ou mais tarde, você vai descobrir alguma coisa útil.

Puxo o banco para mais perto, assim nós dois podemos ver o diário. Meu braço esbarra no dele — e meu coração sacode, dança e suspira. Ele abre a capa, e eu me esforço para me controlar.

Vejo as letras escritas a mão marchando o pergaminho. A página é dividida em colunas. Leio as categorias no alto:

NOME. DATA DE CHEGADA. DATA DE PARTIDA.

Viro a página. Mais colunas:

NOME. CAPACIDADE PRELIMINAR. CAPACIDADE PRIMÁRIA.

A página seguinte diz respeito à memória do futuro:

NOME. MEMÓRIA. DATA DE RECEBIMENTO DA MEMÓRIA. DATA DE REALIZAÇÃO DA MEMÓRIA. DATA DE ENVIO DA MEMÓRIA.

Minha mão para na página. Entre uma coluna e outra, tem linhas e mais linhas de texto. O espaço abaixo da coluna DATA DE ENVIO DA MEMÓRIA está vazio.

— Por que todos estes espaços em branco? — pergunto a Logan.

Ele dá de ombros.

— Eles alteraram o futuro quando vieram para cá. Talvez o futuro deles tenha mudado tanto que nenhuma memória jamais foi enviada.

— Mas então eles nunca teriam recebido a memória, antes de mais nada. Não é?

Ele balança a cabeça lentamente. Não sabe. Eu também não sei.

Volto a olhar o livro.

— Nem todo mundo aqui está fugindo de um futuro ruim. Olha só. — Aponto a coluna abaixo de DATA DE REALIZAÇÃO DA MEMÓRIA. — Algumas memórias se tornaram realidade, provavelmente aquelas que pertencem aos paranormais. Pelo menos um deles não deveria ter registrado uma data de envio da memória? — Sento-me de novo no banco. — A não ser que ninguém em Harmony tenha enviado uma memória para si.

— Como é que você manda uma memória para seu próprio passado? Nunca aprendi isso. E você?

— A AMFu sempre disse que eles nos dariam instruções quando chegasse a época — digo. — Mas quando isso acontece? Eles reúnem todos nós no prédio da AMFu quando fazemos 60 anos? Não vi nenhum grupo de velhos enquanto estive lá, e você?

Ele balança a cabeça.

Faço uma careta, esforçando-me para raciocinar.

— Laurel é a segunda pessoa que liga a Chave à descoberta da memória do futuro. No passado. Não dei importância à ligação porque a presidente estava falando sobre procurar pela Chave no futuro. Mas e se elas estivessem falando da mesma coisa? — Passo a língua nos lábios. — E se a AMFu esteve mentindo para todos nós esse tempo todo?

Ele franze a testa.

— Mentindo sobre o quê?

— E se a memória do futuro ainda não foi descoberta? — cochicho.

— É claro que a memória do futuro foi descoberta. Você e eu somos a prova viva disso.

— Não — digo, com uma empolgação crescente. — Somos a prova viva de que a memória do futuro pode ser *recebida* no presente. E não enviada. Não entende? É por isso que todos os espaços abaixo da coluna estão em branco. Por isso a AMFu nunca nos explicou como enviar uma memória. Por que eles ainda não sabem como fazer isso.

Paro de falar. Olho a página de novo, a coluna e seus espaços em branco. E tudo se encaixa.

— É isso. Por isso as duas agências trabalham tão unidas. A AMFu precisa que os cientistas descubram como enviar as memórias ao passado.

28

A lama respinga entre meus dedos, e uma minhoca desliza pelo pulso, deixando-o molhado e pegajoso.

Em vez de gritar, cerro os dentes e mergulho a isca no rio, onde montei uma armadilha em formato de funil, espremendo galhos lado a lado. A ideia é que um peixe seja seduzido pela minhoca e nade para dentro do funil. Ao primeiro borrifo de água, vou bloquear a abertura com uma pedra achatada, prendendo o peixe ali.

Como introdução ao abate de animais, não é ruim. Zed me trouxe aqui de manhã cedo, com uma faca, um balde de minhocas e um monte de instruções. Agora que construí três armadilhas, só preciso esperar.

Enxugo a cabeça com uma bandana e me ajeito na margem lamacenta. A água ondula, e uma ave corta o céu, suas asas esticadas para cavalgar o vento. O cheiro de fumaça corta o ar, e me reconforta saber que Zed está em um algum lugar perto daqui.

Ah, se meu eu mais jovem pudesse me ver agora. Lembro-me de como fiquei animada quando tive minha primeira aula de Culinária Manual. Na época, eu jamais teria sonhado que um dia estaria pescando num rio em vez de tirando o peixe diretamente do freezer.

Espere um minuto. Talvez ela possa almejar isso, sim.

Sento-me ereta. Os poderes paranormais estão relacionados à memória do futuro. Então talvez eu possa mandar uma memória ao meu eu mais jovem. É verdade que não me lembro de receber uma memória em minha juventude, mas talvez eu simplesmente a tenha reprimido.

Respirando fundo, tiro um instantâneo mental da cena diante de mim e imagino eu mesma aos 12 anos. Bochechas gorduchas. Cabelo ondulado preso num rabo de cavalo. Pele bronzeada pelo excesso de sol.

— Enviar — sussurro. — Enviar.

Nada. Nem uma pontada, nem um formigamento.

Abro os olhos, franzindo a testa. Não deu tão certo.

— Quantas vezes eu preciso te dizer? — diz uma voz acima de mim. — Você é uma Receptora, e não uma Emissora. Não é um poder recíproco.

Minha cabeça se vira para cima repentinamente.

— Que susto, Logan! Por que chegou assim, tão de mansinho?

— Pisei em uma dúzia de gravetos, e eles estalaram. — Ele se joga no chão, ao meu lado. — Talvez você não tenha ouvido.

Talvez eu devesse prestar mais atenção. Lanço um olhar para as armadilhas de peixe. É claro que as minhocas sumiram, embora nenhum peixe tenha ficado preso dentro dos funis. Com um suspiro, pego mais alguns bichinhos rastejantes no balde e refaço a isca.

— Eu estava tentando enviar uma memória ao meu eu mais jovem. Ninguém sabe como a memória do futuro funciona, então era minha esperança que a distinção Emissor/Receptor não fosse válida aqui.

— Teve alguma sorte?

— Nenhuma.

Volto à margem. A água pinga da bainha enrolada da minha calça. Tento enxugar o suor da testa e acabo sujando a cara de terra.

Ele sorri.

— Talvez eu devesse tentar mandar uma imagem para meu eu mais jovem. Uma imagem sua, assim mesmo. Ensopada de água até os joelhos, com lama na cara. Ele ia achar engraçado.

— Não faça isso. — Eu rio. — Não quero afugentá-lo.

— Duvido que alguma coisa possa afugentá-lo de você.

Depois de todos esses anos, achei que conhecesse todas as expressões de Logan. Mas esta eu nunca vi. Seus lábios estão relaxados, o olhar acalorado. Ele enxerga as bordas queimadas e escurecidas da minha alma e gosta de mim mesmo assim. Nos olhos dele, eu sou mais. Mais inteligente, mais bonita, mais corajosa, mais gentil. Quero ser mais. Quero ser uma garota digna da atenção dele.

Mas isso é egoísmo da minha parte e eu sei disso. Se me importo verdadeiramente com Logan, devo querer ser a garota por quem ele nunca vai se apaixonar. Logo ele irá embora e o melhor para ele será me esquecer e tocar a vida. Ainda assim, quero que ele tenha orgulho de mim. Por Logan, eu quero ser perfeita.

E quando ele me olha desse jeito, eu sou.

Respiro fundo, trêmula.

— Aliás, o que você está fazendo aqui?

Ele leva minha mão aos lábios e dá um beijo quente em minha palma.

— Achei que estava na hora de você aprender a nadar.

A água bate nas minhas orelhas. Eleva-se numa linha em volta do meu corpo, uma sensação que fica em algum lugar entre as cócegas e a vibração. E então ela me engolfa completamente quando afundo no rio... pela décima vez.

— Você não está se concentrando — diz Logan.

Afasto o cabelo molhado dos olhos. O sol se reflete nas gotas de água nos cabelos de Logan, que parece a imagem de um deus pré-Boom. O rio está gelado, mas os raios da tarde batem no meu rosto e nos ombros, impedindo que eu sinta frio.

Abraço meu próprio corpo mesmo assim.

É meio difícil me concentrar.

— Está preocupada com Jessa?

— Estou. — Movimento as mãos pela correnteza, cercando a água nas palmas e deixando que escorra pelos dedos. — Sei que agora ela está segura porque o cabelo está curto demais. Porém, mais cedo ou mais tarde, eles vão testá-la. Depois vão descobrir suas capacidades paranormais e levá-la embora.

— Mikey conseguiu mandar uma mensagem para sua mãe através da Resistência?

— Ele está tentando. — Olho minhas mãos, distorcidas pela água. — Ele não tem muita certeza do nível da clareza da comunicação com a sua mãe.

Eu me reclino na água de novo, e Logan escora meu pescoço e as costas. Se eu não tivesse tanta coisa na cabeça, isso seria ótimo. A água me nina, e os olhos dele adejam pelo meu corpo antes de voltar ao meu rosto.

Levanto a mão para tocar nele... e afundo de novo. Quando venho à tona, ele encosta a testa na minha.

— Você precisa se concentrar, Callie.

Sua boca está bem ali, a centímetros da minha, então eu o beijo. Enquanto nossos lábios duelam, tiro do cérebro todo o tumulto de imagens. Uma mulher de uniforme da AMFu, com cabelo prateado brilhante. Os olhos desvairados de Beks ao agarrar meu tornozelo. Meu braço cortando o ar e cravando uma agulha no coração da minha irmã.

Beijo Logan até que tais imagens desapareçam. Eu o beijo até que o ruído branco ruja em meus ouvidos e minha mente fique num êxtase frenético. Eu o beijo até me esquecer de tudo, exceto a sensação de seu peito nu e dos braços escorregadios em meu corpo.

Mas isso não basta. Dou um impulso e enrosco as pernas na cintura dele. Ele cambaleia para trás, e afundamos no rio, ainda nos beijando. Meu cabelo gira ao nosso redor, misturando-se aos filamentos de algas, e ainda estamos nos beijando. A água sobe por nossos pescoços até o queixo e ainda assim... continuamos... a nos beijar.

Ele interrompe o contato, ofegante, seu hálito quente me atingindo.

— Talvez seja melhor a gente parar antes de nos deixemos levar.

Passeio os dedos pelo seu pescoço.

— Gosto da ideia de me deixar levar com você.

— Eu também. — Ele me dá uma beijinho no nariz. Eu sei, em algum lugar de minha mente, que os olhos dele são verdes, mas neste momento juro que são da mesma escuridão turva da água. — Mas tenho a sensação de que não estamos falando exatamente da mesma coisa.

Não estamos? Porque parte de mim tem certeza de que eu estou pronta para dar o passo seguinte. Se só me resta um tempo curto com Logan, quero aproveitar o máximo de cada momento. Mas outra parte de mim não tem tanta certeza, não está preparada.

Afasto-me um pouco para dar algum espaço ao meu corpo e às minhas emoções. A água bate em minhas costelas, fria e refrescante na pele em brasa. Com a quantidade de calor que geramos, estou surpresa com o fato de o rio não estar fervendo.

Deito-me na água, bato os pés, tentando me lembrar de tudo que ele me ensinou. Por incrível que pareça, não afundo. Alguma coisa me faz boiar, e estou flutuando. Sem peso. Tocando de leve o topo do mundo.

— Você está conseguindo. — As palavras parecem abafadas através da água, e abro um sorriso. Depois meus membros pesados assumem o controle e afundo.

— Doze segundos — diz ele. — Você ficou boiando por 12 segundos inteiros.

Enxugo as gotas do meu rosto.

— Isso é bom?

— Para uma primeira aula, está bom.

Voltamos para a margem. Quando nos sentamos, os olhos de Logan voltaram a ficar verdes. Mostro a ele a rede que estive trançando com caules de plantas enquanto aguardava que o peixe fosse apanhado em minhas armadilhas.

246

Ele passa os dedos pelos calombos, onde os caules se cruzam.

— Como é possível que você não saiba nadar? Você disse que sua mãe não gosta de água. Mas seu pai não pôde ensinar a você?

Bebo um gole do meu cantil, embora o bolo na garganta não tenha nada a ver com a sede.

— Meu pai não faz parte da minha vida desde os meus 4 anos.

— Eu sabia que ele tinha ido embora, mas lembro-me de que você disse que ele voltou. Depois que Jessa nasceu.

— Não. — Bebo mais água. — Lembro-me com muita clareza do último dia dele. Eu estava em cima da máquina de higienização, de camisola, para lhe dar um abraço de despedida. Ele se virou para minha mãe e disse: "Eles vão raspar minha cabeça. Vou ter de usar uma peruca quando voltar, assim a Boo-Boo não vai ficar com medo". Era assim que ele me chamava. Boo-Boo.

As palavras saem no automático. Já foram ditas por mim uma centena de vezes, contando histórias para minha irmã na hora de dormir. Esta lembrança e algumas outras. Construindo uma tartaruga de areia perto das dunas. Montada no alto dos ombros do meu pai. Soltando gritinhos quando ele me carregava de cabeça para baixo, segurando pelos pés. Histórias repetidas sem parar, para que Jessa pudesse ter uma imagem dele. Assim eu não me esqueceria.

— Ele chegou a comprar a peruca?

— Não. Aquela foi a última vez em que o vi.

Surpresa, depois confusão, em seguida compreensão lampejam no rosto dele, sucessivamente, como uma daquelas animações que eu desenhava nos pés das páginas dos cadernos quando era criança.

— Então Jessa é sua meia-irmã?

— Ela é minha irmã. Não tem nada de "meia" nisso. — Respirando fundo, pego um caule de planta e começo a trançar mais uma carreira na rede. — Mas para responder à sua pergunta, na época eu podia jurar que tínhamos o mesmo pai. Minha mãe não se envolveu com ninguém quando engravidou. E quando Jessa nasceu, era igualzinha a mim, comparada às fotos de quando eu era bebê. Igualzinha ao meu pai. Quais eram as chances de minha mãe ter engravidado de outro com aqueles olhos? Eu esperei o tempo todo, porque sabia que um dia ele voltaria para nós.

Pego mais um caule, mas meus dedos não funcionam mais. Parecem grandes e desajeitados demais.

— Só que ele nunca voltou. E quando pressionei minha mãe, ela confirmou que Jessa tinha um pai diferente. Então, tecnicamente, você tem razão. Ela é minha meia-irmã.

— Lamento, Callie. Deve ter sido difícil para você.

Ainda é difícil. O tempo atenua qualquer dor, mas não consegue apagar a mágoa. Não totalmente.

— Você tem razão, sabe? — diz ele. — Ela é parecida com você. Quando a vi no parque naquele dia, achei que estivesse vendo você quando entramos na turma T-7.

O reboco em meus lábios racha.

— Minha mãe tem fotos nas quais jura não conseguir distinguir quem é quem.

— Isso não é esquisito? A semelhança entre vocês duas?

A frase dele fica incompleta. Mas seria: é estranho haver essa semelhança entre vocês duas, quando têm pais diferentes. Sangue diferente. Genes diferentes.

— Isso não importa. Eu também não ligaria se Jessa tivesse outra *mãe*. Eu não a amaria menos por isso.

— É claro que não. O amor não é algo que você possa dar pela metade. — Ele pega o caule em minhas mãos e o retorce nos dedos. — Estou aprendendo isso agora, mais do que nunca.

Exatamente meus sentimentos. Tentei dar a Logan só uma parte do meu amor. Tentei me conter, sabendo que logo ele me deixaria. Porém, por mais que meu cérebro tenha declarado sua ausência iminente, meu coração grudou nele. E não há nenhum argumento lógico no mundo que possa mudar isso.

Desvio os olhos do chão e os volto para Logan. Ele levanta o caule. Está trançado num círculo perfeito, a circunferência do meu pulso.

Um martelo bate em meu peito. Minha boca está seca como o deserto, apesar de toda a água ao redor, e a torrente em meus ouvidos está de volta, e isso porque nem mesmo tocou em mim.

— Decidi que não vou voltar para Eden City — diz ele. — Mikey terá de encontrar outro jeito de se comunicar com a Resistência.

Arquejo. Eu jamais esperaria por isso. Pode ter sido o desejo secreto do meu coração egoísta, mas nunca me permiti sonhar com este momento.

— Mas seu futuro como nadador campeão...

— Pode esperar. Agora que encontrei você de novo, não vou embora. Não sem dar uma chance a nós. — Ele pega minha mão e com toda gentileza coloca a argola no meu pulso. — Não se esqueça, minha memória do futuro é dupla. Metade dela é a natação. A outra é você. Quero que esta parte da minha memória se torne realidade. Quero você em minha vida. — Ele baixa a voz, que parece me alcançar por dentro e catar os pedaços que se partiram quando meu pai foi embora. Reúne esses fragmentos, colando-os com sua certeza. Com sua crença. — O que me diz, Callie? Vai me deixar ficar, sem discutir? Quer ser minha namorada?

Olho minha mão. A planta verde e torcida está pendurada no pulso. Não sei quanto tempo vai conservar sua forma. Mas, pelo tempo que durar, será que posso negar a ela uma chance de durar? Passei os últimos dias tentando ao máximo sufocar os sentimentos que tenho por Logan. Seria tão ruim assim deixar rolar?

Todo meu bom senso está me dizendo para não aceitar. Sei que Logan é necessário em Eden City. Pode até chegar uma época em que eu precise de algo que só ele possa enviar. Mas neste momento, a única coisa da qual necessito em relação a Logan é ele mesmo.

Fui apaixonada por ele durante metade da minha vida. Agora eu sei disso. Pela primeira vez, serei egoísta. Vou agarrar minha chance de uma vida nova.

— Sim — digo. Com esta única palavra eu desejo, estremeço, rezo para que tenha selado meu Destino. E espero, desesperadamente, não ter selado o de mais ninguém.

29

O ambiente cheira a alecrim e a peixe grelhado. Conversas e pedaços de comida circulam, como se as pessoas de Harmony não conseguissem decidir se falam ou comem. Estou metida em um banco entre Logan e Brayden, tentando conter a gargalhada histérica.

Uma vez bebi espumante. Um vizinho mandou uma garrafa para nossa casa depois do nascimento de Jessa. Minha mãe estourou a rolha, e bolhas brancas transbordaram pelo gargalo.

— Beba, depressa. — Mamãe empurrou a garrafa para mim. — Não podemos desperdiçar nem uma gota.

Lambi a lateral da garrafa, e as bolhas explodiram em minha língua. Mesmo depois de ter engolido, ainda podia sentir a efervescência subindo pela garganta.

Bom, é assim que me sinto agora. Sempre que Logan fala comigo, roça em meu ombro ou até olha para mim, fico um pouco mais efervescente por dentro e borbulho um pouco mais alto. Minha culpa e cautela há muito foram esquecidas. Agora estou transbordando de êxtase. Quando termino o jantar, não consigo mais ficar sentada. Levanto-me de um salto e peço licença, deixando Logan falando com Brayden sobre suas provas de natação.

Vou à mesa comprida na frente da cabana de toras, onde Angela está recheando um peixe com legumes cortados em cubos.

— O jantar estava delicioso, Angela. — Sentando-me ao lado dela, pego um peixe e abro seu ventre com uma faca. — Talvez eu mesma tenha apanhado alguns destes peixes.

— Foi? Bom, anda logo com isso e termine seu turno de caça. Sinto sua falta no preparo da comida. — Ela coloca o peixe numa bandeja e estende a mão para mim. — Você ainda vai estar aqui no final do seu turno?

Entrego o peixe a ela. Os olhos do bicho me encaram, mortos e vivos ao mesmo tempo. Esfrego a parte de dentro da minha pulseira, torcendo-a no pulso. Fiz uma igual para Logan também. Estas pulseiras simbolizam muito mais do que nossa relação. Elas me dão uma nova chance na vida.

Tenho um *flashback* de uma cena desta tarde — limpando o espólio junto aos outros pescadores na margem. O ar está tomado de tripas de peixe. As barrigas inchadas dos peixes faíscam sob a luz minguante. E Logan, com algumas escamas no rosto, brande uma lâmina fina de metal como um bisturi.

Eu conseguiria ser feliz aqui. Não, apague isso. Eu *sou* feliz aqui.

— Eu não vou a lugar algum — digo a Angela.

O sorriso dela irradia.

— Bem-vinda ao lar, Callie.

Trabalhamos em silêncio por alguns minutos, e seu sorriso lhe escapa. Sua infelicidade me oprime. Vejo a tristeza em seus lábios apertados, no peixe que ela manuseia com aspereza demais.

— Angela? — pergunto. — Como estão as coisas com você? Suas mãos param.

— Ainda triste com o falecimento da minha mãe. E Mikey e eu andamos brigando.

— Pelo quê?

— O de sempre, coisas da relação. — Ela vira o peixe. — Mas não se preocupe. Vamos resolver isso. Sempre resolvemos.

Preparamos o resto do peixe, e, quando Angela os leva à fogueira para grelhar, eu volto a Logan.

Ele agora está sentado com o irmão, de cabeça abaixada, ouvindo Mikey. Eu reconheceria seu corpo de nadador em qualquer lugar. Os ombros largos que se estreitam em um *V*, as coxas musculosas e pernas compridas. Como se sentisse minha aproximação, ele levanta a cabeça e estende a mão para mim. Nossos dedos se entrelaçam, e me esqueço de respirar. Quando ele me olha, não preciso de uma lembrança para me dizer qual é o meu lugar. Isto aqui poderia ser meu lar. Com Logan ao meu lado, posso caçar um lugarzinho para mim em Harmony.

Nesse momento, um grito corta o ar. Assustados, Logan e eu nos olhamos, depois nós três nos levantamos rapidamente e corremos para a fogueira, onde Angela aninha um garotinho nos braços. Ele tem pernas e braços compridos e desajeitados, a pele lisa da cor de noz-moscada... e um corte fundo e sangrento numa coxa.

É Ryder, o garotinho que me abriu o sorriso tímido, cujos pais paranormais foram trancafiados pela AMFu. O menino que veio para Harmony em vez de viver numa cidade que um dia também poderia prendê-lo.

— Está doendo, Angela — grita ele, debatendo os braços e pernas como se pudesse afastar a dor com a luta. — Faça parar. Por favor, faça parar.

— *Shhh*. Vai ficar tudo bem — diz ela, já fazendo o curativo. Ela espreme uma bisnaga de antisséptico, apertando até a última gota de pomada. — Mikey, você não disse que mandou um mensageiro pegar uma nova remessa de suprimentos? Será que você podia...

— Já, já. — Mikey sai antes mesmo de ela terminar a frase. Parece que eles se conhecem tão bem que ele é capaz de prever as necessidades dela.

— Já tem uma nova remessa? — cochicho para Logan, enquanto Angela sussurra no ouvido de Ryder. O garotinho ainda geme, e uma camada de suor brilha em sua testa, mas, enquanto ela fala, ele para de se debater e fica mais calmo.

— Em geral esperamos que o próximo fugitivo traga as mochilas — diz Logan. — Mas Mikey quis testar a telepatia dele com minha mãe, então mandou alguém apanhar o pacote no ponto de encontro, onde tomamos o barco. O mensageiro voltou hoje.

Mikey reaparece com uma mochila azul-marinho idêntica àquela que trouxemos. Abre depressa e uma dezena de bisnagas brancas cai dali.

Ele pega uma. O logotipo de um sorriso brilha para mim.

— O. Quê. É. Isso? — De repente, ele fecha a mão na bisnaga e a esmaga.

Fico sem ar. Se o tubo fosse vivo, agora teria morrido.

Logan pega uma bisnaga também.

— Parece creme dental.

Mikey joga a bisnaga no chão; ele a espremeu tanto que o tubo se partiu e a pasta branca vaza pela fenda.

— Está tudo bem, Mikey. — Angela coloca um pedaço grande de gaze na perna de Ryder. — Temos pomada suficiente. Ryder vai ficar bem.

— Não está tudo bem — rosna Mikey. — Sabe quantos arranhões a gente tem aqui, na mata? Uma faca escorrega, como a de Ryder hoje. Um galho arranha sua perna. Você belisca o dedo num osso. — Ele arregaça a manga, revelando um arranhão vermelho e feio no braço. — Consegui isto aqui ontem mesmo. Qualquer um desses cortes pode infeccionar. Sem tratamento, essas pequenas infecções podem ser fatais.

Ele olha loucamente em volta da fogueira, correndo os olhos por cada rosto, até pousar em mim.

— Por acaso nossa medida paliativa tem uma falha — diz ele, como se falasse só comigo. — Pedi à minha mãe para nos mandar bisnagas de pomada antibiótica. — Seus lábios ficam apertados numa linha longa e fina. — Foi isto que ela mandou.

Meu coração desaba. Ele estava testando a comunicação com a mãe. Uma mensagem simples, um único objeto concreto... e ainda assim não foi transmitida corretamente.

— Vocês dois! — Mikey vocifera para mim e Logan. — Venham comigo. Agora.

Ele mergulha uma tocha de taboa na chama da fogueira e nos leva para sua cabana. Ainda de mãos dadas, Logan e eu vamos atrás dele. Meu estômago revira, intranquilo. Não sei o que ele vai dizer, mas não vai ser bom. Não pode ser bom. Nunca vi Mikey com tanta raiva, nem no dia em que chegamos.

Depois que alcançamos sua choupana, Mikey coloca a tocha num suporte embutido. A chama oscila, fazendo nossas sombras dançarem na parede.

Duas peles estão estendidas na terra. Deve ser onde eles estiveram dormindo, em vez das pilhas macias de musgo que servem de cama para mim e para Angela. Sinto uma aflição quando me lembro da cama que Logan me fez, com agulhas de pinheiro, durante nossa viagem a Harmony. Ele deve ter construído aquilo só para o meu conforto.

Levanto a cabeça e flagro Mikey me examinando.

— Você não gosta de mim — digo.

Ele abre a boca, como se quisesse concordar, mas aí desiste de falar.

— Não é verdade. Mas seu relacionamento com meu irmão não vai dar certo. Não posso permitir que continue.

— O que quer dizer com não pode permitir...? — Mas as palavras morrem em minha boca, estranguladas pelo que penso, pelo que sei que ele vai dizer.

Logan se remexe ao meu lado. Sua respiração sopra meu cabelo, mas o calor não atenua em nada os arrepios que pipocaram pelos meus braços.

Passo a língua nos lábios e tento de novo.

— Por que nosso relacionamento não vai dar certo?

Mikey olha de um para o outro. Sua sombra cresce às suas costas, corpulenta e grotesca. Um único passarinho canta do lado de fora da cabana, e de súbito tomo consciência da quietude no ar.

— Logan não vai ficar em Harmony. Depois de amanhã, vou mandá-lo de volta a Eden City.

30

O mundo se inclina, e por um momento louco penso que talvez eu vá escorregar pela borda. Aí ouço a voz de Logan, baixa e controlada, e ela ancora meus pés no chão.

— Do que você está falando?

— Você sabia que seu período aqui era limitado — diz Mikey. — Harmony precisa de você em Eden City. Precisamos que você se comunique com a Resistência. Com a chegada dos meses mais frios do ano, muitos vão sofrer com doenças para as quais não estamos preparados. Sem você, eles vão morrer.

— A decisão não deveria ser minha? — Logan dá a volta por mim e fica frente a frente com o irmão. — E se eu encontrar outro método de entrega das mensagens? Eu... não sei como, mas vamos pensar em alguma coisa. E se eu preferir ficar aqui com Callie? Com... você?

Sua voz falha na última palavra, e meu coração se aperta, aperta sem parar.

Mikey coloca as mãos nos ombros de Logan. Algo é transmitido entre os dois, uma força invisível que não consigo sentir de nenhum jeito físico. Mas sei que existe. Minha mente a reconhece e molda seu formato para minha percepção.

Ele está falando com a mente de Logan, palavras pessoais demais para que uma desconhecida ouça.

Eu te amo, meu irmão. Não me esquecerei de nossos dias juntos. O laço entre nós é forte e verdadeiro, e ninguém pode nos tirar isso, não importa onde você esteja.

Ou talvez Mikey não esteja dizendo nada disso. Talvez esteja dizendo: pare de chorar, moleque. Você vai fazer o que eu mandar. Você não vai me decepcionar de novo.

Não sei o que se passa entre eles, mas parece funcionar. Logan recua um passo; baixa a cabeça, como se refletisse sobre as palavras de Mikey.

Meu estômago afunda até o chão. Não. Não vou deixar que meu futuro seja decidido desse jeito. Não vou ficar parada aqui, observando como uma passageira sem nenhum acesso aos controles, enquanto minha vida despenca por um caminho que não escolhi.

De novo, não.

— Você não está dando uma chance à sua mãe. — Minha voz ecoa na cabana, quebrando o silêncio que me oprime. — Os poderes dela podem melhorar com a prática. Ela conseguiu entender que você queria uma bisnaga branca... Só foi a bisnaga branca *errada*. Com o tempo, ela vai entender melhor. Você só precisa deixar que ela tente.

Mikey vira a cabeça para mim.

— Por que está discutindo comigo? Mesmo que tivéssemos alternativa, e não temos, Logan não pertence a este lugar. Você sabe disso, e eu também. Ele tem um futuro brilhante na civilização. Ele será o melhor nadador que já se viu.

Mikey não está dizendo nada que eu não tenha notado. E sei que é egoísmo da minha parte. Sei que devia aceitar a situação. Sei que devia deixá-lo ir.

Mas meu coração se recusa. Finalmente me abri para ele, depois de todo esse tempo. Enfim estamos juntos, como devia ser. Ele não pode ser arrancado de mim de novo. Simplesmente não pode.

— Precisa haver outra solução. Outra via de comunicação com a Resistência. Só precisamos descobrir qual é. Não tem que ser ele.

Mikey arqueia uma sobrancelha, sem dizer uma palavra. Nem precisa. Até que eu pense numa solução alternativa, minhas palavras não terão significado algum.

Recorro à única argumentação que me resta.

— Se a AMFu descobrir que Logan me tirou da detenção, vai prendê-lo.

As pupilas de Mikey dilatam. Nelas, vejo o grito penetrante que vai atravessar nós dois se uma coisa dessas acontecer. Se eles souberem que ele já conseguiu uma fuga, a AMFu vai jogar Logan numa cela onde não haverá esperanças de libertá-lo. Ele vai passar o restante de seus dias apodrecendo num túmulo na superfície.

— Ele vai ficar bem. — Mikey passa a mão pela testa. — Meus pais vão jurar pela própria vida que ele esteve em casa, doente. Temos médicos na Resistência que vão forjar atestados falsos tranquilamente.

— Vai arriscar a vida dele com base nesse pressuposto? — Estou tentando jogar a culpa para ele e me sinto mal por isso, mas não posso desistir de Logan. Não agora. Não depois de finalmente expor meus sentimentos.

— Sim. — Mikey cerra o maxilar, os contornos duros do osso visíveis sob a pele esticada. — Sua memória do futuro já destruiu uma vida. Não destrua o restante de Harmony também.

Eu vacilo, tateando com os braços para me segurar em alguma coisa, qualquer coisa. Fecho as mãos em torno de uma vara de madeira, ofegante. Porque, com aquelas palavras, ele me deixou sem ar, derreteu meus músculos, derrubou meu mundo. Com uma única frase, Mikey venceu.

Em minha memória do futuro, vou matar minha irmã. Não posso ser responsável pela destruição de Harmony, e não serei. Mikey sabe disso. Ele sabe que com esta argumentação terei de deixar que Logan vá embora.

Lenta, mas seguramente, volto a me trancar. Começo o longo processo de bloquear os sentimentos que, por tolice, permiti que fluíssem livremente. Pode levar minutos, talvez anos, mas não posso me permitir nutrir sentimentos por Logan.

Se ele vai embora, preciso estar preparada.

— Eu podia ficar — diz Logan, hesitante. — Não preciso dar ouvidos ao meu irmão.

Estamos de volta à clareira, sentados no tronco. Quando saímos, Mikey deu a tocha a Logan, mas não tem nenhum suporte aqui fora, então ele cava um buraco no chão com os dedos e prende a tocha ali mesmo. A chama nos ilumina bem dos joelhos para baixo. Consigo ver a terra seca nos cadarços de seus sapatos, mas seu rosto não passa de linhas nebulosas e de diferentes nuances escuras.

Sim!, quero gritar com cada grama de meu ser. *Não me deixe. Não me deixe no dia em que finalmente baixo a guarda. Não me deixe aqui, sem ninguém para amar. O destino já me tirou minha mãe e minha irmã. Não se vá também.*

Há umas poucas horas eu poderia ter dito isso. Poderia até ter implorado. Mas agora não. Não quando a escuridão entre nós poderia muito bem ser sólida. Quero estender a mão, tatear os vincos em sua testa, mas não posso. A muralha invisível entre nós impede mais do que minha visão.

— Seu futuro é em Eden City — digo em voz baixa, tentando convencer a mim mesma de que acredito no que estou dizendo. Tentando não ser uma idiota egoísta. — Você nasceu para ser um campeão de natação.

— Você não entende. — O calcanhar dele sobe e desce com tanta força que pedaços de terra voam de seu sapato. — A natação sempre foi o objetivo de Mikey para mim. Nunca foi o meu. Só faço isso por diversão. Não preciso de prêmios, nem de honras.

Por um momento, a esperança se acende em mim, intensa. A extensão do meu egoísmo me deixa tonta de repulsa, mas não consigo evitar. Embora eu me odeie por tentar, as palavras saem de mim aos trambolhões, procurando, estendendo-se, tentando agarrar outra solução. Uma solução que manterá Logan aqui comigo; e que também salvará Harmony.

— Se você ficasse, como nos comunicaríamos com Harmony?

— Podíamos mandar mensagens à moda antiga — diz ele. — Podíamos deixar bilhetes para a Resistência no ponto de encontro, e eles atenderiam ao pedido de suprimentos assim.

E num estalo minha esperança é apagada pelo peso da lógica.

— Isso não é muito prático. Pense no tempo que levamos para viajar até aqui. Talvez seja mais rápido do jeito contrário, viajando com a correnteza, mas ainda assim você está falando numa viagem de três dias só para deixar um bilhete. Com que frequência Mikey manda uma mensagem?

— Duas, talvez três vezes por semana — admite ele. — Mas podemos nos revezar. Criar um sistema de rotatividade, como fazemos com a água quente. Podemos fazer funcionar.

Sorrio com tristeza.

— Você vai mesmo pedir a uma comunidade inteira para se sacrificar só para ficarmos juntos?

Seus calcanhares param de se mexer.

— Quando você coloca desse jeito, parece meio egoísta.

— Muito egoísta.

Ficamos em silêncio. Hoje, mais cedo, ele decidiu ficar. Pediu que eu não discutisse. Ele me pediu... A palavra fica presa no meu peito, e pensar nela é quase doloroso demais. Ele me pediu para ser namorada dele.

E agora não somos nada. Duas pessoas que poderiam significar algo uma para a outra, em outro mundo, outra época.

Desloco o corpo para encará-lo diretamente. Um nó no tronco atinge minha coxa, mas permaneço onde estou, tentando distinguir seu rosto das sombras.

— Sabe a culpa que você sentiu por não ter impedido a prisão de seu irmão? — pergunto em voz baixa. — Talvez esta seja a sua chance de compensá-lo.

De súbito, ele se coloca de pé e caminha até a tocha. A chama brilha por seu corpo, engolfando-o no fogo.

— Eu jamais vou conseguir o compensar.

— E por que não? Você era só uma criança. Não havia nada que pudesse fazer. É claro que você enxerga isso agora.

Ele se vira, e seu rosto aparece à luz do fogo. Vejo em sua expressão a devastação de uma centena de noites insones. Anos de autorrecriminação.

— Sabe do que mais? Eu devia voltar para Eden City. Devia fazer exatamente o que Mikey diz, o que Mikey quer. E, mesmo assim, ainda vou ficar devendo a ele mais do que posso pagar em uma só vida. — Ele pressiona os cantos dos olhos com os dedos. — Eu contei mais a você do que já disse a alguém. Mas não contei toda a verdade.

Fico petrificada.

— Do que você está falando?

Ele respira fundo. O ar agita o fogo, e as chamas estendem seus dedos para o céu.

— Eu estava na quadra naquele dia, com Mikey e os amigos. Eles eram maiores do que eu, melhores do que eu. Eu era atirado para lá e para cá como um saco de papel pardo. Então fiz a bola flutuar bem acima de nossas cabeças, girando, quicando, desenhando oitos no ar. Pensei que os outros ficariam impressionados. Em vez disso, eles se afastaram de mim e de Mikey e foram correndo contar aos professores.

Minha cabeça roda.

— Quer dizer que foi você que fez a bola flutuar?

— Foi. A telecinese é minha capacidade preliminar, não a de Mikey. Ele só estava me protegendo. A APTec chegou para prendê-lo, e eu fiquei parado ali, deixei que ele levasse a culpa. — Seu lábio treme. — Não entende? É minha culpa que ele esteja aqui. Por minha causa, ele perdeu tudo.

Fico sem palavras, elas fugiram de mim. Só resta a informação que flui dos olhos dele para as linhas em sua testa e seu maxilar cerrado.

— Tenho certeza de que Mikey perdoou você — digo, mas as palavras são sopradas pelo vento, como folhas caídas.

— Isso não importa. Porque eu não me perdoei. Por isso tenho de voltar — diz ele, a voz cheia de determinação. — Agora entendo isso. Não sei o que eu estava pensando. Não posso ficar de jeito nenhum. De jeito nenhum vou estragar a vida do meu irmão mais do já estraguei.

Eu deveria ficar feliz. Era isso que eu queria. Era isso que eu estava tentando convencê-lo a fazer. Ainda assim, sinto-me cem vezes pior do que antes.

31

A margem do rio é uma faixa vazia de lama e mato que desce até a água turva. Procuro por um reflexo da lua na superfície da água. Isso me garantiria a visão de luas gêmeas, redondas e imaculadas, uma sendo cortejada no céu, a outra brilhando abaixo dele.

Mas a água está agitada e fragmenta qualquer reflexo em mil pedaços. Meu coração dói. Como Logan pode me abandonar? Como podemos aceitar a resposta de Mikey sem procurar por outra solução? Pensei que tivéssemos algo especial. Pensei que o que tínhamos não se encontrasse todo dia.

Abaixo-me e pego uma pedra achatada. Dando impulso com a mão, atiro a pedra no rio, tentando fazer com que salte pela água. Mas a correnteza é forte demais e engole a pedra inteira.

Milhares de perguntas pairam no ar. Posso pegar qualquer uma delas no céu, mas uma em particular se impõe, exigindo uma resposta.

Eu o amo?

Sim, grita meu coração. Sempre o amei. Sempre.

Não, rebate minha mente, decidida a manter aquela muralha no lugar. Eu não o amo. Não posso. Logan e eu acabamos de retomar o contato. Temos tanto a aprender um sobre o outro. Eu nem mesmo sei o que significa o amor.

Achei que eu amasse Jessa. Desde a época em que minha irmã torcia a cara vermelha e enrugada para mim, seus punhos mínimos socando o vazio, eu a amava. Sua mãozinha apertava meu dedo com uma força misteriosa, e eu jurava que nunca deixaria que nada de mal lhe acontecesse.

Eu estava enganada. Pensei que o amor vencesse tudo. Mas agora sei que existe uma coisa neste mundo mais forte do que o amor. Algo lá fora que pode me fazer decidir tirar a vida da minha irmã. Esta força me faz pesar tudo — a marquinha de nascença, como se fosse de tinta, em sua cintura, como Jessa alterna as mordidas nas metades de um sanduíche, seus miados de gato quando ela tem um pesadelo — e escolher a morte em vez do amor.

Pego mais uma pedra, jogando-a entre as mãos. Uma camada fina de poeira cobre minhas palmas, a pedra escorrega por meus dedos e cai no solo.

Se eu não consigo entender algo tão simples como amar minha irmã, como posso saber o que significa amar um cara? E com Logan partindo em dois dias, será que ainda vale a pena tentar entender?

O amanhecer invade, e a escuridão se esvai. A luz difusa se transforma no brilho do sol. Enxugo as lágrimas, visto-me e volto para o rio. Os pescadores estão reunidos na margem, gritando e torcendo. Vendo a figura desajeitada de Brayden, vou até o grupo.

— O que está acontecendo?

Brayden se vira para mim. Ele costurou tiras de tecido no boné para proteger o pescoço do sol.

— Uma corrida.

Ele gesticula para o rio. Duas figuras cortam as ondas, seus troncos poderosos subido na água como golfinhos. O céu azul e sem nuvens brilha no alto, e um bando de pássaros voa baixo sobre o rio, como se também quisessem ver os nadadores.

— Estão em jogo orgulho, honra e uma ração de carne seca. Olha só, antes de Logan chegar aqui, Don era o rei da água. Quando eu o conheci, ele me pediu para chamá-lo de Poseidon. Sacou? Posei-Don. — Ele revira os olhos. — Eu disse que o chamaria de "poser". Acho que ele ficou de saco cheio de todo mundo falando na velocidade de Logan na água, porque desafiou nosso amigo para uma disputa. Eles estão nadando dez voltas até as armadilhas de caranguejo e voltando, arrastando a carga em cada volta. Vence quem terminar primeiro.

Estreito os olhos para a água. Aquela é a cabeça de Logan? As figuras estão longe demais, não dá para ter certeza.

— Quem está ganhando?

— Quem você acha? — Ele sorri. — Meu amigo Logan! Não chega nem perto. Ele já está batendo Don por duas voltas.

É claro que está. Ele não é um futuro campeão de natação à toa. Eu sempre soube que Logan era bom na água. Mas não sabia que era *tão* bom. Mesmo que sua memória do futuro não provasse seu potencial mostrando-o nas finais, ele faria parte da equipe nacional por mérito próprio. Tem talento para isso.

Na civilização, ele tem um futuro brilhante pela frente. Sua memória disse isso, e, se eu precisasse de alguma outra prova, eis-la aí, bem diante de mim. Ele terá prestígio e poder. Será uma celebridade com um estilo de vida correspondente.

Meus joelhos parecem os caules que Angela usa para acender os lampiões. Por isso Mikey quer que ele volte. Não só é essencial para Harmony, como este é o futuro que seria retirado dele caso ficasse.

Um nadador se aproxima da margem, com uma rede inflando na correnteza às suas costas, e eu não tenho mais nenhuma dúvida de sua identidade. Quem mais ficaria tão lindo na água? Forte, firme, seguro — como uma criatura marinha que evolui para o pleno potencial em seu habitat.

Mikey tem razão. Não se trata de conseguir encontrar ou não outro jeito de nos comunicarmos com a Resistência. Esse não é um talento para ser desperdiçado em Harmony. O máximo que ele pode ser aqui é um pescador muito bom. Na civilização, ele pode ser alguém importante. Sozinho, pode salvar Harmony, abastecendo as mochilas. Pode ter a nação inteira torcendo para que ele ganhe uma medalha de ouro.

Coloco a mão na testa quando o chão tenta se elevar para me receber.

— Você está bem? — As sardas de Brayden nadam diante do meu rosto.

— É só uma tontura. — Cambaleio, e ele passa o braço por mim, para me segurar.

O verdadeiro perigo aqui é minha natureza egoísta. Eu queria prendê-lo em Harmony, no meio do nada, e quase pedi a ele para ficar. A ideia de perdê-lo me dilacera. Ainda assim, não se trata de mim.

A vertigem passa, e eu levanto a cabeça. A cara de Brayden paira a centímetros da minha. A empolgação desapareceu de seus olhos, substituída por uma seriedade incomum. Ele lê meus pensamentos.

— É a coisa certa a se fazer — diz ele em voz baixa. — Ele vai ser um astro, Callie.

Concordo com a cabeça, enxugando minhas lágrimas. Pela primeira vez, vejo vantagem em ter um amigo que pode ler meus pensamentos. Brayden sabe como me sinto, e não preciso dizer nada.

Por impulso, inclino-me para a frente e lhe dou um beijo no rosto.

— Obrigada. Por me entender.

Brayden fica vermelho.

— Eu não pretendia ler sua mente, mas fiquei preocupado.

— Fico feliz que você tenha lido.

O grupo explode em aplausos, e Logan sai do rio. Joga a última rede na pilha, e os pescadores convergem para ele, apertando sua mão e dando tapinhas em suas costas. Logan passa por eles e vem em nossa direção.

— Ótimo trabalho, cara. Aquilo foi demais! — Brayden estende a mão para Logan, com o braço ainda em meus ombros.

Logan aceita a mão dele, mas não sorri, não responde. Seus lábios cortam seu rosto, retos como uma régua. Ele acaba de vencer uma competição. Deveria estar saltitando pela água. Em vez disso, parece que o gato dele acabou de morrer e foi servido em um dos ensopados de Angela.

Brayden olha de esguelha para mim, e eu dou de ombros. Também nunca vi Logan assim. O mau humor dele preenche o silêncio, penetrando no espaço entre meu ombro e a mão de Brayden.

Meia dúzia de segundos desagradáveis depois, Brayden retira o braço.

— Ah, bom, é melhor eu ir andando. Vejo vocês no jantar, quem sabe? — Sem esperar por uma resposta, ele corre até o abrigo de suprimentos. Não posso culpá-lo. No lugar de outra pessoa, eu fugiria também.

Olho para Logan. Há gotas de água no peito nu, e seus músculos parecem ainda maiores do que o habitual depois do exercício.

— Você foi... — Procuro pela palavra certa. Tranquilo? Inspirador? Sensacional? — Bem. Alguém com esse talento pertence à civilização.

Ele contorce o lábio superior e por um instante fica igual ao irmão.

— Não quero falar do meu talento agora.

— Do que você quer falar?

Ele abre a boca, mas uma rajada de vento nos atinge, roubando suas palavras antes que possam ser ditas. Ele me olha de um jeito torturado — um jeito que pega minhas entranhas e as coloca num moedor de carne — e se afasta.

Fico olhando Logan sair. O calor faz meus olhos arderem, mas me recuso a chorar. Não entendi o que acabou de acontecer. Não sei por que ele saiu. Mas as lágrimas são como a água que pinga numa caverna. Na hora pode não parecer nada, mas com o passar dos anos, a mágoa cresce e transforma você em algo duro como as estalactites.

Eu só tenho mais um dia com ele e não vou desperdiçar com um mal-entendido.

— Logan, espere. — Corro atrás dele e, quando ele se vira, não me preocupo em me controlar. Não dou a mínima para o constrangimento ou para o orgulho. Eu me jogo nos braços dele porque aquele é meu lugar, quer ele esteja aqui amanhã ou não. — Por favor, fale comigo. Por que está agindo assim?

Ele retribui o abraço, graças ao Destino. O rio em sua pele ensopa minhas roupas, e a pulseira de planta no braço dele cutuca minhas costas.

Ele não diz nada, e quase basta só estar em seu abraço. Quase basta que o muro de pingentes de gelo tenha se derretido entre nós, quase basta que eu possa colocar a cabeça em seu peito e sincronizar nossos sinais vitais.

Só que *não* basta. Porque eu gosto deste garoto quando ele está por cima e quando está na pior. Se ele está magoado, quero saber por quê.

— Você ficou sem falar comigo por cinco anos — digo. — E perdemos para sempre aquele tempo que poderíamos ter tido. Não vou suportar se perdermos o dia de hoje também.

Ele enterra a cara no meu pescoço, a respiração se enredando no labirinto dos meus cabelos.

— Eu sou um idiota.

— Só quando não fala comigo.

Seus lábios vibram na minha pele. Não sei se ele está rindo ou me beijando. Acho que não ligo.

— Quando saí da água, vi você com Brayden — diz ele em voz baixa. — E nem me importei com a vitória. Só o que queria era arrancar a cabeça dele.

— Não estou interessada em Brayden.

— Ainda não. Mas quando eu for embora, todos esses caras vão ficar atrás de você. — Ele se afasta. Sua boca repuxa nos cantos. Ele parece tão perdido quanto Jessa no dia em que não sabia onde tinha colocado seu cachorro roxo, Princess. Triste como eu na noite em que me plantei na entrada da nossa casa e meu pai nunca mais voltou.

— Um dia, você vai escolher alguém — diz ele. — E não serei eu.

— Ah, Logan. — Eu me jogo nele. Se pudesse, eu transformaria seus braços em algemas. Prenderia a nós dois com eletroalgemas pelo restante da eternidade. Mas não posso. — Odeio tanto essa situação, mas é assim que tem que ser. Seu lugar é na civilização, e o meu, aqui. Precisamos achar um jeito de conviver com isso.

Ele aninha o queixo na minha cabeça, e nos encaixamos com perfeição, como duas peças de um quebra-cabeças. Com a perfeição das metades de um coração partido.

— E se não conseguirmos? — sussurra ele.

Não tenho uma resposta.

Minha vida foi espatifada num instante, com uma única memória enviada do futuro. Desde que cheguei a Harmony, tenho tentado me recompor. Reunir os pedaços. Assentar a fundação para minha nova vida, aquela que eu devia construir com Logan. Mas, assim que me permiti ficar à vontade em Harmony, meu verdadeiro lar foi tirado de mim.

E agora o garoto que amo vai embora e eu volto para onde comecei — com mil perguntas e nenhuma resposta decente.

32

O sol já tinha baixado no céu. Se eu colocar a mão diante do rosto, o sol fica cerca de um polegar acima das árvores, o que significa que tenho mais uma hora antes de Logan terminar os preparativos para a viagem de volta a Eden City.

Sigo vagando até a praça, a ausência de Logan uma sombra sólida. Preciso me acostumar com isso. Logo esta será a melhor companhia que posso esperar.

A pena de uma ave flutua ao vento, e eu a pego no ar. A pena está rasgada, e as felpas vagam para longe, tentando ressuscitar em algo novo. Tentando abrir um caminho alternativo ao seu voo sem saída. Tentando se libertar da vida ditada pelo Destino.

Tal ideia amarra âncoras em meus pés. Sou como a pena também. Maltratada e mutilada, querendo mudar meu destino, mas sem saber como.

Estou a ponto de me afogar no seco e na terra empoeirada quando vejo Laurel indo para a cabana de toras, arrastando atrás de si um maço de flores silvestres. Eu com minha pena esfarrapada, ela com suas flores murchas. Somos uma dupla lamentável.

— Laurel, coitadas das flores. — Eu as pego e sopro a poeira das pétalas. — Vou arrumar um pouco d'água para você.

Pego a água no barril e coloco as flores na lata de alumínio, metendo a pena ao lado delas. Ficam muito bem juntas. A lata tem funções mais importantes do que servir de vaso, mas talvez as flores se reanimem em alguns minutos, muito embora eu não tenha muita esperança para a pena.

— Tentei dá-las a Zed. — Sua voz é opaca como uma poça de lama. — Ele não se interessou pelas flores. E menos ainda por mim.

— O problema não é você. Ele tem medo da própria...

— Memória do futuro, eu sei — diz ela com amargura. — Mas ele já teve o trabalho de vir para Harmony para evitá-la. Será que vai deixar que isso governe sua vida aqui também? Que tipo de vida você pode ter se passar o tempo todo com medo? Isso não é vida nenhuma.

Engulo em seco. Seguro a pena e a recoloco na lata.

— Eu o conheço há dois anos — diz ela. — Naquela época, eu não via nada além de um homem meigo e gentil, tentando compensar os pecados que ainda ia cometer. — Ela pega a lata de alumínio. — Não tenho medo, Callie. Tenho plena confiança nele. Ele tem controle total de seus atos... Não do eu futuro, nem de alguma memória, mas de si mesmo. Ou ele se recusa a me dar ouvidos, ou tem medo demais para acreditar.

Ela baixa a cabeça acima da lata, irrigando as flores com as lágrimas. Depois de um instante, pega uma flor amarela e estende para mim.

— Soube de Logan. Eu sinto muito.

Aceito a flor e a aproximo nariz. Tem um cheiro pegajoso, como uma sobremesa doce demais. Nem consigo imaginar nada além de abelhas sendo atraídas pelo cheiro.

— Por que ele vai voltar? — pergunta ela.

— Ele é necessário para abastecer as mochilas — digo, tentando aparentar ânimo. Porém minha voz murcha, tal como as flores silvestres de Laurel e, ao contrário delas, nenhuma água vai reanimá-la. — E, bom... ele não é como nós. Ninguém estava atrás dele, então o lugar dele não é aqui.

Sufoco com as palavras. Muita coisa não deveria ter acontecido. Logan não deveria ter vindo para cá. Eu não deveria ter me apaixonado por ele. Isso não significa que dá para recuar, por mais que haja esforço.

— Se um dia você precisar conversar, me procure — diz ela. — Podemos ficar de coração partido juntas.

Devolvo a flor e, depois de um momento de hesitação, tiro a pena da lata.

— Parece divertido.

Ela aperta meu braço e vai para a cabana de toras. Eu continuo pela praça. A hora do jantar se aproxima, mas ainda não estou preparada para enfrentar as pessoas.

Vou para a clareira. Passando a mão pelo tronco, mergulho os dedos nas ranhuras e os passo de leve pelos nós. Coloco a pena dentro do oco do tronco. Aqui é o seu lugar, porque foi aqui que ele me falou sobre me abandonar para sempre.

Mas as árvores não absorveram essa lembrança. Quando as folhas farfalham, não estão em sintonia com corações partidos. Em vez disso, contam uma história, de terra úmida e esquilos ocupados, de agulhas de pinheiro secas aguentando-se obstinadamente sob o gelo do inverno.

A clareira é bloqueada em três lados por pinheiros. Deito-me no chão atrás do tronco, a cabeça alinhada com a pena, transformando a árvore morta numa quarta parede. Sinto falta de Jessa. Mais do que de Marisa, mais do que de minha mãe, tenho saudade da minha irmãzinha.

Ela saberia o que dizer agora. É disso que eu preciso. Suas mãos frias em meu rosto quente. Suas palavras simples, que guardam mais verdade do que uma sala cheia de memórias do futuro.

Desde que descobri minha capacidade de Receptora, sempre abro a mente para ver se aparecem novas memórias. Procurando um jeito de ajudar Jessa.

Desta vez, porém, deixo que os elementos físicos do meu mundo se misturem, não estou tentando ajudar minha irmã. Tenho esperanças de que ela possa me reconfortar.

Respirando fundo, penso nos espaços em branco abaixo de determinada coluna. Os buracos de uma rede de pesca. O coração aberto de Angela enquanto ela chora por uma criança que talvez jamais venha a nascer.

A agitação agora é conhecida e bem-vinda. E então uma sensação me domina, como se fosse muito natural. Aí está. A memória. Aberta.

Seguro uma raquete frouxamente pelo punho de borracha. Paredes pretas e brilhantes refletem a viseira que afasta o cabelo do meu rosto, e uma grande quadra azul está pintada no piso de madeira. Algo bate na parede sem parar.

Estou na escola, no Período de Educação Física, parada em uma quadra de squash.

O ar está quente, como se ensopado do suor de todas as pessoas que já jogaram aqui. Uma bola quica na parede reflexiva e passa zunindo por mim.

— O que está fazendo? — As tranças de Olivia Dresden voam pelo rosto enquanto ela gira sobre um pé. Sua viseira está no piso de madeira, provavelmente jogada ali assim que ela entrou na quadra. — Bata na bola.

— Não consigo começar o jogo — digo. À nossa frente, os dois cantos da quadra estão vazios. — As meninas 15 de Julho não estão aqui.

— Ah, as gêmeas não vieram à escola hoje — diz Olivia com presunção. — Nem virão mais.

A bola rola da parede e bate no meu pé. Eu a pego.

— E por que não?

— Minha mãe disse que agora todos os gêmeos são propriedade da AMFu. Ela disse que o cérebro deles têm a mesma composição ge... ge... — Ela torce o nariz, tentando lembrar da palavra certa. — Composição genética. Então, mesmo sendo duas pessoas, é como se fossem uma só.

Faço uma careta, quicando a bola com a raquete.

— É mentira sua.

— Não é. — Olivia coloca as mãos nos quadris. — Foi assim que os cientistas descobriram a memória do futuro. Olhando os cérebros de gêmeos. Você só está chateada porque sua mãe não é chefe da AMFu e você não sabe de nada. Um dia, todo mundo vai ouvir quando eu falar e você ainda não vai ser nada. — Ela pega minha bola no ar. — Nem sei por que estou falando com você.

Ela pega a viseira e sai da quadra. A porta de vidro bate tão alto que meus ouvidos chocalham.

Abro os olhos. Estou de volta à clareira, e o sol desceu abaixo do horizonte. Um inseto rasteja pelo meu braço e minhas costas estão úmidas por causa da terra.

Meu estômago dá um nó. Primeiro a varredura universal, agora gêmeos. Quando essa loucura vai acabar?

— Achei você! — Como uma aparição, Logan surge e passa por cima do tronco. — Te procurei em todo canto.

Seguro suas mãos, e ele me ajuda a levantar do chão. Ele vai embora dali a algumas horas, mas não consigo pensar nisso. Terei o restante da vida para lamentar sua ausência. Assim, faço algo inédito. Esqueço nosso passado. Esqueço nosso futuro. Concentro-me plena e inteiramente em nós, neste momento.

Sento-me no tronco, de frente para ele, e conto da memória que recebi.

Enquanto falo, as palavras da presidente ecoam na minha cabeça. *O Primeiro Incidente se aproxima rapidamente. Agora você entende por que precisamos fazer isso. Agora você entende por que precisamos fazer isso. Agora você entende por que precisamos fazer isso.*

Puxo o ar de repente.

— Se os cientistas ainda não sabem como enviar as memórias, o Primeiro Incidente deve ser a primeira vez que uma memória é enviada ao passado. E se ele está se aproximando rapidamente, então quando ocorrer a APTec vai precisar saber como mandar uma memória. Porque, se eles não conseguirem... se eles não conseguirem...

— A memória do futuro, como tecnologia, pode desaparecer completamente.

Enrugo a testa.

— Mas será possível? Tantos de nós já recebemos nossas memórias do futuro. De onde vieram todas aquelas memórias?

— É claro que é possível — diz ele. — Pelo mesmo motivo, você pode mudar uma memória do futuro que já foi enviada, embora a AMFu queira que todo mundo pense que não pode. O tempo não é um círculo fechado. Um universo paralelo é criado no momento em que uma memória é enviada ao passado... um novo mundo, onde qualquer coisa pode acontecer.

Levanto-me de súbito, tentando entender o que ele disse. Se Logan tiver razão, não existe paradoxo algum. E se eu estiver certa, a existência em si da memória do futuro está correndo perigo. Isso explicaria tudo. Por que a APTEC está tão desesperada. Por que estão prendendo paranormais a torto e a direito.

Porque a pesquisa deles não é um monte de experimentos pelo bem da ciência. Esta pesquisa pode afetar todo nosso estilo de vida.

Ele se levanta e vem na minha direção.

— Você está tremendo.

— No que foi que nos metemos? — sussurro.

Ele toma meu rosto nas mãos.

— Você está a salvo aqui, Callie. Jessa está em segurança. É isso que importa.

— Por enquanto — digo, desesperada. Até que o cabelo dela cresça à altura dos ombros. Até que eles apareçam para testá-la durante a varredura universal.

— Sim, mas é tudo que temos. O agora é o que importa.

— Eu queria que o agora durasse para sempre — sussurro em sua camisa.

Ele inclina meu queixo para cima e me beija. E eu queria que isso durasse para sempre também.

33

— Acho que é isso — diz Logan. Depois que saímos da clareira, voltamos para a praça da aldeia e jantamos pela última vez. A última noite, com a última reunião da turma. E agora Harmony dorme, mas ele me pediu para encontrá-lo para uma última caminhada. Pela última vez.

Através das sombras entrecortadas das folhas, a lua brilha contra o céu noturno. É como se um buraco se abrisse no cosmo e um jato de luz de outro lugar se metesse em nosso mundo.

— É — digo, olhando a lua. Se a gente pudesse estar lá em cima, na luz, em vez de enterrados em centímetros de lama e sujeira, tudo poderia ficar bem.

Eu sabia que este momento seria difícil. Mas não acho que Mikey esperasse por isso. Assim que os ossos foram retirados da mesa, ele se levantou, retraiu-se e se afastou. Mas não antes de eu ter visto o brilho úmido em seus olhos.

— Como o Mikey está?

— Ele vai comigo aos penhascos, para garantir que eu volte em segurança à civilização. — Logan passa a mão no rosto. —

283

Ele estava chorando quando voltei à cabana. — Ele balança a cabeça, como se não acreditasse no que está dizendo. — Nunca o vi chorar. Nem mesmo quando foi levado pela APTec.

— Ele está triste. Não quer ver você ir embora.

— Pensei que ele quisesse a minha partida.

— Ele quer o que é melhor para você e para o pessoal dele. — Nem acredito que estou defendendo Mikey, quando tudo que quero é ajoelhar e rogar-lhe uma praga para que vá para o Limbo. Mas agora que estamos prestes a perder o garoto mais importante para nós dois, enfim eu o compreendo. — Eu te garanto que se a questão fosse só ele, Mikey jamais deixaria você ir embora. Ele ama você.

Eu também te amo, quero dizer. Quero dizer mil coisas, dividir com ele mil pensamentos, confidenciar mil histórias. Porque Logan tem razão. Acabou. Nunca mais terei essa chance.

Mas são tantas as palavras que incham meu coração que acabam empacadas na garganta. Então o que sai é: nada.

Continuamos a caminhar pela aldeia, abaixando-nos sob galhos de árvores, saltando raízes. À luz do dia, é complicado percorrer a mata. À noite, ela é totalmente traiçoeira. Mas não paramos. Continuamos como se nosso movimento pudesse fazer o tempo parar. Como se ao parar para descansar, para reconhecer o lugar, também tivéssemos de reconhecer a vida real.

Logan vai embora amanhã. Assim que o sol nascer, ele vai guardar suas rações e partir, refazendo nossos passos até a civilização.

E aí nunca mais vou vê-lo.

— Callie. — Logan se vira para mim. Sua cabeça bloqueia a lua e, assim, até o brilho do seu rosto desaparece na noite. — Não quero ver você amanhã.

— Tudo bem. — Paramos de andar, então é isso. A realidade. Eu devia tirar minha pulseira de planta. Devia devolver a ele. Mas não faço isso. Mesmo que eu precise perdê-lo, quero guardar esta lembrança.

— Quero dizer, eu não quero me despedir de você na frente de todo mundo. Quero me despedir de você aqui, quando estamos só nós dois. Quero pensar neste momento e lembrar-me de como foi sentir que somos as únicas pessoas no mundo.

É isso que eu quero também. Amanhã começarei minha nova vida, uma vida sem ele. Amanhã tentarei esquecer meu amor. Amanhã precisarei ser forte. Também não quero vê-lo amanhã.

Pontas frias de dedos roçam nos meus braços. Caminho às cegas em sua direção e escorrego numa pedra solta. Ele me apara, como sempre faz. Como nunca mais fará. Meus lábios procuram os dele no escuro, roçando seu queixo. A barba por fazer me arranha. Eu me viro, assim posso sentir mais da abrasão na bochecha, e sua boca prende a minha.

O beijo tem gosto de orvalho, de lágrimas de bebê e da neblina de uma noite enevoada. Parece felpa de dente-de-leão, seiva de árvore e o ferrão de uma abelha.

Dura uma eternidade, mas acaba cedo demais. Lamento o beijo, pois nunca, jamais vou esquecê-lo.

— Sempre vou me lembrar de você, Callie.

Adeus, Logan. Adeus.

Quando volto para a cabana, Angela está alimentando uma fogueira interna. Junto-me a ela no chão e esquento minhas mãos nas chamas.

— Ainda está acordada? — pergunto.

— Eu estava esperando por você. — Ela atiça o fogo com uma vareta comprida. — Como você está?

— Viva. E respirando.

— Às vezes é só isso que podemos pedir.

O suor se forma em meu pescoço, embora o ar frio esteja colado em minhas costas. O fogo crepita e silva, e fios cinzentos dançam em volta de nós, flutuando para o teto e escapando pelo buraco. Eu queria poder desaparecer juntamente à fumaça.

— Você deve ter ficado sabendo. — A voz de Angela me arranca de meus pensamentos. — Mikey me pediu em casamento.

Levanto a cabeça.

— Isso é maravilhoso.

— Eu não aceitei.

Aproximando-me dela, pego sua mão. Fica flácida em meus dedos, como se os ossos tivessem se liquefeito.

— Vocês dois se amam. Por que não vai se casar com ele?

— Você sabe por quê. — Ela fecha bem os olhos, mas as lágrimas escapam pelos cantos mesmo assim. — Ele quer ter filhos, e esta é uma coisa que jamais posso dar a ele.

Solto sua mão e me levanto, afastando-me do fogo. De repente sinto calor demais e tiro a blusa de manga comprida, revelando a camiseta branca e simples por baixo.

— Ele está aqui, Angela. Bem aqui, bem na sua frente. Ele não vai voltar para a civilização.

Esfrego meu peito através do tecido de algodão fino. *Pare com isso*. Só porque meu coração está partido não quer dizer que eu tenha de jogar os cacos em Angela.

Agacho-me e apoio o rosto no joelho.

— Você já mudou o curso de seu futuro quando veio para cá. Talvez sua memória não se torne realidade. Vocês podem ser muito felizes, Angela. Sua garotinha pode crescer aqui, totalmente a salvo. Você vai poder ver seus olhos da meia-noite se arregalando para um peixe que se debate. Pode trançar flores silvestres nos delicados fios de seu cabelo, feito teias de aranha.

Ela balança a cabeça, o terror se apoderando de cada traço de seu rosto.

— Não vou assumir esse risco. Não por mim. Nem por minha filha. — Suas palavras são decididas. Definitivas.

Quero discutir com ela, mas não posso.

Gostaria de viver num mundo onde o amor conquista tudo. Mas talvez tenhamos aberto mão deste privilégio quando o Boom Tecnológico alterou nossa sociedade. Talvez, quando construímos um mundo com base em imagens do futuro, tenhamos barganhado nossos sonhos em troca. Pagamos com a paixão de nossas almas, a paixão que arde de esperança, desejo e possibilidade. E só o que recebemos em troca foi segurança. Objetivos já alcançados. Uma vida já vivida. E, no meu caso, de Zed e de Angela, um pesadelo que se torna realidade.

Talvez estivéssemos melhor se essas memórias nunca fossem enviadas. Talvez pudéssemos aprender a respirar de novo se pudéssemos esquecer o amanhã.

As agulhas de pinheiro são trituradas conforme Angela se revira na cama. Sua respiração fica errática. Às vezes, ela toma ar como se estivesse com pouco oxigênio. Em outras ocasiões, não ouço sua respiração e fico tentada a atravessar o ambiente e verificar sua pulsação. Por fim ela se aquieta, mas o sono ainda escapa de mim.

Procuro por Jessa. Se eu a vir, será como um cobertor de consolo para afugentar os monstros. Um beijo de boa noite para garantir doces sonhos. Eu a verei, depois conseguirei dormir.

Abro minha mente, e é mais fácil do que nunca. Nem mesmo passo por uma imagem quando sou dominada por uma onda. Procuro por minha irmã. Procuro pela memória.

Estou sendo arrastada. O metal belisca meu pulso, e os saltos do meu sapato cravam no chão. Um grito agudo corta o ar. Preciso de um segundo para entender que é de mim que ele sai.

Alguém me puxa, e eu caio, jogada, usando um uniforme azul-marinho e áspero. Tem o emblema da ampulheta gravado no bolso. Estou sendo presa pela AMFu.

Viro a cabeça para os lados. Minha mãe está parada à porta de nossa casa, de mão estendida para mim, ofegante. Tem uma bolsa escolar aberta no corredor e uma projeção holográfica da minha família brilha da mesa-tela. Minha mãe. Jessa. Callie.

É quando percebo o que estou gritando.

— Callie! Eles me pegaram. Venha me salvar. Por favor, Callie. Eu preciso de você. Preciso de você. Eu preciiiiiso de vocêêêêê!

Abro os olhos. Minha bochecha raspa na camurça, e a garganta parece irritada, como se eu tivesse gritado muito. Só que não estive gritando. Estou de novo na cabana de Angela, e era Jessa quem gritava.

Eu estava enganada. Ai, meu Destino, eu estava muito enganada. Pensei que haveria tempo. Pensei que Jessa só seria presa quando seu cabelo chegasse aos ombros. Mas a AMFu a pegou. Estou atrasada.

Ela precisa de mim. *Minha irmã precisa de mim.* Pegando a camurça e enrolando nos ombros, saio da cabana. Milhões de estrelas faíscam no céu, e penso naquela noite na mata, logo depois de sairmos da civilização, quando eu estava convencida de que Jessa e eu estávamos ligadas pelas estrelas.

Bom, temos uma ligação. Só não do jeito que imaginei.

Eu ouvi você, Jessa. Lanço o pensamento para a noite. *Eu ouvi, e você, não precisa se preocupar. Estou indo ajudar.*

Como? De repente, as estrelas parecem se aproximar de mim, prendendo-me numa gaiola de pontos duros como diamantes. Como vou ajudá-la? Ela está lá e eu estou aqui. Vivemos em mundos diferentes.

É melhor assim. Eu sou mais perigosa para ela do que a AMFu. Eles só querem estudá-la. Uma versão futura de mim vai matá-la. Por que tentar o Destino voltando a Eden City?

Os antigos argumentos vêm à tona, mas mesmo enquanto as palavras ecoam na cabeça, algo parece diferente. Nenhuma náusea cresce dentro de mim. Nenhum desespero esmagador pesa meus ombros.

Isso não é jeito de viver — escondida em Harmony, com medo do futuro o tempo todo. Veja só Angela. Veja só Zed. Estão paralisados por um futuro que não aconteceu, que nem mesmo permitem que o amor entre em suas vidas.

O Destino que vá para o Limbo. Posso tentá-lo, voltando à civilização. Mas isso não quer dizer que eu precise ceder.

Meus pulmões se enchem do ar frio da noite, e as estrelas voltam ao seu lugar num estalo. Sei quem sou. Logan me mostrou a garota que posso ser. Foi preciso vir para cá, afastar-me de tudo que já conheci para entender isso. Não sou uma assassina. Aquele futuro em que Callie cravou uma agulha no coração da irmã? Não sou eu. Não sei qual foi a justificativa dela, mas não há nenhum bom motivo para fazer o que ela fez.

Esta é minha escolha. Minha decisão. Não vou machucar minha irmã. E não permitirei que ninguém — nem a AMFu, nem o futuro, nem mesmo o Destino — me diga outra coisa.

Segurando a camurça nos ombros, adentro na noite. Atravesso a praça da aldeia em direção à cabana de Mikey.

Minha irmã precisa de mim, e sei o que devo fazer. Vou voltar a Eden City. Vou salvar minha irmã, mesmo que tenha de subjugar o Destino para isso.

34

A face do penhasco se eleva num paredão vertical, pontilhado de milhares de fissuras, sulcos e lombadas disformes.

— Me dê mais corda! — grita Logan.

Do chão, solto alguns metros de corda, enquanto ele escala o paredão, como um caranguejo. Seu pé escorrega, e uma nuvem de pedrinhas e poeira cai em cascata do penhasco.

Meu coração para. Um segundo depois, ele recupera o equilíbrio e encontra outro lugar onde plantar o pé, e meu coração recomeça a bater. Estou tentando ser corajosa, de verdade. Mas não discuti com Mikey até perder a voz só para ver o irmão dele despencar para a morte.

Por isso temos equipamento, explicou Logan. Para impedir uma queda em pleno ar. Em teoria, só cairemos duas vezes a distância da última "proteção", que é como Logan chama as cunhas de metal que ele crava na pedra enquanto sobe.

Solto mais corda, ignorando o atrito que queima minhas mãos. O sol está um palmo inteiro acima das árvores, mas estremeço quando o vento sopra em minhas roupas molhadas.

Hoje de manhã cedo, remamos rio abaixo no barco, a favor da correnteza, e não contra, viajando em questão de horas a distância que cobrimos em nossa jornada de dois dias. Nunca senti nada parecido — o vento soprando em meus cabelos, a água dos remos de Logan espirrando em meu rosto. O melhor de tudo, navegamos pela água como se estivéssemos deslizando no ar, como se a remada vigorosa de Logan pudesse nos catapultar para outro reino.

Voltei à terra a tempo de prestar atenção na técnica de Logan. Se tudo sair conforme o esperado, estarei conduzindo o barco daqui a alguns dias, tendo Jessa como passageira. E infelizmente meu plano só vai até aí. Invadir a AMFu. Resgatar Jessa. Remar rio acima. Espero que os detalhes se encaixem quando chegar a hora.

Acima de mim, Logan se estica, segura e impulsiona. Já subiu três quartos da face do penhasco. É minha imaginação, ou os braços dele estão tremendo?

Seguro a corda com firmeza e planto bem os pés. Gotas de suor brotam em minha testa. Era exatamente isso que Mikey temia. Por isso discutimos por tanto tempo. Se Mikey estivesse no meu lugar, sem dúvida nenhuma teria força ou habilidade suficiente para ancorar o irmão. Mas Logan alegou que eu podia fazer. Insistiu que confiava em mim.

Eu pisco e minha garganta se fecha. Quanto eu devo a ele, no frigir dos ovos? Uma coisa é dar apoio moral. Outra bem diferente é colocar a própria vida na reta.

Um inseto zune em volta de mim, pousando em minha testa grudenta. Sopro para o alto, desalojando a mosca sem tirar os olhos da figura de Logan, cada vez mais diminuta.

— Você consegue — entoo baixinho. — Você consegue. Você consegue.

E então, alguns minutos depois, ele consegue. Seus pés sobem pelas pedras, chutando mais poeira no ar enquanto o corpo desaparece no clarão do sol. Um instante depois, ele bota a cabeça pela beira e acena.

É a minha vez.

Sinto dor nos braços. Ardência nas coxas. E ainda nem estou na metade.

Encontro duas pegadas firmes para os pés e abraço o paredão, ofegante. O suor escorre pelo meu corpo. O ar tem um cheiro seco e empoeirado. Parece que estou inalando partículas mínimas de pedra.

Em algum lugar acima de mim, Logan está dando corda. Cada centímetro que ele cede me coloca mais perto dele. Cada pé que subo também me coloca mais perto de dizer adeus.

— Tudo bem — concordou Mikey, me encarando. — Você pode ir no meu lugar. Mas com duas condições.

Lanço um olhar breve a Logan. Estávamos sentados nos tapetes pelo que pareciam horas, e o formigamento subia e descia pelas minhas panturrilhas.

— Quais?

— Primeiro, se você encontrar alguém na civilização que tenha mudado seu futuro... não em parte, nem pela metade, mas alguém que conseguiu impedir que todo seu futuro acontecesse... traga para Harmony. Quero provar a Angela que é possível. Gostaria de convencê-la de que é seguro ao menos adotarmos um filho. Talvez até Ryder. Ele precisa de pais, e ele e Angela já têm um vínculo forte. Quero que ela sinta que tem alternativas.

Concordo com a cabeça.

— É claro. E a segunda?

Mikey olha de mim para o irmão.

— Preciso que vocês dois me prometam que depois que passarem do penhasco, vão tomar rumos separados. Logan não deve ter nada com você nem com sua missão depois que voltarem para Eden City. Está claro?

Tive vontade de me levantar e gritar. Não. Acabamos de suspender nossa despedida. Você não pode nos separar de novo.

Mas nosso reencontro sempre foi temporário. Nada mudou. Logan nunca foi meu.

— Eu prometo — falei.

E então Logan, depois de olhar incisivamente o irmão:

— Eu prometo.

Foi uma cerimônia de casamento ao contrário, tendo Mikey como juiz de paz. Nossos votos de ficarmos separados.

Afastando a lembrança, salto e agarro o apoio seguinte, posicionando o rosto no nível de uma cunha de metal. Trabalhando com uma só mão, dou impulso para cima, e a cunha desliza suavemente, embora seja praticamente impossível arrancá-la. Encaixando a proteção em meu arreio, subo para a seguinte.

Um membro de cada vez. Mão, pé, empurra, outro pé, outra mão. Descansa. Repete. É um trabalho torturante, mas quanto mais perto chego da beira, mais minha mente vaga para meus últimos dias com Logan. A cara dele quando estendeu a carne de cervo para eu comer. Os calos em sua mão ao roçarem minha pele. O contato de sua boca quando me beijou pela primeira vez. Quero aninhar estes detalhes numa memória e enviar para mim mesma, vezes sem conta.

Dizem que a prática leva à perfeição. Não acho que um dia serei boa em deixar Logan.

Meto os dedos numa fresta e perco uma unha. É a quarta de hoje, e esta quebra um pouco perto demais da pele, então o sangue se acumula no dedo. Mas isso não importa, porque estou passando a cintura pela beira e minha respiração sai num ímpeto. Logan encaixa as mãos em minhas axilas e me puxa para cima.

Estou de volta a Eden City.

— Bom — digo. — Acho que é isso.

As palavras são insípidas em minha boca, como se já tivessem sido ditas. E foram. Não neste trecho de terra que termina em pleno ar. Nem com o rio rugindo de um lado e um bosque do outro. Mas foram ditas, entre nós dois, pouco tempo atrás. Nem uma nova paisagem consegue me convencer a querer reviver aquele momento.

— Não vamos dizer adeus. — Gesticulo para o trecho de árvores e pedras que forma um declive perto de nós. — Vamos dar as costas um para o outro e descer o morro para lados contrários.

Ele ajeita a mochila nos ombros.

— Você sabe para onde vai?

— Claro. Descendo esta trilha chegarei à mata atrás do prédio da AMFu. — Umedeço os lábios. — Não irei esta noite. Preciso descansar e planejar. E gostaria de ver minha mãe.

— Então você vai para casa?

— Estou pensando nisso.

Ele faz uma careta.

— Eles podem estar vigiando sua casa. Devem estar de olho nela desde que fugimos da detenção.

O vento varre a terra, soprando folhas e gravetos pelo penhasco. O sol caiu atrás das árvores, e parece que estamos de pé no precipício, entre dois mundos. Um vento forte, ou uma única decisão, pode nos soprar para um lado ou outro.

Dou um passo colina abaixo. Escolho não deixar meu futuro para um vento frívolo.

— Tudo bem. Não vou para casa. Mas não se preocupe comigo. Encontrarei um lugar para passar a noite.

— Pelo menos me deixe descer com você — diz ele.

Seria tão fácil. Eu podia concordar e, depois que estivéssemos descendo o morro, pediria a ele para vir comigo. *Só mais um pouquinho*, eu diria. *Mikey nunca vai saber. Preciso de você.*

Mas não tornarei isto mais difícil do que já é.

Coloco a mão no rosto de Logan.

— Você já fez muito por mim. — Meus dedos começam a tremer. Baixo a mão e a fecho em punho. — Me deixe fazer alguma coisa por você.

Sem fitá-lo novamente, viro-me e me afasto. Ouço seus passos atrás de mim e desato a correr. A descida aumenta minha velocidade, e estou caindo, derrapando, escorregando morro abaixo.

Galhos se entrecruzam acima da minha cabeça, como um amontoado de lenha. Está escurecendo mais a cada minuto, e a cobertura densa das árvores bloqueia a pouca luz que ainda há. Passando o braço pelo tronco de uma árvore, eu me obrigo a parar, ofegante. Logan ainda está me seguindo? Observo o alto do morro. Nada além de sombras e folhas farfalhando num vento invisível.

Meus dedos apertam a casca da árvore. Deixa de ser ridícula. Não há nada de assustador na mata. Ela foi meu lar durante dias, e não apareceu nada maior do que um esquilo para me assustar.

Respirando fundo, obrigo-me a continuar. Localizo um galho caído e o arranco dos arbustos. Está vendo, é igual à mata em volta de Harmony. Cravo o galho no chão e impulsiono o corpo por cima de uma pedra. O cheiro de pinheiro me cerca, e pequenas criaturas correm para arbustos próximos. Não há nada com que se preocupar.

Salto um tronco, e acontecem duas coisas ao mesmo tempo.

Meu pé fica preso numa pedra, jogando-me no chão, e um cachorro ruivo e preto investe para mim, latindo a plenos pulmões.

Ele tem as orelhas caídas, e a pele em volta do rosto é arriada como as pelancas de alguém extremamente velho.

Meu coração salta para a garganta. É um cão de caça, o mesmo tipo de cão que me rastreou pela floresta no meu aniversário de 17 anos. A raça que pode acompanhar um cheiro durante dias, talvez até semanas.

Estou de volta ao lugar de onde parti. A AMFu me pegou mais uma vez.

35

O cão ofega a centímetros de mim. Gotas de saliva brilham em sua língua, e o bafo úmido me ronda.

Meu coração martela tão acelerado que as batidas quase se sobrepõem. Cachorro come gente? E, se não come, ele vai me arrancar um pedaço assim mesmo?

Firmo o corpo na pedra e começo a me afastar do bicho feito um caranguejo. Meu tornozelo grita, mas o cachorro não liga. É mas fácil roer ossos quebrados.

O cão de caça avança, e eu reprimo um soluço. Acabou-se. Toda minha correria e eu fechei a volta completa da manhã do meu décimo sétimo aniversário. Vou voltar para o Limbo.

De súbito, um objeto flutua no ar, pairando no espaço entre mim e o cachorro. Mas o que é isso? É uma vareta, um galho quebrado, na verdade, com folhas mortas ainda agarradas à madeira.

O galho balança de um lado a outro na frente do focinho do cão. E, quando capta a atenção dele, é atirado para longe de mim, e o cão corre atrás dele.

Eu pisco. Desde quando os galhos têm vontade própria?

— Você está bem? — Mãos gentis roçam meu corpo, procurando ferimentos.

Eu me viro e todos os músculos relaxam de alívio.

— Logan! Você voltou.

— Eu nunca fui embora. — Seus dedos pousam no meu tornozelo, e eu solto um silvo de dor.

— Era você com o galho? — pergunto entre dentes. É a primeira exibição de telecinese que vejo.

— Era. Temos sorte de ele gostar de brincar de pegar — diz ele. — Consegue se levantar? Precisamos sair daqui.

Seguro seu braço e dou impulso, mas meu tornozelo lateja no momento em que jogo o peso sobre ele.

— Acho que eu torci.

Gravetos estalam, e folhas farfalham. Viro a cabeça bem a tempo de ver o cão saindo de rompante do arbusto de novo. Só que desta vez traz um humano a reboque.

Ele não parece ser um policial da ComA. Em vez de uniforme, o homem usa calça resistente à água e uma camisa de malha preta. Bigodes brancos brotam acima de um queixo duplo, e seu nariz é de um vermelho vivo, como se ele o tivesse esfregado muito com um lenço.

Mas ele porta um Taser. Tem cano curto e chapeamento de metal. E está apontado para nós.

O homem nos olha, analisando nossos braços arranhados e meu tornozelo machucado.

O Taser balança. Dou um pulo, caindo bem na torção. Minha visão oscila com a dor, mas não me atrevo a gritar para que o barulho não estimule o dedo dele a apertar o gatilho.

— É melhor vocês virem comigo, crianças. — Ele baixa o Taser, mas seus pés estão separados, alinhados aos ombros. Ele só vai se mexer quando andarmos.

— Hum. — Logan passa o braço por minhas costas, escorando. — Ela não consegue andar.

— Então carregue-a.

Logan e eu deliberamos com os olhos. Não quero ir com este homem, mas o Taser limita nossas opções. Logan se abaixa, passando um braço sob meus joelhos e o outro sob os ombros. Um instante depois, estou no ar.

O cachorro vai embora, latindo. O homem gesticula para Logan seguir o cão, e logo estou sacolejando pela mata.

— Está confortável? — cochicha Logan. Seu pescoço roça minha bochecha, e ele torce o corpo para a esquerda, depois à direita, para me proteger do pior dos espinheiros.

— Segurando a onda — digo.

Ele sorri da minha piada, e ficamos em silêncio enquanto caminhamos pela floresta, as perguntas agitando o ar entre nós. Quem é o sujeito? E para onde está nos levando?

Agora chegamos a uma construção baixa ao lado de um terreno grande de terra limpa, com uma cerca de tela no perímetro.

— Entrem — rosna o homem.

Logan me baixa no chão e me ajuda a mancar pela porta. Um sofá utilitário com almofadas triangulares está coberto de pelo de cachorro enquanto um par de sapatos espera à entrada. Uma cadeira de balanço antiquada, feita de madeira, está no meio da sala. O cachorro salta para a cadeira, sacudindo-a com tal violência que ela quase vira.

— Sentem-se — diz o homem, enquanto calça os sapatos. — Vamos dar uma olhada neste tornozelo.

301

Arregalo os olhos. Ele vai tratar meu ferimento... antes de disparar o Taser em mim? Ou isso significa que ele pretende nos deixar ir embora?

Sento-me no sofá. O homem mergulha os dedos em um pote pequeno de pomada e passa em meu tornozelo.

— Esse negócio parece mágica. Logo, logo você vai estar andando. — Ele me olha rapidamente, depois pisca. — A Betsy aqui não assustou você, foi?

A cadela late, pulando da poltrona e trotando para seu dono. Eu tusso.

— O nome dela é Betsy? Sabia que ela é igualzinha aos cachorros da ComA?

— E tem que ser mesmo. — O homem atarraxa a tampa da pomada e se levanta. — Quem os cria sou eu.

Logan e eu trocamos um olhar.

— O senhor trabalha para a ComA? — pergunta ele.

— Não sou um deles, se é o que você está imaginando — diz o homem. — Meu nome é Potts e vendo meus cães para a ComA. Nem mais, nem menos. Não me meto com eles, e eles não me fazem favor nenhum.

Betsy vai a uma planta e começa a fuçar a terra. Potts estala os dedos, e ela volta correndo para seu lado.

— Eu os vi patrulhando pela cidade, todas as noites, mais ou menos por uma semana. Procurando vagabundos que tentavam circular sem identidade. Vocês não sabem de nada sobre isso, não é?

— Não, senhor — gagueja Logan. — Minha namorada e eu estávamos caminhando na mata e a gente se perdeu.

— Humm. — Potts esfrega o próprio rosto. As mãos deixam um resíduo pegajoso no bigode. — Não tem aula hoje?

— Nós matamos — digo. — Estamos quase fazendo 17 e queríamos um último dia juntos antes de receber nossas memórias.

Logan passa a mão em minhas costas. Meu coração desaba. Esqueci da tatuagem no pulso dele, bem abaixo da pulseira de planta. Uma olhada na ampulheta e Potts vai saber que estou mentindo. Com a maior despreocupação possível, desloco-me para a frente, blindando seu pulso com o corpo.

— Isso é muito interessante. — Potts acomoda o corpanzil na poltrona reclinável. — Porque, olha só, andei ouvindo boatos de que algumas pessoas podem ter sumido do radar. Fugiram para viver em uma comunidade escondida na mata. Não sei se é verdade, mas vou te contar, a ComA andou muito interessada.

— É só uma história — solta Logan rapidamente. — Como aquela comunidade nas montanhas. Ouço falar disso há anos, mas ela não existe.

Potts estreita os olhos.

— Tem tanta certeza disso, rapaz?

— Bom, tenho — diz Logan. — Por que a ComA permitiria a existência de uma comunidade escondida por todos esses anos, sem fazer nada a respeito, se houvesse alguma verdade nos boatos?

— Talvez porque a tal comunidade nunca tenha sido governada pela ComA. Talvez esse pessoal da montanha esteja morando junto, com seu estilo de vida, até mesmo antes do Boom. Eles não querem nenhuma relação conosco e nossa tecnologia, então talvez a ComA não veja motivo para se livrar deles. — Potts cruza as mãos sobre a barriga.

Por um momento, só o que ouço é o rangido da cadeira se balançando. Depois Potts pigarreia.

— Por outro lado, ouvi dizer que essa comunidade da mata pode ser formada por gente que fugiu da APTec. Paranormais que são muito interessantes para eles, em particular agora. Então eu diria que a situação é um pouco diferente, não?

Logan e eu nos olhamos. Betsy está rondando pela sala de novo, e a cadeira continua a ranger. Se Potts não pretende nos fazer mal nenhum, talvez seja nossa deixa para ir embora.

Pigarreio.

— Obrigada por sua hospitalidade, senhor, mas precisamos ir andando. Nossos pais vão ficar preocupados.

— É mesmo? — Algo lampeja pelo rosto de Potts. Ele sai da cadeira, estalando os dedos para que Betsy o siga. — Esperem um minuto aqui. Tenho uma coisa para vocês.

Assoviando uma música animada, ele sai da sala com a cadela saltitando atrás dele.

Assim que eles saem de vista, eu me viro para Logan.

— Ouviu isso? Eles sabem de Harmony.

— Eles não sabem. Eles desconfiam, mas não têm certeza de nada.

— Não é preciso um salto muito grande para ir da desconfiança à investigação. Sei que a projeção holográfica evita os invasores fortuitos. Mas será que funciona se fizerem uma busca orientada?

Ele morde a face interna da bochecha.

— Vou mandar uma mensagem à Resistência. Eles têm planos de contingência para situações assim.

As tábuas do piso de madeira rangem, e nós nos calamos. Um instante depois, Potts volta à sala, segurando uma vara comprida com uma pequena almofada amarrada na ponta.

— Este é meu bastão de caminhada, mas terá de servir.

— O que é isto? — pergunto.

— Sua muleta.

Eu pestanejo diante da gentileza inesperada. Em vez de meu executor, Potts se tornou um aliado.

— Obrigada, senhor.

Desprezando minhas palavras com um gesto, ele nos acompanha até a porta.

— É melhor vocês irem depressa. As patrulhas podem voltar, e não quero que confundam os dois com aqueles vagabundos. — Ele para de falar e aquela coisa lampeja outra vez. — Mas se um dia vocês precisarem me encontrar de novo... sabem onde moro.

Voltamos para o grupo denso de árvores, eu mancando e Logan andando ao meu lado. A casa de Potts some de vista, e não há mais nenhum latido nos arredores. Agora que estamos de volta à mata, imagino que teremos de retomar o plano original. A qualquer minuto, Logan e eu tomaremos rumos diferentes.

Apoio a parte acolchoada da muleta na axila com mais firmeza.

— Ele foi legal.

— Estou achando que é um simpatizante da Resistência — diz ele. — Não é bem um de nós, a julgar por seus laços com a ComA. Mas aposto que ele sabe muito mais do que dá a entender. Ainda bem que nos encontramos com ele, e não com uma das patrulhas.

Caminhamos por mais alguns metros.

— Como esta muleta está tratando você? — pergunta ele.

— Nada mal.

— Vai começar a te machucar daqui a poucos minutos, e você vai xingar como uma louca.

Engulo em seco. Enquanto eu viver, acho que jamais me esquecerei das covinhas dele. Daqueles olhos verdes da cor da grama.

— O que os olhos não veem o coração não sente.

— Por que eu não veria? Estou bem do seu lado.

Minha mão escorrega na muleta.

— Logan, você prometeu a seu irmão que cortaria todo contato comigo assim que chegássemos à civilização. Estamos aqui agora e isto... — Aponto o bastão para ele. — Isto conta como envolvimento.

— Continue saltitando, Callie. Podemos brigar enquanto andamos.

Manco adiante. O esforço já está me tirando o fôlego.

— Não quero brigar com você. Só não quero decepcionar Mikey.

— Eu também não quero isso, mas existem algumas coisas a se cogitar. Primeiramente, você torceu o tornozelo. Não pode usar o transporte público porque não pode passar sua identidade no scanner. E minha unidade é muito mais próxima do que a sua. Mikey terá de conviver com a situação.

Um emaranhado de raízes expostas se estende pelo meu caminho. Seguro o braço de Logan para não cair. É difícil contra-argumentar quando obviamente preciso tanto dele.

— Callie... — Ele me guia por cima das raízes. — Você acha mesmo que vou deixar você aqui, com o tornozelo torcido, sabendo que a ComA está patrulhando a cidade?

É claro que não. Ele é honrado demais para me abandonar quando estou machucada, independentemente do que tenha prometido ao irmão.

— Não.

Os olhos dele me perfuram, e estremeço com a intensidade refletida neles.

— Então você vai ter de me aguentar por mais algumas horas.

O apartamento de Logan fica mais próximo do que o meu, porém, para chegar lá, levamos duas horas, eu me arrastando na muleta e montada nas costas dele. Pelo menos conseguimos ficar na mata. Seu prédio residencial é feito de pedra cinza e vai até o céu, mas fica na periferia da cidade e dá para a floresta.

Ignoramos a entrada dianteira. Embora já tenha uma semana que fugi do Limbo, tenho certeza de que ainda há um alerta para minha identidade. Assim, seguimos para a saída de incêndio, nos fundos do prédio, e subo cinco lances de escada mancando.

Quando chegamos à varanda dele, o suor já ensopou toda minha camiseta e lavou a sujeira do meu rosto. Não sei o que é melhor — lama seca ou suor seboso —, mas de qualquer modo, Logan não olha para mim. Encara a porta dos fundos de seu apartamento. Tenho certeza de que ele não está vendo a pedra cinza e empoeirada que merecia uma boa lavada. Provavelmente ele nem mesmo nota a mobília reflexiva do pátio, que faz as vezes de painéis solares para converter cada tiquinho de sol em energia.

Ele vê o que eu *queria* estar vendo: um lar.

— Está pronto para entrar? — pergunto.

Ele se remexe e gesticula para o brilho caloroso que se derrama da janela aberta.

— Tem alguém na copa. Em geral, à essa hora minha mãe fica na sala de lazer, esperando meu pai voltar do trabalho. Ela deve ter companhia.

Fico rígida.

— Ela costuma receber amigos?

— Não.

Uma leve neblina começa a cair, e o sol baixa atrás do horizonte. Ficamos agachados atrás das cadeiras de painel solar, e assim ficamos um pouco protegidos da chuva. A testa de Logan está franzida, e ficamos ali pelo que parece uma eternidade, olhando um para o outro.

— Sua mãe vai sair para cobrir os móveis — digo por fim. — Depois podemos descobrir se é seguro entrar.

— Bem pensado.

Então nos ajeitamos ali e aguardamos. A chuva cai, mais acelerada e com mais força. A escuridão chega como uma nuvem de tempestade, mas a mãe de Logan ainda não sai.

— Ela deve estar muito envolvida na conversa — diz ele. — Deve ser alguém da Resistência.

— E se não for?

— Quem mais seria?

— Talvez ela esteja sendo interrogada por um policial da ComA e ele não a deixou sair para cobrir as cadeiras.

De súbito a janela se fecha com um baque. Minha pulsação dobra.

— Tudo bem, já chega. Vamos sair daqui. — Levanto-me e começo a me espremer atrás da mesa.

308

Ele agarra meu braço.

— Espere um minuto. Esta é minha casa. Minha mãe está aí dentro.

— Sua mãe notou a chuva, Logan. E ela não liga para sua mobília solar. Tem algo errado. Precisamos ir embora agora.

Mas é tarde demais. A porta dos fundos se abre, e um facho de luz salta pela varanda antes de pousar na gente.

— Quem está aí? — pergunta uma voz feminina.

Balanço a cabeça, mas Logan aperta meu braço e contorna a mesa.

— Sou eu, mãe. Quem está com você?

É quando noto duas sombras perto da porta. Semicerro os olhos, mas antes que consiga distinguir algum detalhe, o facho de luz se afasta de nós e a primeira figura corre para abraçar Logan. A segunda figura se abaixa e pega a lanterna. Quando a luz é virada para cima, tenho um vislumbre de um coque castanho bagunçado.

Prendo a respiração. Será possível? Mas como? Enquanto estou cravada no chão, o facho de luz ilumina meu rosto. Uma mulher grita. Só o que sei depois disso é que sou envolvida por braços com cheiro de baunilha, desinfetante e primavera.

Minha mãe.

36

A chuva nos castiga, mas não me importo. Estou nos braços da minha mãe de novo. Um minuto se passa, ou uma hora, e finalmente crio forças para me afastar dela.

— O que está fazendo aqui?

— Eu devia te fazer a mesma pergunta. — As rugas no rosto de minha mãe parecem ter se multiplicado desde que parti, e o coque em seu cabelo desaba com o peso da chuva. Mas ela ainda está bonita. Tão linda.

Ela passa seu braço pelo meu e me leva para dentro de casa.

— Desconfio de que sua resposta será mais longa do que a minha, então vou falar primeiro. Conheci Hester quando seu pai e eu nos casamos, mas perdemos contato com o passar dos anos. Quando a AMFu me informou que você tinha fugido do Limbo, entrei em contato com a Resistência e soube que o filho de Hester era o responsável pelo seu resgate.

Chegamos à porta e escapamos da chuva.

— Como eles levaram Jessa, vim aqui na esperança de ter alguma notícia por intermédio da telepatia de Hester com

Mikey. A transmissão tem sido irregular, mas Hester conseguiu colher o suficiente para saber que você estava com eles em Harmony.

Mil perguntas pipocam. Então eles prenderam Jessa? Aconteceu como na minha visão? Há quanto tempo minha mãe sabe sobre a Resistência? Ela recebeu a mensagem que mandei? O que ela sabe sobre Harmony?

Abro a boca para perguntar, mas a mãe de Logan me interrompe:

— Coitadinhos. — Hester segura firmemente a mão do filho. — Vocês precisam tomar um banho e comer. Tudo faz mais sentido depois de um banho quente e o estômago cheio.

— Mas...

— Tudo tem sua hora, Callie. — Minha mãe afasta a franja da minha testa, do mesmo jeito que já fez milhares vezes. — Temos a noite toda para colocar a conversa em dia. Agora você está em casa.

Dez minutos depois, sou atacada por gotas de todos os lados. Um chuveiro despeja água em minha cabeça. Fileiras verticais de bicos esguicham em cada centímetro do meu corpo. Tem até uma fonte brotando do chão, para dar uma atenção pessoal aos meus pés. Um botão mistura o sabonete à água. Outro acrescenta o aroma hidratante de minha preferência. Um terceiro substitui a água por ar aquecido para enxugar meu corpo.

Nunca pensei muito nos banhos da civilização. Mas agora parece um luxo. Excessivo até. Eu abriria mão de tudo por um balde de água quente.

Visto roupas limpas, meias, um moletom e uma camiseta. O vapor do banho embaça o espelho, e encaro o vidro enquanto meu reflexo entra em foco lentamente. Pareço a mesma. É claro que minha pele está mais bronzeada. A pele do meu rosto abraça os ossos um pouco mais, mas a garota que olha para mim é praticamente a mesma. Como pode ser, quando tanta coisa aconteceu? Quando me sinto tão diferente por dentro?

De repente, quero meter a mão no espelho e ver as rachaduras se espalhando embaixo do meu punho. Não suporto ver a garota que eu era. Tão novinha. Tão sem noção. Esperando por minha memória do futuro para me dizer o que fazer, como agir, o que sentir. Eu sinceramente pensava que a memória me traria o felizes para sempre. Não podia estar mais enganada.

Abro a porta do banheiro. Uma lufada de ar frio me envolve, e sinto o cheiro adocicado de tomate vindo da copa. As duas mães, providenciando uma refeição tardia para os filhos. Nada poderia ser mais inocente. Mas existem segredos ali. Coisas que minha mãe está escondendo. Então é hora de obter respostas.

Entro mancando na copa, meu estômago roncando em reação aos odores de alho, tomate e manjericão. Hester tira os olhos do Preparador de Refeições e aponta para a mesa.

— Sente-se. Sua comida ficará pronta em trinta segundos.

Minha mãe segura meu braço, ajudando-me a chegar à mesa. Assim que me sento, Hester coloca um prato fumegante de spaghetti de abóbora diante de mim. Já sinto os fios crocantes da abóbora, cobertos por um molho borbulhante e suculento. Podem ser industrializados, em vez de feitos à mão, mas fico tentada a pegar a comida com os dedos e meter diretamente na boca.

Então noto Logan, já à mesa. E embora ele tenha talheres e um prato de comida, está parado ali, pacientemente. Esperando por mim.

— Você me parece bem — diz ele.

Seu cabelo molhado está espetado, e ele veste um pijama de flanela. De repente sinto fome de algo totalmente diferente. Ruborizando, lanço um olhar de soslaio para minha mãe. Ela está preparando canecas de chá de hortelã e, se notou as pulseiras de planta iguais em nossos pulsos, não fala no assunto.

— Você também — digo.

Hester me entrega os talheres.

— Comam. Vai esfriar.

Ela não precisa pedir duas vezes. Logan e eu atacamos, e, nos minutos seguintes, os únicos ruídos são do tilintar dos garfos e da mastigação da abóbora.

Quando terminamos, minha mãe levanta meu pé machucado e o coloca no colo. A pomada de Potts já saiu. Onde antes ficava meu tornozelo, agora tem um ovo enorme cor de berinjela.

— Como conseguiu isto? — pergunta ela.

— Eu torci numa pedra. — Tento puxá-lo de volta. — Vai ficar tudo bem, mãe. Já está começando a melhorar.

Ela segura meu pé.

— Eu me sentia uma inútil por não fazer nada por você. Pelo menos me deixe colocar uma atadura no seu tornozelo.

Concordo com a cabeça. Enquanto ela cuida da lesão, Logan e eu contamos tudo a nossas mães. Do salto que demos do prédio de vidro e aço, passando pelas choupanas em Harmony ao relacionamento de Mikey com Angela. De minha capacidade paranormal recém-descoberta a meus planos para resgatar Jessa.

Enquanto falamos, minha mãe parece se ensimesmar. Ela passa um gel em meu tornozelo e o envolve com uma atadura com terapia de ultrassom embutida. Quando não há mais nada a fazer, permanece sentada em silêncio, as mãos cruzadas diante de si.

— Mãe? — pergunto, meu tornozelo zumbindo, tranquilizador. — Como estava o cabelo de Jessa quando ela foi presa?

Ela pisca, como se não entendesse bem a importância disso.

— Ela andou pedindo para colocar extensões. Todas as outras meninas da unidade dela usam. Na semana passada, eu concordei.

Eu e Logan nos olhamos. Extensões! Eu não tinha pensado nisso. As adolescentes de Eden City mudam de aparência quase todo dia, mas eu supus que fosse preciso ao menos chegar à turma T-7. Supus errado.

— Agora pode me responder a uma pergunta? — Fala minha mãe. — Eu simplesmente não entendo. Por que você foi presa, para começo de conversa?

Olho pela janela. A chuva bate no vidro, e uma gota persegue a outra pela vidraça. O curativo deixou meu tornozelo entorpecido. Que pena que não fez o mesmo pelo meu coração.

Estive temendo este momento desde que recebi minha memória do futuro. Para ser sincera, eu até abandonaria a civilização, de certo modo, para não ter de contar a minha mãe o que fiz.

Hester se levanta e gesticula para o filho fazer o mesmo.

— Vamos dar privacidade a Callie e sua mãe. Seu pai logo vai chegar do trabalho e vai querer conversar com você.

Logan dá um passo em minha direção, como se quisesse me proteger do que está por vir. Mas ele não pode ajudar. Ninguém pode. Esta é minha mãe, e o que estou prestes a confessar é apenas a verdade.

Hester cutuca o filho. Ele me olha pela última vez e sai da sala atrás da mãe.

Agora estamos a sós. Tem molho de espaguete em minha blusa. Um pequeno inseto zune pelas paredes iluminadas, e uma torneira pinga na pia.

Respiro fundo.

— Não sei como dizer isso. Então só vou contar o que vi.

Encarando o chão, conto todos os detalhes da minha memória do futuro — a pegada no chão, a trilha de terra levando ao vaso de plantas quebrado, o ursinho de pelúcia com a fita vermelha. E então só resta uma coisa. Olho no rosto de minha mãe, sabendo que ela jamais vai me enxergar do mesmo jeito. Sabendo que estou prestes a contar a ela a única coisa que pode condicionar seu amor incondicional.

— Eu cravo a agulha no coração dela, mãe. Em minha memória do futuro, eu mato Jessa.

Ela arregala os olhos. Neste momento, fica tão parecida com a Jessa de minha memória um instante antes de morrer, que sinto a agulha como uma dor física se enterrando em meu próprio coração.

— Me desculpe, mãe.

Ela não diz nada. Não olha para mim. Encara o duto de ar como se contasse as partículas de poeira que se acumulam pelas bordas.

Eu me aproximo, e o curativo escorrega em meu tornozelo.

— Olhe para mim. Por favor.

Ela se desvencilha, mas, quando seus olhos pousam em mim, estão vazios. É ainda pior do que imaginei. Achei que ela fosse gritar, atirar coisas, chorar, e não me olhar como se eu não existisse. Como se eu já estivesse morta para ela.

— Você me odeia? — sussurro.

Isto a desperta.

— Como posso odiá-la por uma coisa que não fez?

— Mas e se a memória se tornar realidade? — Engulo em seco. — E se eu matar Jessa? Você vai me odiar então?

Minha mãe suspira.

— Não sei, querida. Para ser sincera... nem sei como eu me sentiria em tal situação. Desculpe.

— Está tudo bem. — Olho meu reflexo oscilando no chá. — Se eu matá-la, também vou me odiar.

— Olha — diz ela. — Isso ainda não aconteceu, então não vamos nos preocupar, está bem?

— Então você acha que posso mudar meu futuro?

— Eu sei que pode.

— Como? — pergunto. — Como você sabe disso?

Minha mãe pega a caneca e faz o chá girar dentro dela.

— Já vi acontecer. Conheço alguém da Resistência que conseguiu mudar seu futuro.

Eu tenho um estalo. Emoções demais entram em turbilhão dentro de mim. Culpa demais, remorso demais. Num instante, a opressão se transforma em fúria. Levanto-me de um salto, ignorando a dor no tornozelo. Arranco a caneca da mão de minha mãe e jogo na pia. Esta é minha vida. E ela nunca se deu ao trabalho de me informar sobre nada disso.

— Por que você nunca me contou sobre a Resistência? Não achou que eu merecia saber?

Ela pestaneja.

— Era perigoso demais.

— Perigoso! E não é perigoso eu andar por aí sem saber de nada? — Agora minhas mãos tremem, sacolejando ao lado do meu corpo como sacos de ossos. — Mãe, eu nunca preparei Jessa sobre como responder às perguntas dela nos testes. Nem mesmo sabia que você podia. Ao que parece, a Resistência tem bibliotecas inteiras de material preparatório. Não está entendendo? É minha culpa que ela esteja trancafiada na AMFu.

— Ah, Callie. Não foi isso que aconteceu.

Entrelaço as mãos, mas ainda assim elas vibram.

— Eu vi a AMFu levando Jessa, que esperneava e gritava. Está me dizendo que isso não aconteceu?

— Não. Eles a pegaram alguns dias atrás, como você viu. Mas não por causa de algum teste. — Ela passa a mão na nuca. — Sua irmã foi presa porque é filha de seu pai.

37

O tempo para. O inseto para de voar, a água para de sair da torneira no meio da gota. Meu coração fica pendurado no vácuo entre as batidas. E então volto a ouvir a vibração do curativo em meu tornozelo.

— O que você disse? — sussurro. — Você disse que Jessa e eu temos o mesmo pai?

Minha mãe toca meu rosto.

— Ela é igualzinha a você. Pensei que teria adivinhado. Pensei que era por isso você me atazanava tanto perguntando quando seu pai voltaria para casa.

Afasto a mão dela. Não. Não vou deixar minha mãe se safar com tanta facilidade.

— Você mentiu para mim. Disse que Jessa tinha um pai diferente, e eu acreditei.

Ela estremece, como se eu estivesse atirando pedrinhas nela em vez de acusações.

— Eu precisava te dizer alguma coisa. Você não parava de fazer perguntas. Não esquecia o assunto. O que eu deveria fazer?

— Contar a verdade! — Enterro as unhas nas palmas. — Sabe o quanto eu queria meu pai? Pensei que se eu fosse boazinha, se meu comportamento fosse perfeito e eu obedecesse a todas as regras na escola, ele voltaria para nós. Mas ele não voltou. — Abro as mãos. Pequenos crescentes lunares decoram a pele como uma tatuagem de hena. — E agora você está me dizendo que ele esteve aqui afinal. Ele não quis me ver, pelo menos uma última vez? Ele não se importou com o que me tornei?

— Ah, meu amor — diz minha mãe. — Seu pai a amava muito. Ele teria muito orgulho de ver como você cresceu.

— Então por que ele não foi me ver?

— Ele não podia. — Minha mãe baixa a mão como se fosse pegar a caneca, mas já a atirei na pia. — Você sabe que seu pai era cientista. Especificamente, ele estudava o deslocamento de corpos físicos no espaço.

Faço uma careta. Eu sempre soube da profissão do meu pai, e isto nunca me incomodou. Mas isso foi antes de ficar trancada no Limbo. Antes de Bellows tratar meu cérebro como se fosse sua experiência pessoal.

— Callie, ele foi cobaia no próprio laboratório — diz mamãe, como se pudesse ouvir o que estou pensando. — Foi o que eu quis dizer sobre a AMFu levar Jessa. Eles estão tão desesperados para descobrir a Chave que começaram a prender os descendentes de todas as pessoas com poder paranormal conhecidas.

As palavras de Bellows sobre meu pai ecoam na minha cabeça. *A informação é confidencial. Se sua mãe não lhe contou, não posso divulgá-la.*

A náusea abala meu estômago. Pensei que o cientista estivesse blefando. Pensei que só estivesse tentando me perturbar.

— Qual é a capacidade paranormal de papai? — Minha voz é baixa, como se tentasse abraçar o chão. — Ele pode enviar memórias, como Jessa?

— Não. Ele pode teletransportar seu corpo de um lugar a outro. Ele achou que poderia ser capaz de entender como levar o corpo a uma época diferente caso estudasse a si mesmo.

— Você se refere a viagem no tempo.

— Sim. — Minha mãe empurra minha caneca, e o chá espirra na mesa. Ela passa os dedos no líquido. — Quando as primeiras memórias do futuro chegaram, a comunidade científica ficou fora de si. Sentiram ter provado que a viagem no tempo era possível. Afinal, o que são as memórias do futuro, senão memórias enviadas ao passado? Seu pai ficou obcecado com a ideia. Achava que sua capacidade paranormal o tornava singularmente qualificado para estudar este campo. Estava convencido de que seria pioneiro de uma nova fronteira da ciência.

Ela respira, trêmula.

— Assim, ele decidiu enviar seu corpo a outra época. Eu implorei a ele para não ir. O conhecimento científico não estava lá. Não podíamos garantir que ele voltaria bem. Mas ele disse que o risco é o preço pelo conhecimento.

A dor ao redor de sua boca é tão profunda que estremeço. É minha mãe. Ela não deveria parecer tão perdida, tão impotente. Devia manter nossa família unida. Só que não somos mais uma família. Fomos separadas, jogadas para cantos diferentes do mundo. Não há mais nada para se manter unido.

— Sei que você pode imaginar o que aconteceu — diz ela. — Ele mandou a si mesmo a outra época e nunca mais voltou.

— Mas deve ter voltado, pelo menos uma vez. Por causa de Jessa.

Minha mãe balança a cabeça em negativa.

— Não. Eu nunca mais o vi depois daquele dia.

— Mas então como...?

Ela suspira, entrelaçando os dedos. Fico achando que vai se esquivar de novo, como fez tantas vezes. Mas não age assim.

— Lembra que eu sempre disse que nunca tive uma memória do futuro?

Faço que sim com a cabeça.

— Bom, eu menti. Recebi uma, mas não era boa. Na época, a AMFu não tinha como identificar as memórias, então ninguém nunca soube que eu recebi uma. Achei que eu tinha a chance de mudá-la. Eu me afastei dos amigos, cortei meus laços com a Resistência. Tudo na esperança de alterar meu futuro.

Meu coração começa a martelar.

— E deu certo?

— Sim. De certa forma. Sabe aquela pessoa que conheci, que mudou o futuro? Eu estava falando de mim. — A sombra de um sorriso atravessa seu rosto. — Mas não fui inteiramente bem-sucedida. Uma versão de minha memória se tornou realidade alguns dias atrás.

Tenho absoluta certeza de que não quero ouvir isso. Não sei qual é a memória dela, mas sei que vai me deixar arrasada, como todas as outras memórias ruins das quais tomei conhecimento. Mas a ignorância não é mais uma opção.

— O que foi? — sussurro.

— Eu estava parada na porta de nossa casa, estendendo a mão, sem segurar nada, gritando a plenos pulmões, sem sair som nenhum. Eu via a AMFu chegar e levar minhas meninas. Minhas meninas gêmeas. De 17 anos. — Ela segura meu queixo, virando meu rosto de um lado a outro. — As duas com este rosto.

O gelo começa em meu estômago e se espalha para cada um de meus órgãos. Pulmões. Coração. Cérebro.

— Não entendi.

— Eu pensei que pudesse driblar o futuro — diz ela. — Eles levaram você porque alguém em algum lugar recebeu uma profecia de que a Chave para destrancar a memória do futuro estaria numa dupla de gêmeos. — Sua voz cai a um sussurro. — Então tentei trapacear com o Destino. Pensei que se não tivesse gêmeas, a AMFu não levaria minhas meninas.

Eu mal consigo respirar.

— O que você fez, mãe?

— Você e Jessa partilharam o mesmo útero. Fiz com que o embrião fertilizado dela fosse removido e armazenado até que eu me sentisse em segurança, seis anos atrás. Achei que já tivesse se passado tempo suficiente. — Seus ombros estreme-cem, indefesos como uma pipa soprada pelo vento. — Parece que me enganei.

38

Entro mancando no antigo quarto de Mikey, onde vou dormir esta noite. Ele foi embora cinco anos atrás, mas ainda há uma fileira de medalhas penduradas na parede. O ar tem cheiro químico forte de polidor de móveis, e sua prateleira transborda de livros escolares antigos, anteriores ao Boom. Livros didáticos feitos de papel de verdade, e não do tipo digitalizado.

Logan espera por mim na bicama.

Bicama. Duas camas. Iguaizinhas. Gêmeas. Tal como dois embriões no mesmo útero. Eu e Jessa. Minha cabeça ainda roda. Não me admira que sejamos tão parecidas. Não me admira que sempre fôssemos tão próximas.

Mordo o lábio para controlar as emoções.

— Minha mãe sabe que você está aqui? — pergunto.

Ele sorri.

— Ela disse que eu podia ter uma hora com você, depois você precisaria dormir. Ela também disse que é melhor eu controlar minhas mãos ou ela vai me banir para outra dimensão

325

— Provavelmente ela tem os poderes para fazer isso também.

— Eu sei. — Logan estende o braço e toca minha pulseira de planta, e, por um momento, é só ele que importa. Seu cabelo secou, mas continua espigado. O tecido confortável do pijama me convida a me aninhar em seus braços e ficar ali para sempre.

Só que não posso. Amanhã, irei à AMFu para resgatar minha irmã. Voltaremos para Harmony, e ele ficará na civilização, dando continuidade à sua antiga vida.

A pressão cresce atrás dos meus olhos. Piscando rapidamente, eu me viro e examino os prêmios que decoram as paredes.

— São medalhas da feira de ciências — digo, tentando bloquear o tremor da minha voz.

— São. Mikey sempre foi obcecado pela ideia da viagem no tempo para corpos físicos. Sabe como é, buracos negros, funis de Gödel, esse tipo de coisa.

Como meu pai. Uma onda de tristeza me atinge. Antes que ela consiga me dominar, tiro um livro didático da prateleira e folheio. Pequenas tiras de papel flutuam para o chão, e anotações à mão tomam as margens. Leio uma das notas e faço uma careta. Em vez de ideias básicas de um estudante, como eu esperava, a página contém provas, equações e teoremas complexos.

— Que idade seu irmão tinha quando foi preso?

— A mesma que temos agora. Por quê?

Entrego a ele o livro aberto.

— Nunca aprendi nada disso na escola. E você?

Logan estreita os olhos para as equações.

— Eu te falei, ele era uma espécie de geek da ciência.

Pego outro livro e folheio. Mais anotações com a mesma letra. Mais equações que não entendo. Verifico outro e é a mesma coisa. Depois outro. Logo toda a prateleira de livros didáticos está espalhada a meus pés.

Ele segura minhas mãos.

— O que está havendo? O que você está fazendo?

A pele áspera das mãos dele roça os nós dos meus dedos.

— Já passou pela sua cabeça que Mikey não quisesse fugir? Talvez ele devesse ficar na civilização e se tornar um grande cientista. Talvez conseguisse descobrir a Chave, e talvez, sem ele, jamais encontrem uma resposta para a memória do futuro.

— Acho que é possível. — Ele ainda segura minha mão. — Mas também existem outras milhões de hipóteses. Que diferença faz?

Solto sua mão e desabo na cama.

— Porque se não for isso e não tiver nada que impeça os cientistas de descobrirem a Chave... — Amasso o edredom nas mãos. — Acho que sei por que meu eu futuro mata minha irmã.

Logan não fala nada por um minuto inteiro. Senta-se na cama e apoia os cotovelos nas coxas.

— Continue.

Respirando fundo, imito a posição dele, repassando a lógica em minha cabeça. Sei que tenho razão. Preciso ter. É a primeira hipótese em que penso que faz algum sentido.

— A AMFu começou a prender pares de gêmeos para estudo. E eu descobri que Jessa e eu deveríamos ser gêmeas.

Conto a Logan sobre a memória de minha mãe e de que modo ela removeu o embrião de minha irmã e o implantou novamente seis anos atrás.

— E tem também minha memória do futuro. Sei que mato minha irmã, mas não sei por quê. — Balanço a cabeça. — Fiquei pensando nisso sem parar. Qualquer que seja o motivo, precisa ser importante. Eu me conheço e não me importa qual versão do meu futuro esteja lá fora, não vou matar minha irmã porque estou aborrecida ou para poupá-la de alguma dor. Tem de ser maior do que isso. — Meu moletom está puído na bainha; agarro um dos fios mais compridos e puxo. — Tem de ser alguma coisa que afete toda a humanidade.

Respiro fundo.

— Então qual é a única coisa que fundamenta nosso mundo? O que a AMFu está tão ansiosa para descobrir a ponto de desconsiderar as liberdades civis a torto e a direito?

— A memória do futuro — diz ele.

— Exatamente. — Passo as mãos nas coxas. — Acho que Jessa é a Chave que os cientistas vêm procurando. Ela possui um poder singular. Pode enviar memórias inteiras para minha mente, não só mensagens telepáticas, como você e Mikey. Não é forçar a barra pensar que ela é a Chave.

— Ah, nossa! — Ele se joga na cama e observa o teto, onde o Mikey adolescente instalou um painel de luzes da galáxia. — Então você acha que mata Jessa para evitar que a memória do futuro seja descoberta? Por que você faria isso?

— Vai ver acontece alguma coisa muito ruim no futuro. — Deito-me ao lado dele. — A memória do futuro de algum modo deve ser responsável por algo tão arrasador, que meu eu futuro concluiu que é melhor matar Jessa a viver neste mundo.

Ele vira a cabeça, e nossos olhares se encontram, a uns 15 centímetros de distância. Eu não pretendia contar a parte seguinte, mas, o que quer que aconteça amanhã, quero que ele saiba que tentei ao máximo fazer o que era certo.

— Logan, vou resgatar minha irmã amanhã. Mas, antes disso, vou procurar algumas respostas. Preciso descobrir o que vai acontecer no futuro. Senão nunca terei paz.

— E como você vai fazer isso?

— Não sei — confesso. — Mas a presidente Dresden disse que a informação vem de uma precognitiva. Não é como a capacidade de Jessa de enxergar alguns minutos no futuro. É uma predição real que pode enxergar anos à frente, se não décadas. Imagino que a predição seja um de seus objetos de estudo no laboratório. Vou começar por aí e ver o que faço.

Ele levanta a mão para contornar os ossos do meu rosto. Minha testa, as maçãs, o maxilar.

— Digamos que você encontre sua resposta. E se isto a fizer mudar de ideia? E se você, no final das contas, decidir matar sua irmã?

Cubro a mão dele com a minha.

— Uma vez você me disse que saber meu futuro não elimina meu livre arbítrio. Acho que terei de confiar em mim mesma.

Ele senta de repente. Meu rosto arde devido à ausência de seu toque. É isso, chegou. O momento em que ele me deseja sorte. Qualquer que seja meu futuro escolhido, não tem mais nada a ver com ele.

Porém, em vez de se levantar e impor uma distância maior entre nós, ele olha fixamente para os próprios pés sob a luz fraca.

Mordo o lábio. Não vou chorar. Vou aceitar seus votos de boa sorte e agradecer. Ele é o cara mais decente que já conheci. O cara mais decente que vou conhecer na vida.

— Quero ajudar você amanhã — diz ele por fim.

Nego com a cabeça.

— Logan, não...

— Se você pode enfrentar a AMFu, se está disposta a encarar seu Destino, então certamente posso contrariar os desejos do meu irmão.

— Não se trata do que você pode fazer. Mas do que você quer.

Ele pega minha mão e acaricia a palma com o polegar.

— Eu não te falei por que vim atrás de você. Depois que nos despedimos na mata, depois que você saiu correndo pelas árvores como se alguma coisa a perseguisse.

É verdade. Ele e o galho flutuante apareceram como que por milagre, justamente quando eu achava que Betsy ia me dar uma dentada.

— Por quê? — sussurro.

— Em algum momento no futuro, neste mundo ou em outro diferente, meu eu futuro teve a sensatez de enviar uma mensagem para mim mesmo. Ele me disse que isto é o que importa. "Vá atrás." E durante algum tempo eu o ignorei. Deixei que a culpa anuviasse minhas decisões. Enterrei o que eu queria sob as vontades alheias. — Ele pousa os lábios nos nós de meus dedos. Ficamos assim por um momento, sua boca cálida na minha pele. — Mas não vou fazer mais isso. Não vou abandonar você, Callie.

— E as mochilas? — pergunto, mal me atrevendo a respirar.

— Vamos dar um jeito. Se for preciso, farei a viagem ao ponto de encontro a cada poucos dias para deixar recados para a Resistência. Voltarei para Harmony, te darei um beijo e tudo vai se acertar de novo, se assim for preciso. — Seus olhos colam nos meus, e eu não conseguiria virar a cara mesmo que tentasse. — Você é importante para mim nesse nível. Foi preciso você se afastar para eu entender inteiramente o que meu eu futuro estava tentando me dizer. Eu te amo, Callie. Acho que fui feito para amar você. Minha memória do futuro ainda não se realizou, e eu quero isso. Quero você ao meu lado pelo resto da vida.

Voo para os braços dele.

— Ah, Logan. Eu também te amo. Muito.

Eu devia discutir com ele. Devia tentar convencê-lo a ficar. Mas se tem uma coisa que aprendi nos últimos dias, é que não podemos levar a vida com medo do futuro. Precisamos tomar a decisão certa, por hoje, e confiar que o amanhã se resolverá sozinho.

Ele me beija, e é tudo de que sempre precisei. Luvas para meus dedos quando o inverno ruge. Frutas secas numa lata quando a fome apertar. Esperança num mundo que se desintegra. É um beijo de Logan. Meu Logan.

Só agora percebi o quanto estive me reprimindo. Sabendo que Logan e eu estávamos destinados a nos separar, levantei uma muralha. Neste momento, com o beijo, Logan a derrubou. Demoliu o vidro e o aço. Este beijo é diferente de qualquer outro porque, pela primeira vez, consigo me entregar a ele verdadeiramente. Não existem memórias do futuro, nem mochilas para nos separar. Sinto o amor de Logan como jamais me permiti sentir. E quando ele se afasta do beijo, meu corpo implora por mais. Por uma vida inteira disso. Não importa quantas vezes ele me beije, jamais vou deixar de querer. Jamais vou deixar de precisar. Jamais vou deixar de amar.

Mais tarde, quando meu corpo se acomoda em terreno sólido, eu me aconchego em seu peito e escuto seu coração. Procuro combinar as batidas, mas o meu dança para todo lado, enquanto o dele bate firme e forte.

— Vou com você amanhã. — Ele acaricia meu rosto, como se me desafiasse a discordar. — Se você pode combater o futuro, então eu posso me libertar do passado.

Meu coração dá um salto. Eu o abraço com força, e os botões de seu pijama machucam meu peito. Ainda estou apavorada por causa do dia de amanhã, mas com Logan ao meu lado, o que pode dar errado?

39

— A corde, Callie. Você vai se atrasar.

Solto um gemido e rolo na cama. Estou prestes a voltar a dormir quando me lembro.

Tirando o travesseiro da cara, sento-me e aperto os olhos para minha mãe. O sol inunda o quarto pelas cortinas abertas, e, durante um momento, não consigo enxergar nada além de uma figura borrada. Depois meus olhos se adaptam e vejo o cabelo puxado para trás num coque elegante e uma blusa branca metida dentro de calça azul-marinho. Minha mãe segura meu macacão prateado em uma das mãos e uma peruca comprida e castanha arruivada na outra.

— Por um momento eu me esqueci — digo. — Achei que você estivesse me acordando para a escola.

— Bem que eu gostaria. — Mamãe coloca a peruca na minha cabeça, puxando aqui e ali. — Ótimo. Eu sabia que ia caber perfeitamente.

Seguro um punhado da peruca. É lisa, com fios extremamente finos, sintéticos em vez de cabelo de verdade, e alguns tons mais escuro do que o meu.

— Onde arrumou isto?

Ela senta na minha cama e gesticula para eu me virar. Depois que obedeço, ela trança a peruca com movimentos rápidos e seguros.

— Quando seu pai voltou no tempo, jogou suas roupas fora e raspou todos os pelos do corpo. Os cientistas achavam que seria mais fácil mandar um corpo pelo espaço-tempo se ele deixasse para trás o que não fosse essencial.

Ela prende a ponta da trança com um elástico, e eu me viro. Sob o brilho do sol, minha mãe parece mais velha. Sua pele sempre foi macia como lenço de papel, mas agora noto mil vincos mínimos nas rugas em torno de sua boca.

— Seu pai costumava me dizer que não importa aonde seu corpo vá no espaço-tempo. Ele e eu sempre estaríamos juntos porque somos a mesma pessoa. — Mamãe pega o kit de maquiagem e começa a trabalhar no meu rosto.

— Quando ele não voltou, eu raspei a cabeça — diz ela. — Fez com que me sentisse mais próxima dele. Usei esta peruca por meses, e você nunca nem percebeu.

— Ah, mãe. — Afasto suas mãos para o lado e lhe dou um abraço. — Venha comigo e com Jessa para Harmony. Tem espaço no barco para todas nós, aí podemos ficar juntas de novo.

Por um momento ela corresponde ao meu abraço, tão apertado que não tem espaço para o oxigênio em meus pulmões. Depois ela suspira, e seu sopro assovia em meu pescoço

— Não posso, querida.

— Por que não? Existem famílias inteiras morando juntas em Harmony. Pode ser um recomeço para todas nós.

Minha mãe recua e coloca as mãos em concha no meu rosto.

— Você sempre foi uma boa irmã para Jessa. Sempre pude contar que cuidaria dela. Sei que continuará assim.

— Não. — Balanço a cabeça. — Não diga isso. Precisamos de você, mamãe. Eu não sei o que faria. Eu preciso de você.

— Eu sinto muito, Callie. Não posso sair de Eden City. — As palavras são hesitantes e lentas, saem arrastadas como um prisioneiro usando eletroalgemas. É como se ela lutasse contra algo dentro de si e não soubesse qual lado vai predominar. Ela pega uma escova pequena e começa a escurecer minhas sobrancelhas, as mãos tremendo. — Estou agindo como uma âncora para seu pai. Ele precisa ter o foco em uma determinada pessoa, em um local determinado, se quiser encontrar o caminho de volta a esta época. Se eu sair de Eden City, ele vai se perder no espaço-tempo para sempre.

— Mas talvez ele já esteja perdido — sussurro.

— Sim. Provavelmente está. — Ela faz uma pausa de novo, como se lutasse contra um demônio interior. Um demônio que não consigo enxergar.

Depois baixa a maquiagem e segura minhas mãos.

— Seu pai é um pretexto. Eu amo você e Jessa mais do que a própria gravidade. Eu destruiria o espaço-tempo para ficar com as duas. Você sabe disso. — Seus olhos penetram em mim com a intensidade de um laser. — Mas ela disse que, se eu amava você, tinha de deixá-la ir. Ela disse que era a melhor maneira de proteger você.

— Quem disse isso, mãe? Por quê?

— Não posso explicar, mas é assim que tem que ser. Nada do que você disser ou fizer vai me demover. — Sua voz vibra como uma corda, como se fosse romper se eu puxasse um pouco mais. — Um dia, no futuro, você vai entender. Mas não posso responder às suas perguntas agora, então, por favor, não as faça. Por favor, confie em mim, só desta vez.

Tenho vontade de gritar: NÃO! Conte-me agora.

Mas já lhe causei tanto sofrimento nas últimas semanas. Não sei o que vai acontecer hoje, mas vai haver mais dor nos dias vindouros. Noto isto no tremor dos dedos de minha mãe, na pele clara que fica ainda mais translúcida com a preocupação. Ela tomou sua decisão e agora terá de conviver com ela.

Se eu puder tornar este momento um pouco mais suportável para ela, é o que farei. Vou deixar minhas perguntas de lado. Assim, concordo com a cabeça e tal gesto simples parece destrancar uma corrente em torno de seu coração. Ela apruma a coluna e até consegue sorrir um pouco.

Ficamos em silêncio enquanto ela passa sombra no meu rosto e ilumina minha testa, alterando os contornos do meu rosto.

— Pronto — diz alguns minutos depois. — Se você não fosse minha filha, eu jamais a reconheceria. — Ela guarda toda a maquiagem. — Preciso ir. Os Russell entraram em contato com alguns amigos da Resistência que vão ajudar você. Eles vão lhe informar os detalhes, está bem?

Concordo com a cabeça de novo. Aparentemente é a única coisa que consigo faze no momento.

Minha mãe examina o relógio.

— Encontrarei você na sala de higienização em duas horas. Então, não teremos muito tempo para conversar. — Ela coloca as mãos em meus ombros e me dá dois beijinhos junto às bochechas. — Meu amor?

Pigarreio, procurando minha voz.

— Sim, mamãe?

Seus dedos apertam meus ombros.

— Confio que hoje você fará o que é certo.

Meu rosto está esmagado contra o metal frio e duro, e 25 quilos de roupa de cama me achatam no fundo do carrinho. Logan está ao meu lado em algum lugar no escuro. Acho que é a barriga dele sendo cutucada pelo meu pé, e talvez seja seu braço envolvendo meus joelhos.

Rodamos em um furgão de entrega, espremidos num cubo enorme de lençóis novos. O cubo foi baixado em uma esteira de transporte. Dali, foi desamarrado e transferido para um carrinho de lavanderia por um robô. O robô agora empurra o carrinho para a sala de higienização do prédio, onde os lençóis serão lavados antes de serem colocados nas camas das cobaias do laboratório.

Supostamente, há muito oxigênio dentro das dobras destes lençóis. Respiro pelo nariz. Péssima ideia. O fedor químico de tecido recém-fabricado faz o café da manhã subir à minha garganta.

Passando a respirar pela boca de forma superficial, tento manter um mapa mental de nosso caminho. Mas o carrinho dá solavancos e faz paradas constantemente. Perco a conta de quantas vezes ele vira, e então permaneço deitada ali, sentindo cada solavanco nos ossos.

Enfim, paramos e ouço a voz da minha mãe.

— Rápido. Agora vocês podem sair.

Logan e eu abrimos caminho para a superfície e saímos um instante antes de o carrinho ser levantado por braços mecânicos. Seu conteúdo é despejado em outra esteira de transporte, que leva à máquina de higienização. Os lençóis sairão do outro lado lavados, secos e bem dobrados.

Minha mãe aperta alguns botões num teclado esférico, e o robô sai da sala. Ouço o silvo de jatos ferventes, e as paredes iluminadas bruxuleiam. A máquina de higienização ocupa toda uma parede do ambiente, e há uma fileira de carrinhos vazios encostada em outra parede.

— Seu contato da Resistência os encontrará aqui — diz minha mãe. — Não posso ficar, mas vocês podem se esconder em um destes carrinhos vazios até a chegada dele.

Ela toca minha maquiagem, depois me entrega o kit.

— Esta maquiagem aguenta uma guerra, desde que você não se esqueça de retocar a cada poucas horas. — Ela ajeita a peruca, seus dedos se demorando brevemente nos fios falsos. — Lembre-se do que eu disse.

— Sempre. — Estendo as mãos e lhe dou um último abraço.

Ela se vira para Logan.

— Tenha cuidado. Tome conta da minha filha.

Ela olha para mim, um olhar que fica gravado em minha memória para sempre, e aí vai embora. Acontece tudo com tanta rapidez que quase não tenho tempo de sentir a pressão crescendo no peito.

Logan e eu subimos em um dos carrinhos vazios, encostando a coluna na estrutura de metal.

— Você conseguiu entrar em contato com a Resistência? — pergunto. — Para dizer a eles o que Potts nos contou?

— Sim. Minha mãe falou com o contato dela no conselho ontem à noite. — Ele segura minha mão, acompanhando a linha da vida em minha palma. — Conforme eu desconfiava, eles já estão cientes da situação. Mandaram um mensageiro a Harmony para avisar Mikey.

— O que eles vão fazer?

— Se mudar — diz ele. — Vão esperar que você e Jessa retornem, depois vão levantar acampamento e partir. Em vez de encontrar outro local, vão vagar por algum tempo, até termos certeza de que a ComA não está mais procurando.

Assim que terminamos de falar, a porta bate. Meu coração martela no peito, mas o barulho da máquina de higienização traga tudo. Logan coloca um dedo na boca e gesticula para indicar que precisamos dar uma olhada.

Ajoelhando-me, espio pela beira. Há um guarda uniformizado parado perto da entrada, correndo os olhos pela sala. Não consigo ver seu rosto, mas o cabelo tem a cor mais linda que já vi. Um ruivo castanho-escuro, entremeado por fios dourados. Sem pensar, eu me levanto.

Ele gira a cabeça rapidamente, e logo estou encarando a cara assustada de William, o guarda que mentiu por mim.

— Vinte e Oito de Outubro. — William cambaleia para trás, olhos arregalados. — O que está fazendo aqui?

Fico surpresa por ele ter me reconhecido com a maquiagem pesada, mas provavelmente meu rosto esteve assombrando seus sonhos à noite. A garota que quase o fez perder o emprego.

— Então foi por isso que você me ajudou — digo, fazendo a ligação pela primeira vez. — Porque você faz parte da Resistência.

Ele concorda com a cabeça.

Logan sai do carrinho e me ajuda a sair.

— Vocês se conhecem?

— William administrou minha memória. Quando viu o que era, me deu a chance de fugir. — Viro-me para o guarda. — Este é Logan. Ele me tirou da detenção.

— Fiquei feliz quando soube que você tinha fugido — diz William. — Eu não sabia que eles iam tentar desencavar sua memória verdadeira. Eu juro, se soubesse, teria avisado.

— Como você descobriu? — pergunto.

— Minha namorada, MK. — Seu rosto fica vermelho. — Não gosto de falar com ela sobre assuntos da AMFu, por motivos óbvios. Mas ela sabia que eu tinha administrado sua memória, então me contou o que aconteceu.

De repente me lembro de algo que ele me disse quando nos conhecemos. A namorada dele será a líder da AMFu daqui a trinta anos. Foi assim que ele conseguiu seu emprego. MK não é só assistente da presidente Dresden. Está sendo preparada para a mais alta posição.

William está andando numa linha perigosa, entre a namorada e a Resistência. Entre seu amor e suas crenças. Será que posso confiar nele? De repente não tenho certeza. Desconfio de que ele saiba mais, entenda mais do que deixa transparecer.

Só que não tenho alternativa. A Resistência acredita nele, e ele é nosso único contato. Vai ter de servir.

— Você vai nos ajudar? — pergunto a William.

Ele vira a cabeça de lado, me examinando.

— Você não está aqui para matar sua irmã, não é?

— Não! Vim aqui para resgatá-la.

Ele morde o lábio, como quem se pergunta se deve acreditar em mim. É evidente que a desconfiança é recíproca.

— Aonde você quer ir? — pergunta ele.

— Estou procurando um objeto de estudo dos laboratórios. Uma precognitiva. Será que você pode conseguir um computador onde a gente possa acessar os registros?

— Posso fazer isso — diz ele. — Vamos.

Acompanhamos William por um corredor movimentado. Tento ficar calma, mas minhas mãos insistem em voltar à peruca. Tocando, alisando, puxando a trança sobre o ombro. *Sou uma estudante. Cuidando da minha vida. Acompanhando o guarda da AMFu para um propósito aprovado.* Repito tais palavras para mim mesma sem parar, mas elas não ajudam a reduzir a britadeira que é meu coração.

William nos leva a uma área tomada por fileiras de cubículos.

— Esta é a área administrativa.

Espio o cubículo mais próximo de mim. Folhas de plástico claras fazem as vezes de parede e, dentro de cada cubículo, há uma mesa em "U", uma estante e um arquivo. Plantas em vasos e flores cobrem cada superfície disponível.

— É meio apertado — digo.

— A gente se acostuma — diz William. — As divisórias de plástico reduzem o barulho externo ao mínimo. E a AMFu permite que a gente traga quantas plantas quiser.

Caminhamos por vários corredores. As divisórias de plástico começam a mudar, ficando mais opacas à medida que nos aprofundamos na área, até assumirem um branco sólido.

— Estes escritórios pertencem aos administradores mais graduados — diz William. — Eles lidam com informações mais delicadas; por isso, paredes de verdade.

Chegamos a uma sala em um corredor distante, de frente para portas duplas, e William entra. Uma mulher de cabelos cacheados está sentada à sua mesa, cercada por plantas. Com o aparecimento do guarda, a mulher se levanta sem dizer nada e sai da sala.

— Andrea é uma simpatizante, mas não quer se envolver de maneira nenhuma. Temos quinze minutos antes de ela voltar. — Ele se posta diante da mesa-tela, com as mãos movimentando-se rapidamente sobre o teclado esférico. — Tudo bem. Entramos. Do que você precisa?

Quero encontrar o precognitivo, mas não posso me esquecer da minha prioridade máxima. Passo a língua nos lábios e olho brevemente para Logan. Ele aperta meu ombro, para me tranquilizar.

— Pode procurar minha irmã? — pergunto. — Jessa Stone.

William digita o nome, e alguns segundos depois aparece no ar uma projeção em 3D de seu arquivo.

Nome: Jessa Stone

Sala Número: 522

Capacidade Preliminar: Precognição

Capacidade Primária: Telepatia

Ela está aqui. Em algum lugar neste prédio, ao meu alcance. Fico sem fôlego ao ler as palavras na tela, como se Jessa em pessoa tivesse se atirado em meus braços para um afago de corpo inteiro.

A sala 522. É claro. *Uma placa dourada com enfeites de caracóis ostenta o número 522.*

342

Estremeço. Desde que saltei do penhasco, sinto os dedos longos do Destino pressionando minha lombar, incitando-me. A sensação era sutil e fácil de ignorar, uma vibração baixa que não estava presente de nenhuma forma física. Eu a sentia do mesmo jeito que era capaz de sentir as mensagens telepáticas de Mikey a Logan espiralando no ar.

Esta sensação agora ganha vida. Minha memória do futuro tornando-se realidade. Quadro a quadro.

Não sei por quanto tempo fico parada ali tremendo, então Logan acaricia meus braços por cima da malha prateada do macacão.

— Podemos pesquisar a base de dados por capacidade? — pergunta ele. — Procure "precognição" como "capacidade primária".

William pressiona algumas teclas.

— Não há registros.

Coloco o braço de Logan em volta de mim. Agora que ele está com uniforme da escola, cheira a cloro novamente.

— Tem certeza?

William estreita os olhos para a projeção.

— Consegui 38 registros com precognição como capacidade preliminar. Mas você só queria capacidade primária, não é?

— É.

Tentamos mais alguns parâmetros de busca. Eu até dou uma olhada nos 38 registros, mas nada me chama a atenção.

Olho as plantas em vasos nas prateleiras. Clorofitos, cactos, bambu. Muitas cujos nomes desconheço. Folhas em formato de espada, espinhos floridos, caules lenhosos. Em algum lugar, soube que a vegetação nos ajuda a respirar. Mas estas plantas me oprimem. Parece que estão prestes a cair e me sufocar.

— E agora?

— Vamos pegar sua irmã? — pergunta Logan.

Olhando novamente a mesa-tela, reconheço que ele tem razão. Está na hora de encontrar Jessa. O que eu estava pensando? Essa ideia toda é ridícula. Por que pensei que poderia entrar tranquilamente e encontrar a precog?

Abro a boca para concordar quando ouço um grito agudo. O gemido penetra as paredes sólidas e me faz querer ficar em posição fetal.

O pior de tudo, acho que reconheço a voz. É igual à de Sully.

40

— O que foi isso? — sussurra Logan.

O grito cessa, e ouvimos um arrastar de pés e o baque duro de carne batendo em carne. O gemido recomeça.

William esfrega a nuca.

— Você sabe que eles retiram os prisioneiros do Limbo depois que realizam a memória, não sabe?

— É para cá que eles vem? — pergunto. Não pode ser. Não pode. Ela jamais devia ter saído do Limbo. Deve estar em sua cela, admirando as rosas que fiz com as folhas. De jeito nenhum estaria aqui.

Depois que me abaixo, sigo engatinhando até a porta e abro uma fresta. Dois guardas uniformizados arrastam uma garota com eletroalgemas pelo corredor. Ela está com um macacão amarelo de manga curta e cicatrizes horizontais marcam seus braços. A cabeça está tombada para a frente, mas conheço seu perfil tão bem quanto um olho pela parede.

Afasto-me, e a porta se fecha com um estalo suave. Sinto-me como se estivesse no rio de novo, girando loucamente, indo a lugar nenhum. Que lado é para cima?

Logan me pega nos braços. Olho em seus olhos e pisco. Centenas de piscadas depois, ele entra em foco.

— Por que ela está aqui? — cochicho.

— Já te falei — diz William. — Ela realizou sua memória e está sendo retirada do Limbo.

Contorno o guarda.

— Deve haver algum engano. A varredura cerebral dela mostrou que ela não era agressiva. A reverberação de seus atos não afetaria ninguém. Ela jamais quis realizar sua memória. Não queria matar aquele homem. Até cortou os braços para não ser estuprada...

— Não. Não houve erro algum.

Sua voz é monótona, as palavras definitivas. Não deixa espaço para discussão.

Luto para recalibrar meu mundo ao saber disso. Sully não está a salvo em sua cela no Limbo. Foi estuprada por um estranho, depois obrigada a matá-lo. Pela agência que deveria proteger a todos nós.

O choro fecha a minha garganta. Alguma coisa deu errado. Algo os fez concluir que ela, afinal, era agressiva.

Expiro, tremendo.

— Para onde a estão levando? O que vai acontecer?

William balança a cabeça, sem olhar para mim.

— Eles vão para a sala de processamento, já que ela está saindo do Limbo. Mas não sei o que vai acontecer.

Encaro seu rosto.

— Aquela garota ficava na cela ao lado da minha, William. Ela era minha amiga. Então me conte. O que vão fazer com ela?

O suor brota em sua testa, emplastando dos cabelos à testa.

— Juro pelo Destino, eu não sei. Este não é meu departamento.

— Então, me leve à sala de processamento — digo.

— Você não pode invadir. Eles vão prendê-la e jogar você no Limbo de novo.

Balanço a cabeça. Fugi para Harmony quando saí do Limbo. Eu me desliguei da civilização porque pensei que fosse mais seguro assim. Mas a vida continuou sem mim. Jessa foi presa, e Sully, obrigada a realizar sua memória. Não posso ficar usando antolhos quando se trata das pessoas de quem gosto. Não posso mais. Não quando posso fazer alguma coisa para ajudá-las.

— Eu não pretendo interferir — digo. Pelo menos, ainda não. — Preciso ver o que vai acontecer. Pense em como você ficaria caso pegassem alguém importante para você. Sua mãe ou sua namorada. Você não ia querer ver também? — Coloco minha mão em seu ombro. — Sully era um olho na parede, mas estava lá. Quando eu não tinha mais ninguém, ela me deu esperanças. Por favor, William, leve-me à sala de processamento.

Ele observa minha mão em seu ombro. Depois suspira.

— Tudo bem. Acho que conheço outro jeito de entrar.

Alguns minutos depois, ele está numa escada no canto de um laboratório. Há incontáveis máquinas em mesas em meio a ninhos de fios, cercando uma cadeira reclinada numa plataforma. O cheiro de ácido permeia o ar, e estantes compridas guardam de tudo, de lâminas de vidro a placas de circuito.

William dá um soco no teto, e um painel se solta da grade de metal. A poeira cai em cima da gente, e ele empurra o painel de lado. Com um movimento fluido, ele se impele para o espaço apertado ali em cima.

— Agora é a sua vez — diz Logan para mim. — Vou fazer escadinha para você.

Respirando fundo, apoio meu pé saudável em seus dedos entrelaçados. A dor dispara pelo outro tornozelo. Trinco os dentes, seguro a borda do teto e logo estou subindo.

Sufoco no ar. Canos longos e finos correm acima da minha cabeça, e deslizo de bruços por um túnel que parece uma caixinha. As solas dos tênis de William guincham no metal, e sinto Logan atrás de mim, mas não consigo ouvi-lo. Nós nos arrastamos por cerca de 10 metros. Aí escuto o barulho de mais um painel sendo levantado. Instantes depois, William desaparece pelo buraco. Ele me apanha quando caio, colocando-me no chão em silêncio. Alguns segundos depois, Logan também desce.

Estamos em um armário. A luz penetra pela fresta embaixo da porta. À medida que meus olhos se acostumam com a escuridão, consigo distinguir vidros de comprimidos tomando as prateleiras, juntamente a gaze, tubos de ensaio e pinças de metal.

Esfrego o tornozelo, mas não há tempo para pensar na dor. Passos e vozes baixas vagam diante da porta do armário. Pelo menos Sully não está mais gemendo.

Abro a porta alguns centímetros, abaixando-me ao máximo. O queixo de Logan roça na minha cabeça quando ele se posiciona acima de mim.

Sully está amarrada a uma cadeira reclinada e usa uma mordaça. A cadeira é parecida com aquela do laboratório de Bellows.

O que eles vão fazer? Eles já têm sua memória do futuro. Agora que ela a realizou na vida real, será que vão obrigá-la a reviver a memória, aquela que realmente aconteceu, sem parar?

Estremeço. Bellows faria isso também. Ministraria a ela o gás. Obrigaria a reviver o estupro todo dia pelo restante de seus dias.

Sully olha de um guarda a outro. Mesmo de longe, consigo decifrá-la. *Olhem para mim. Já não fui castigada o bastante?* **A** *vítima aqui sou eu. Eles me obrigaram a cometer um crime. Se alguém deve ser punido, são eles. Não eu. Só o que fiz foi receber uma memória ruim do futuro. Olhem para mim.*

Mas sua história não chega aos guardas. Os dois se abaixam junto a alguma coisa numa mesa lateral, as mãos enluvadas ocupadas, nem mesmo olhando para o lado dela.

Mas eu vejo você, Sully. E lamento que isto tenha precisado acontecer. Eu não sabia. Achei que você estivesse a salvo. Mas você não precisa se preocupar. Vou tirá-la daqui e vamos esquecer que nossas memórias até mesmo chegaram a existir.

Um dos guardas entra no meu campo de visão. Desloco o olhar, que em seguida pousa na mesa lateral. Sobre um estojo de vidro fechado, com um suporte para seringas por dentro.

Meu coração para. Uma seringa com um líquido transparente nadando no cilindro; outra seringa com líquido vermelho. As seringas são pequenas e cilíndricas. Idênticas àquela que usei para matar minha irmã.

O guarda tem outra seringa na mão — uma seringa com um fluido transparente.

— Não — sussurro. — Ah, por favor, não.

Mas é tarde demais. Enquanto estou observando, o guarda avança e crava a agulha no coração de Sully.

Seu corpo salta algumas vezes. Depois fica imóvel.

41

Grito. Grito sem parar, até minha cabeça explodir. Grito de novo até meu peito afundar.

Mas não sai som nenhum. Tento respirar, mas não consigo puxar o ar. A mão cobre minha boca. A mão de Logan. Sufocando-me e prendendo os gritos dentro de mim.

Eu me desvencilho e desabo no chão; abraço o piso de linóleo, como se ele pudesse me ancorar neste mundo. Não sei quanto tempo fico deitada ali. O suficiente para William abrir a porta do armário e anunciar: "Eles foram embora". Tempo suficiente para as mãos frias de Logan começarem a suar no meu ombro. O suficiente para eu me perguntar se posso ficar aqui para sempre.

A mão de Logan toca meu pescoço, deslocando a peruca.

— Eu sinto muito, Callie.

Arranco a peruca e a deixo cair no meu colo. O cabelo falso bate nas minhas pernas como um bicho morto.

— Como pode ser esta a sentença dela depois de sair do Limbo? Como?

— Depois de realizar sua memória, as reverberações são controladas. — William observa a cadeira reclinada vazia. — A AMFu não tem mais uso para ela... viva.

Levantando-me de um salto, atravesso a sala e o empurro com toda força. Ele cai na cadeira.

— Você sabia, não é? — Agarro a gola de sua camisa e cravo as unhas em sua pele. Quando ele se retrai, finco as unhas ainda mais fundo. — Você sabia que iam matá-la, mas não disse nada. Se tivesse me avisado, talvez pudéssemos fazer alguma coisa. Talvez pudéssemos salvá-la.

Ele me olha nos olhos.

— O que vocês teriam feito? Teriam se exposto para dar o antídoto a ela?

Fico petrificada.

— Existe um antídoto? Onde?

Ele gesticula para a caixa de vidro trancada.

— Para o caso de alguém tomar a injeção por acidente.

Restam duas seringas. Uma transparente e uma vermelha.

Um dia, Sully me contou uma história sobre uma menina chamada Jules que tecnicamente deveria tentar assassinar seu pai. Ela foi arrastada por um guarda da detenção para a sala da realização de memórias. Um cientista foi atrás, com duas fileiras de seringas. Alguns minutos depois, todos saíram, aparentemente ilesos.

Ela o matou com uma seringa e o ressuscitou com a seguinte.

A seringa vermelha é o antídoto.

Olho em volta loucamente e pego o teclado esférico flutuante em seu suporte magnético. Com toda minha força, quebro o estojo trancado. Voa caco de vidro para todo lado. Sem prestar atenção, meto a mão entre as bordas irregulares e pego a seringa vermelha.

352

— O que você está esperando? Anda logo.

— Callie. — William balança a cabeça. — É tarde demais.

A seringa começa a vibrar em minha mão.

— Do que você está falando? Ainda podemos encontrar seu corpo. Podemos salvá-la.

— Para dar certo, o antídoto precisa ser injetado no intervalo de um minuto depois do veneno. Já se passaram pelo menos dez minutos desde que levaram o corpo. Eu sinto muito.

Fico olhando para ele.

— Não. Tem de haver um jeito.

— Callie. Ela morreu.

Meu olhar baixa para o líquido vermelho nadando no cilindro. Vermelho como a folha que cai na mão de uma garotinha. Vermelho como o sangue que não bombeia mais pelo corpo de Sully.

— Grande história a sua, de não saber nada porque não é seu departamento. — O choro sacode meu corpo. Jogo a seringa longe e enterro o rosto nas mãos.

Braços quentes me envolvem, e sei, sem precisar olhar, que é Logan.

— Acabou — sussurra ele junto ao meu cabelo. — Você não pode mudar isso. Precisamos pensar em sua irmã. Você precisa se controlar, se quiser resgatá-la.

— Não. — De repente fica muito claro para mim. Terrível, horrivelmente claro.

Uma quietude flui pelo meu corpo. Leva todas as minhas preocupações e as silencia, captura minhas emoções e as entorpece. De súbito, entendo como uma garota consegue olhar nos olhos da irmã e matá-la. Tudo está desligado, exceto a tarefa pela frente. O único objetivo que deve ser realizado.

353

— Ainda não podemos resgatá-la. Se eles podem matar Sully por causa de uma memória ruim, o que mais são capazes de fazer? — Minhas mãos não tremem mais. As lágrimas secaram. Se ainda resta algum estilhaço do meu coração espatifado, está fora de vista. — Não está entendendo? Não posso dar as costas a isso agora. Eu devo a resolução de tudo a Sully. Minha missão é encontrar aquela precog. Minha missão é ver um futuro tão pavoroso que me disponho a fazer o que for a fim de evitá-lo. Não vou agir como meu eu futuro, mas preciso realizar esta parte do meu destino.

— Tudo bem. — Logan assente, e sei que tenho seu apoio, independentemente de qualquer coisa. Ele olha para William. — Ainda está com a gente?

William tira os olhos da costura da cadeira.

— Eu arrisquei a minha vida dando a você aquele minuto a mais para fugir. Arrisco minha vida todo dia ajudando a Resistência. Ainda assim, você me culpa pela morte da sua amiga. Por todas as mortes causadas por eles.

Ele tinha um papel a cumprir. Mas eu também tinha. Tive uma fração de segundo de percepção antes de o guarda enterrar a agulha no coração de Sully. Uma fração de segundo no qual eu poderia ter saído do armário numa explosão e arrancado a seringa da mão dele. Eu devia ter deduzido que a seringa vermelha era o antídoto, pela história de Jules.

Mas não fiz isso. Fiquei no armário e gritei. Eis um peso que vou carregar pelo restante da vida.

— Eu culpo você — digo. — Mas também culpo a mim mesma. E sabe a quem eu realmente culpo? Os guardas, a presidente Dresden, a AMFu e a memória do futuro em si.

William assente, como se soubesse que não posso absolvê-lo de sua culpa. Ninguém pode. É algo que cada um de nós precisa elaborar sozinho.

Tem mais uma pista que ainda preciso seguir. William não vai gostar, mas há muito já passamos do nível do conforto.

— Preciso que você me leve ao gabinete da presidente Dresden — peço a ele. — Quando MK assistiu a Bellows ministrando o gás, tinha um ursinho na mochila dela. Um ursinho branco com uma fita vermelha. O mesmo que estava na minha memória do futuro. Ela, e por extensão a presidente, estão ligadas a Jessa. Vou descobrir como, e você vai me ajudar.

Ele se levanta lentamente.

— Não gosto de envolver minha namorada em assuntos da Resistência.

— Não ligo. — Minha voz treme e aponto a cadeira. — Uma garota morreu aqui. Uma vítima inocente. Sou culpada por isto e você também. Então você vai me ajudar.

Ele inspira, trêmulo, e concorda com a cabeça.

— Em vista do que... aconteceu... farei isso. Vou colocar você dentro do gabinete da presidente. Mas vocês precisam me obedecer, está bem?

Logan e eu fazemos que sim com a cabeça.

Estamos quase na porta quando Logan se vira. Enfiando a mão pelo vidro, ele pega a seringa vermelha no chão e a seringa transparente no estojo.

Minha pulsação acelera.

— O que está fazendo?

Ele verifica se as tampas de segurança estão no lugar, e coloca as duas seringas num kit médico que encontra na mesa.

— Se levarmos estas seringas, não poderão ser usadas em mais ninguém.

— Sim, mas... — Engulo em seco. — Logan, esta é a seringa que eu usei. Na minha memória.

Ele mete o kit médico embaixo do braço.

— Você tem total controle sobre suas decisões, Callie. Não vai usar, a não ser que decida assim.

É exatamente isto que me preocupa.

42

MK está atrás de uma mesa branca e imaculada feita de círculos concêntricos empilhados. Sua mesa-tela, uma lâmina grossa de vidro que a contorna, é a maior que já vi. Uma porta imensa de vidro gravado assoma na frente dela, e as paredes de metal se curvam, encontrando-se numa claraboia circular no meio do teto.

Nossos passos ressoam no piso de mármore branco, e ela ergue os olhos da dezena de arquivos abertos em sua mesa-tela.

— Will. — O brilho em seus olhos equivale ao brilho dos cabelos. — O que está fazendo aqui?

— Senti saudade, MK. — Dando uma olhada pelo corredor comprido, ele beija a têmpora da namorada.

Fico atrás do ombro de Logan. Com minha maquiagem renovada e a peruca, imaginamos que MK só conseguiria se lembrar de mim se olhasse meu rosto muito de perto.

— Pensei em te ajudar. — Ele gesticula para nós. — Tenho dois estagiários de um colégio local e pensei que talvez eles pudessem ver Olivia, para entender como parte do seu trabalho é feito.

Ao ouvir seu nome, uma garotinha exibe a cabeça de trás do cubículo, onde provavelmente está sentada no chão. De imediato reconheço as bochechas gorduchas e a franja preta de corte preciso. Olivia Dresden. A filha da presidente Dresden.

— Isso ajudaria muito. — MK digita na mesa-tela. — A presidente quer estes arquivos organizados ao final do dia e já não sei mais o que fazer.

— Não sei por que ela não arruma uma babá — diz William. — Na verdade isso é meio ridículo.

— Ela não gosta de ter estranhos metidos em seus negócios. — MK mexe na franja da garotinha. — E cuidar da Olivia aqui é moleza, não é, querida?

Olivia assente.

— MK, preciso contar meu pesadelo para a mamãe.

— Claro, mas a mamãe tem reuniões a tarde toda, lembra-se? Então, assim que ela sair, vou falar com ela. — MK se volta para William. — Já sabe da última? A APTec acha que a encontrou. Nossa Chave para a memória do futuro.

Inspiro com força e lanço um olhar a Logan. Seus músculos inflam, como se ele estivesse prestes a competir numa piscina.

— Ela é da minha turma da escola — intromete-se Olivia. — Achei que a gente podia brincar junto, porque agora ela está morando aqui, mas MK falou que Jessa está ocupada demais fazendo testes.

Meus joelhos vergam. Eu teria caído no chão se Logan não tivesse passado o braço pela minha cintura, mantendo-me de pé.

— Quietinha, Olivia — diz MK. — Não temos certeza de nada. As varreduras do cérebro dela não se parecem nada com o que já vimos, mas os cientistas precisam estudar sua atividade neural enquanto ela está no processo de transmissão de uma mensagem ao seu Receptor. O problema é que ela não está colaborando.

William apoia o quadril na mesa.

— Como vocês sabem que ela tem um Receptor?

— Sua varredura mostra todos os sinais de uma Emissora — diz MK. — E, quando existe um Emissor, tem de haver um Receptor. Um é inútil sem o outro.

— Que louco. — William abre um sorriso irresistível. — Bom, vou deixar a política para vocês, burocratas. Eu não passo de um guarda inferior, você sabe.

— Ah, Will. Você nunca seria inferior. — Eles se derretem em sorrisos bobos.

Eu tinha razão. Minha irmã é mesmo a Chave. De certo modo, não estou surpresa. Todo este dia está parecendo um quebra-cabeças em plena montagem, peça por peça. Não é um *déjà vu*, mas algo parecido. Em vez de já ter vivido este momento, sinto a compulsão de vivê-lo.

São as pontas dos dedos do Destino na minha lombar. Preciso entrar no gabinete da presidente. Preciso ouvir William falar com MK. Preciso encontrar a precog. Porque em algum lugar, no mundo futuro, já fiz isso.

William endireita as costas.

— Talvez os estagiários possam distrair Olivia na sala da presidente Dresden. Assim eles não vão te incomodar.

MK hesita.

— Não sei. Em geral ela não permite estranhos lá.

— Você decide, é claro. Achei que seria mais fácil se concentrar se eles não atrapalhassem.

Ela morde o lábio.

— Talvez você tenha razão. Acho que não vai fazer mal nenhum. Olivia brinca lá o tempo todo, e eu estarei bem aqui. — Ela suspira e aperta a mão de William. — Você é tão bom para mim.

William sorri, mas consigo ver sua pulsação latejando na têmpora. Seus maxilares estão tão tensos que os ossos se projetam na pele. Para ele, é a morte mentir para MK.

Endureço meu coração e viro a cara. Que pena. Mataram Sully para ser uma parte desse sistema. É assim que deve ser.

William abre a porta de vidro gravado, e eu seguro seu braço.

— Obrigada — agradeço, na esperança de que ele entenda que minhas palavras são mais do que formalidade.

Ele pisca e não consegue esconder seu ressentimento. Para comigo e para consigo mesmo.

— Estarei em minha sala se precisarem de mim. Podem perguntar a MK como chegar lá.

E então ele vai embora.

De imediato Olivia começa a correr em círculos pela sala. Passa atrás da mesa de vidro e aço, sobe nos sofás de couro branco, quase batendo o joelho na mesa de centro espelhada.

Não sei o que eu esperava. O ursinho branco, agitando sua fita vermelha em cima da mesa da presidente? Mas a resposta deve estar aqui, em algum lugar nesta sala. O ursinho liga minha irmã a MK. E a presidente deve ter documentos sobre a precognitiva.

Logan vai diretamente à mesa-tela, fazendo um sinal de cabeça, indicando que aquele borrãozinho hiperativo é responsabilidade minha.

360

Janelas do chão ao teto cobrem a parede externa. Respiro fundo quando Olivia passa acelerada. Se eu não fizer com que vá mais devagar, ela pode atravessar aquele vidro. Assim que ela dá mais uma volta pela sala, seguro seu braço.

— Olivia, quer parar e conversar comigo?

Fios de cabelo eriçam de suas tranças, e seu peito infla e desinfla.

— Eu sei quem você é.

— Bom, sim. — Acho que meu disfarce não é páreo para uma menina de 6 anos superobservadora. — Eu sou irmã de Jessa. Você deve ter me visto quando ia buscá-la na turma T-7.

— Não, não é isso. Eu vi você nos meus sonhos. — Ela recomeça a correr e salta o pé de Logan, que está ajoelhado diante da mesa, procurando um atalho para a mesa-tela. Ela para com uma guinchada na minha frente. — O que ele está fazendo?

— Nada. Quer brincar de alguma coisa? Ou cantar uma música?

Olivia olha para trás. Agora Logan está totalmente embaixo da mesa, examinando a parte de baixo da mesa.

— Hoje eu tive um pesadelo na escola — diz ela. — Preciso contar para minha mãe.

— Você dormiu? Está cansada agora? Pode tirar um cochilo no sofá se quiser.

Ela revira os olhos.

— Não, eu não dormi. Você não precisa dormir para receber os sonhos, idiota!

Ela dispara a correr de novo. Desta vez, traçando oitos. Em volta da escrivaninha, atrás da mesa. Eu a observo, minha nuca formigando.

— Olivia. — Quando ela para novamente, abaixo-me para poder olhar em seu rosto. Suas bochechas redondas estão coradas, e ela estreita os olhos como se precisasse de correção a laser. — Você não está falando realmente de sonhos, está?

— Minha mãe diz que tenho de chamar assim, para as pessoas não ficarem desconfiadas.

De súbito minha boca fica seca e eu passo a língua nos lábios.

— Desconfiadas do quê?

O cabelo solto cai por seu rosto.

— Minha mãe falou que eu não devia falar disso. Mas eu vi você. Você é boazinha. Você tenta me ajudar no futuro.

— Olivia, quando você diz sonhos, na verdade está falando de visões? Visões do futuro?

Ela me olha. Algo em minhas feições deve tranquilizá-la, porque ela concorda com a cabeça lentamente.

Expiro. Meu coração bate tão alto que fico surpresa de não provocar vibrações pela sala.

— Logan — chamo. — Pode vir aqui, por favor?

— Que foi? — Ele atravessa a sala e se agacha ao meu lado. — Os cientistas da Resistência desenvolveram uma porta traseira para estas mesas-tela — cochicha ele em meu ouvido. — Estou quase conseguindo.

— Esqueça isso por um momento. — Eu me viro para Olivia. — Estamos procurando uma precog. Alguém que pode ver anos e anos no futuro. Conhece alguém assim?

Ela mete o dedo num buraco no joelho de seu macacão.

— Não gosto dessa palavra. Parece um robô, quando na verdade um precog é só uma pessoa, como todo mundo.

— Bom, é claro que um precognitivo é uma pessoa — digo. — Uma pessoa que pode ajudar os outros, preparando-os para o futuro, ou avisando sobre o que pode acontecer.

De repente ela fica de pé.

— É muito chato ser a única criança aqui. Pensei que, se eu desse um ursinho de pelúcia para Jessa, ela ia brincar comigo. Mas eu não vi Jessa. Acho que minha mãe se esqueceu de mandar o ursinho.

Fico boquiaberta.

— Foi você? Você mandou um ursinho de pelúcia para Jessa?

— Foi. MK me deu, mas eu já tenho um. — Ela faz beicinho. — Achei que Jessa vinha aqui me ver, mas ela não veio.

Recuperando a compostura, eu me curvo para a frente.

— Tenho certeza de que se ela pudesse, brincaria com você. — Acaricio seus ombros, tal como faria com minha irmã. — Estou tentando ajudá-la, Olivia. Mas só vou conseguir se encontrar essa precognitiva. Vai acontecer uma coisa ruim no futuro e preciso descobrir o que é. Você entendeu?

Ela assente. Seus ombros estreitos sobem com a respiração.

— Eu sou a precog. E sabe essa coisa ruim que você está procurando? Acho que é o meu pesadelo.

Vacilo no mármore. Nem acredito. Nós a encontramos. A origem da profecia, as informações que são entregues a toda uma equipe de cientistas. Era a filha da presidente o tempo todo. E nós a encontramos.

As mãos de Logan se fecham em meus braços. Não sei se ele está me segurando ou se apoiando para não cair.

— Você pode contar seu pesadelo pra gente? — pergunta ele a Olivia.

Ela balança a cabeça.

— É difícil demais de explicar. Você vai ter que ver, como minha mãe faz.

— E como fazemos isso? — pergunto.

— Nas mesmas máquinas que eles usam pra ler sua memória do futuro.

Abrimos a porta de vidro. MK está com as mãos nos quadris, examinando os arquivos abertos projetados acima da mesa-tela. Olhando para cima, ela sopra uma mecha de cabelo da testa.

— Pense em como eu estaria pior se vocês não estivessem aqui agora. Como está indo aí dentro?

— Nada mal — diz Logan. — A gente pensou em levar Olivia para passear. Quem sabe visitar William? Está ficando meio tumultuado aqui dentro.

— É, eu ouvi as pancadas. — Ela ri. — Acho que não tem problema. Mas vocês precisam ficar no prédio e trazê-la de volta daqui a uma hora.

Ele agradece a MK, depois saímos. Assim que chegarmos à sala de William, colocaremos Olivia no scanner. A máquina vai ler as imagens em sua mente, e eu acessarei sua visão do futuro. Se minha teoria estiver correta, enfim saberei por que uma Callie do futuro decidiu matar a irmã.

Se, se, se. Não tem nada definitivo, entretanto os músculos do meu pescoço e dos ombros viram pedra. Esta é a resposta. Eu posso sentir.

Os corredores estão praticamente vazios. Olivia saltita à nossa frente, as tranças se desmanchando um pouco mais a cada vez que quicam. As poucas pessoas que vemos abrem seus sorrisos complacentes, deixando-nos passar sem questionar.

364

— Não admira que a presidente não tenha babá — cochicho para Logan. — Ela não quer que ninguém descubra.

Olivia dispara pelo corredor.

— Rápido! — chama, olhando para trás. — Estamos quase chegando!

— Olivia, cuidado...

Um funcionário uniformizado vira a esquina, trazendo uma planta num vaso. Olivia esbarra nele, derrubando-o. O vaso voa de sua mão, bate na parede e se quebra em mil pedaços.

Os restos da cerâmica se espalham pelo chão. Uma trilha de terra como farelos de pão levando a um caule quebrado de planta.

O vento frio do Destino sopra em minha espinha. Já vi esta imagem.

Logan ajuda Olivia a se levantar e pede desculpas ao sujeito.

O homem franze o cenho, torcendo o bigode.

— Não tenho tempo para cuidar disso. Estou atrasado para uma reunião.

— Não se preocupe, senhor — diz Logan. — Somos estagiários aqui. Vamos chamar um robô para limpar tudo.

Resmungando sobre crianças descontroladas e babás irresponsáveis, o homem segue pelo corredor. Espero até que ele esteja fora de alcance, depois me viro para Logan.

— Este vaso quebrado estava em minha memória — cochicho. — Exatamente assim. A trilha de terra, as folhas verdes e largas. Minha memória está se tornando realidade.

De repente, não sei se tomei a decisão certa. Talvez eu não precise saber o futuro. Por que estou tentando o Destino? Talvez eu simplesmente devesse pegar Jessa e fugir.

Logan segura minha mão e repete o que disse para mim:

— Saber o futuro não elimina seu livre arbítrio. Só você pode decidir o que vai fazer. — Ele aperta minha mão. — Chegamos muito longe, Callie. Vamos concluir isto.

Olho para ele, a pessoa que esteve ao meu lado por quase toda essa jornada.

— Estou com medo.

— Eu também — diz ele.

43

É a mesma sala. A mesma cadeira com almofadas cilíndricas, máquinas zunindo, bandeja de recursos para meditação. O mesmo piso preto e reluzente, embora a poeira tenha sido varrida para o lado e esquecida, como uma pilha de fezes de camundongo. As mesmas paredes de vidro, mas os lençóis brancos que dão a ilusão de privacidade foram puxados.

Concentro-me nestas diferenças mínimas, mas não adianta. Não consigo respirar direito, e cada fibra do meu corpo grita *fuja*!

Em vez disso, pego um frasco de vidro na bandeja e abro a tampa. O cheiro forte de hortelã limpa meu nariz. Penso em certa manhã, não muito tempo atrás. Sentada à mesa de refeições com minha família, bebendo chá de hortelã. Jessa esquenta as mãos no vapor que sobe de sua caneca enquanto minha mãe fecha os olhos, perdida em sonhos do passado.

A memória me abandona, e eu respiro fundo. Meu coração se reduz a um batimento mais firme. Talvez afinal os tais recursos para meditação funcionem.

William ajeita o dispositivo de metal na cabeça de Olivia. Ela está sentada na cadeira reclinada, tornozelos cruzados, como se já tivesse feito isso umas cem vezes. E talvez tenha mesmo.

— Traz memórias, né? — diz ele a mim, curvando-se e prendendo a tira do queixo em Olivia.

Reviro os olhos para seu duplo sentido proposital.

— Ha, ha, que engraçado.

— Minha mãe sempre acende uma vela para mim — diz Olivia. — Gosto de brincar com o fogo.

William ergue uma sobrancelha, como se não soubesse se deve oferecer fogo a uma garotinha.

— Se é o que coloca você no estado mental adequado, que seja... — Dando de ombros, ele bota uma vela em uma mesa de apoio e a arrasta para o colo de Olivia. — Abra sua mente e deixe a visão vir a você. Se precisar de alguma coisa, estaremos bem aqui do lado.

Ele acena para mim e eu o acompanho à sua sala no cômodo adjacente, onde Logan está nos aguardando. Como não há lençol nenhum, podemos ver Olivia pelas paredes de vidro. Aceno, mas ela está ocupada tentando beliscar a chama com os dedos.

William conecta fios em uma mesa-tela. Em vez de plana e horizontal, a tela é vertical e se curva completamente, de modo que fica parecida com um donut gigante. Logan já descobriu como entrar.

— Como você entrou aí? — pergunto.

— É só passar por baixo — diz Logan. — Cuidado para não bater a cabeça.

Junto-me a ele dentro da máquina. Em volta de mim, luzes brancas dançam, perseguindo umas às outras, como vagalumes, ao longo da tela preta.

— O que é isto? — pergunto.

— A mente de Olívia procurando onde pousar. — William passa por baixo da máquina e aparece ao nosso lado. — Quando a visão chegar a ela, estas luzes formarão imagens, assim poderemos vivê-las junto com ela.

— Vivê-las? — Logan estende a mão para tocar uma luz e seus dedos esbarram na tela. — Não quer dizer assistir?

— Você vai entender o que quero dizer. — William nos passa fones e gesticula para que os coloquemos. — A visão será traduzida nos cinco sentidos. Vocês sentirão que estão vivendo a visão. Enxergarão pela perspectiva de Olivia.

As luzes começam a vibrar, unindo-se e formando uma massa sólida.

— Lá vem ela — cochicha William. — Aguentem firme.

Minhas mãos estão amarradas numa grade preta. Arranhões grossos e ensanguentados descem por meus braços, e o cheiro de urina e fezes sufoca o ar. Meninas adolescentes e usando uniformes escolares sujos fazem um tumulto à minha volta.

Na ponta da cela, uma morena grita e pula nas costas de uma ruiva, agarrando seu cabelo e puxando até que os fios se soltam em chumaços. Outra garota no canto canta a plenos pulmões. Sua cabeça se refestela numa pilha de fezes, manchando o cabelo louro de marrom.

De repente ouço batidas curtas e ritmadas no piso de concreto. Todas ficamos em silêncio, até a menina cantora. Duas pessoas aparecem ao final do corredor. Conversam brevemente e depois a figura alta caminha na nossa direção. Vejo um uniforme azul-

-marinho e o cabelo prateado cortado rente numa cabeça bem proporcionada. Seu rosto está mais enrugado, mas as feições são inconfundíveis. A presidente Dresden.

Levanto-me sobre pernas bambas e seguro a grade com uma força ainda maior.

— Mãe — digo. — Você precisa anular a execução.

Ela passa por mim algumas vezes, como se não reconhecesse quem sou. Finalmente olha nos meus olhos e estremece.

— Eu falei com você, Olivia. Você sabia qual era o preço por receber uma memória medíocre, mas não me deu ouvidos, deu?

— Meu eu futuro me mandou uma memória feliz — digo. — Nela, eu seguro meu filho recém-nascido e me sinto em paz com o mundo.

— Era medíocre! Justamente você devia saber o que viria. — Ela tem um tique, um músculo repuxando o canto da boca. — Foi a sua visão do futuro que nos mostrou o que podíamos nos tornar. Uma raça de super-homens. — Ela passa as mãos por cima das minhas, na grade. — Eu sei que você tem talento, Olivia. Você é minha filha, não? Por que seu eu futuro não mandou uma memória melhor? Você poderia ter escolhido qualquer memória. Uma que mostrasse suas habilidades superlativas de violinista. Uma que ilustrasse seu gênio matemático. Por que você enviou esta?

Endireito a coluna.

— Não sei por quê, mãe. Talvez meu eu futuro não achasse certo executar 99% da população com base nas memórias deles. Talvez soubesse que esse era o único jeito de fazer você escutar. Para mostrar a você que há mais na humanidade do que o talento puro. Também existe felicidade. E amor.

Seus dedos se afastam.

— Infelizmente, neste mundo, não. Não podemos permitir que nenhum gene medíocre contamine o tanque de procriação. A execução foi marcada. Você e as outras medíocres cumprirão sua sentença daqui a duas horas.

Ela se vira e se afasta, os saltos estalando no chão, para a pessoa que agora suponho ser sua assistente.

— Mãe! — chamo. — Você não pode fazer isso. Eu sou sua filha. Sua filha!

— Não. — Sua voz é transportada pelo longo corredor, e não consigo ver seu rosto mais. A única coisa que consigo distinguir é o uniforme azul-marinho. — Minha filha não é medíocre.

44

A imagem se desintegra, e as luzes brancas zunem contra a tela preta. Estou respirando, mas o ar se transforma em chumbo quando entra na minha boca. Meu coração está aos saltos, mas as batidas se espalham como insetos na noite.

Então é por isso. Enfim tenho minha resposta. Finalmente sei por que meu eu futuro mata Jessa.

A tela de donut gira ao meu redor. Estou no meio, mas não no olho do furacão. Giro mais depressa do que tudo, tão depressa que estou prestes a desabar. Mas Logan segura meus braços, mantendo-me de pé.

Enxergo-me no reflexo de suas íris. A garota que ele sempre viu, mas aquela que eu sequer sabia que existia até agora.

Um grito agudo penetra o ar, seguido por um estrondo pesado.

— Olivia — diz William. Em uníssono, ele e Logan tiram os fones e passam por baixo da máquina.

Um instante depois, ouço seu tagarelar histérico.

— Não sei... este foi pior do que antes... porque mamãe diz que não sou filha dela... porque todas nós, as medíocres, morremos...

— Shhh — diz Logan. — Vai ficar tudo bem. Shhh.

Agindo em câmera lenta, tiro meu fone e caio de joelhos. A memória do futuro vai provocar isto, a execução sistemática dos medíocres. Mas não precisa ser assim. Posso evitar tudo isso, se a memória do futuro jamais for descoberta. Posso impedir, se matar minha irmã.

Respiro fundo, trêmula. A decisão sempre foi minha. Ninguém me obrigou. O Destino nunca se apropriou da minha vontade. Minha irmã ou 99% da população. A morte de uma única menina ou o genocídio.

Fecho os olhos. Minha mão vai à boca. Eu mordo, mas minha mente não registra a dor. Está atribulada demais com aquelas meninas na cela da prisão. As que lutavam e as apáticas, aquela que rolava nas próprias fezes e a Olivia adolescente. Outra cela, e mais outra, todas lotadas de meninos e meninas de 17 anos. Executados dia após dia até que a mediocridade seja eliminada. Até que só o que reste seja uma sociedade de super-humanos.

Como posso permitir que isto aconteça? Como posso matar minha própria irmã?

Uma umidade espessa cobre minha língua. Tiro a mão da boca e vejo marcas de dente perfurando a pele. Sangue. Olho loucamente pela sala e flagro o kit médico com as seringas.

Espio a sala ao lado. A cabeça de Olivia está no colo de Logan, e ele acaricia seus cabelos. William pega a máquina que caiu no chão.

A decisão é minha. Mas, sinceramente, pensando bem, que alternativa tenho?

Pego as seringas do kit médico — a transparente e a vermelha — e coloco no bolso. Saio da sala e ouço Logan me chamando. Não olho para trás.

Caminho por um corredor. Tem piso de linóleo verde, com telas de computador embutidas a intervalos regulares. As paredes iluminadas brilham com tanta intensidade que consigo distinguir uma pegada parcial no chão. O cheiro acre de antisséptico faz meu nariz arder.

Fecho os dedos, formando um punho, para estancar o fluxo de sangue, mas gotas vermelhas se espalham pelo chão. Viro uma esquina e contorno os restos quebrados de um vaso de cerâmica. Uma trilha de terra como farelos de pão conduz a um caule de planta quebrado e folhas verdes soltas.

Caminho por um corredor idêntico. Depois outro. E mais um.

Enfim, paro diante de uma porta. Uma placa dourada, com caracóis decorando cada canto, traz o número 522. Respiro fundo, mas não importa quanto ar eu consiga sorver, não parece o suficiente.

Não há para onde fugir. Não resta mais nada para me salvar deste momento. Este é meu futuro, e eu o estou vivendo.

Entro. O sol brilha pela janela, a primeira que vejo em horas. Há um ursinho de pelúcia com uma fita vermelha no peitoril.

Então a presidente mandou o presente de Olivia, afinal. A louca tem coração. Uma risada engasgada sobe pela minha garganta. Por baixo da loucura despótica existe uma mulher com consideração. Uma tirana que faz cócegas. Uma assassina que chora.

O riso explode da minha boca, como uma espuma louca, depois cessa enquanto apreendo o restante da cena.

Tudo é de um branco hospitalar. Paredes brancas, persianas brancas, lençóis brancos.

No meio dos lençóis está Jessa. Ah, ela é tão jovem. Tão inocente. Meus ossos se liquefazem, e caio de joelhos ao lado da cama.

Seu cabelo castanho ondula em volta da cabeça, embaraçado e sem tranças. Fios saem de seu corpo, como as serpentes da medusa, correndo sinuosamente para todo lado até terminarem em uma de várias máquinas.

— Callie! Você veio! — Os lábios de minha irmã se curvam num sorriso.

Preciso de três tentativas para obrigar as palavras a passarem por meus lábios ressecados.

— É claro que eu vim. — Seguro sua mão magrinha. Cabe em minha palma como um pardal no ninho. — Como estão tratando você?

Jessa torce o nariz.

— A comida é nojenta. E eles não me deixam brincar lá fora.

Uma vida inteira de lembranças passa pela minha cabeça. Jessa recém-nascida golpeando o ar como um filhote de passarinho procurando comida. Jessa aprendendo a andar e chorando para que eu beije o dodói no joelho. Minha irmã tal como estava no mês passado, enxugando minhas lágrimas.

Levanto-me. A decisão sempre foi minha. Saber o futuro não elimina meu livre-arbítrio. Tenho total controle dos meus atos. A decisão é minha. Minha. Não da AMFu nem do futuro, nem mesmo do Destino.

— Quando você sair, vai poder brincar o quanto quiser. — Desloco os fios de seu peito e coloco a mão aberta sobre seu coração. — Eu te amo, Jessa. Você sabe disso, não é?

Ela assente. Seu coração bate com regularidade em minha palma, a batida forte e firme da total confiança de uma criança num irmão mais velho.

As lágrimas escorrem pelo meu rosto. Esta é uma decisão impossível. Impossível. Mas preciso tomá-la.

Eu sinto muito, Jessa. As palavras não podem descrever o quanto lamento. Você é mais do que minha irmã. É minha gêmea, minha metade, minha alma.

Você é a vela que brilha quando toda a eletricidade é extinta. A prova de que o amor existe quando a vida morre.

Quando todas as minhas camadas são removidas, quando tudo que eu sei está de cabeça para baixo, é só isso que me resta.

Meu amor por você.

É a única coisa que eles não podem tocar.

— Me perdoe — sussurro, embora eu nunca, jamais vá me perdoar.

Enfio a mão no bolso e pego as seringas.

A porta se abre com estrondo, e Logan entra intempestivamente no quarto. Seu olhar se fixa nas seringas.

— Não, Callie. Não faça isso. Não...

É tarde demais. Quebro a seringa vermelha no chão, destruindo o antídoto. Depois lanço o braço pelo ar, enterrando a seringa transparente em meu coração. O líquido se esvai pelo meu corpo.

Logan atravessa o quarto em três passadas e me apanha quando oscilo para a frente.

— O que você fez? Ai, meu Destino, o que você fez?

Estendo a mão para tocar seu rosto, mas já estou fraca demais e minha mão para a meio caminho. Ele baixa o rosto para encontrar meus dedos. Sinto os pelos em seu queixo e o sal quente e úmido de suas lágrimas.

— É o único jeito. — Minha voz treme, como se soubesse que estas seriam minhas últimas palavras em vida. — O único jeito de salvar Jessa. O único jeito de salvar o futuro.

Ela é a Emissora. Eu sou a Receptora. Uma é inútil sem a outra. Se não houver Receptora, Jessa não pode enviar suas memórias. Eles não vão conseguir escavar sua mente. Não vão descobrir a memória do futuro.

As meninas na prisão serão salvas. Minha irmã será salva. Todos estarão a salvo.

Menos eu.

Viro-me para minha irmã pela última vez e vejo seu rostinho de anjo. Suas bochechas redondas captam o brilho da luz e seus cabelos caem nos olhos, tão luminosos que poderiam ter sido retirados das estrelas.

Eu te amo, falo dentro da minha cabeça.

Olho para Logan e meu último pensamento é: *apesar de tudo, estou feliz por ter levado Jessa ao parque em 27 de outubro.*

E então tudo escurece.

EPÍLOGO

Flutuo por uma noite escura e interminável. Minha consciência tenta agarrar um pensamento, tenta tornar o pensamento concreto, presente e real, mas o deixa escapar e eu continuo vagando. Eu morri? Vou continuar a flutuar pela eternidade? As perguntas se esvaem assim que aparecem, antes mesmo que eu consiga formular respostas.

Às vezes ouço uma voz, muito meiga e jovem. Não consigo distinguir as palavras ou, se consigo, elas me escapam assim que compreendo seu significado. Existe amor nesta voz, um amor incondicional que penetra toda a névoa e assim, por um momento, sou sólida e inteira. Por um momento, eu quase me lembro.

Depois vem outra voz, grave e dolorosamente familiar. Como pode ser tão familiar, quando é tão diferente da minha? Como pode ressoar tão fundo, como se morasse dentro de mim, quando não sei a quem pertence a voz? Existe amor ali também, mas um amor diferente. Este me preenche e faz cada fibra de minha existência lamentar. Como posso chorar, quando não tenho olhos? Como posso me desesperar, quando não sei o que perdi?

Perguntas, sempre perguntas, perguntas eternas, navegando pela minha consciência. Jamais alguma resposta. Ou porque não consigo pensar nelas, ou, quando penso, é tarde demais.

Não sei quanto tempo fico à deriva. Cinco minutos ou cinquenta anos. Uma eternidade ou um segundo. Parece que vou flutuar para sempre, mas alguma coisa lampeja na minha consciência. Algo intenso, agudo e desperto. Uma visão. Não, fragmentos de visões, instantâneos de memórias, um atropelando o outro, cada vez mais rápido, pressionando minha mente, obrigando-me a lembrar.

Uma garotinha com um cachorro roxo. Meu braço cortando o ar. O roçar da boca de um garoto. Uma pena esfarrapada flutuando na brisa.

Não posso estar morta, não quando meu coração dói tanto. Não quando vivo as memórias com tal clareza. Não quando sinto o toque da garotinha. Não quando ouço o garoto suplicando para que eu volte a ele.

Eu voltarei, quero dizer a eles. Vou voltar assim que puder. Assim que souber como abrir os olhos.

AGRADECIMENTOS

Eu queria ter meus textos publicados desde os 6 anos e tive a sorte de receber o apoio de muita gente nessa jornada.

Agradeço à minha agente ímpar, Beth Miller, por ser uma parceira de verdade nesta empreitada.

Meus agradecimentos sinceros a Liz Pelletier, minha preparadora de originais e editora e uma das mulheres mais inteligentes que já conheci, por acreditar neste livro. Agradeço a toda a equipe da Entangled e, em particular, a Heather Riccio, Meredith Johnson e Stacy Abrams por seu trabalho árduo. Meus agradecimentos especiais também a Debbie Suzuki, Melissa Montovani, Jessica Turner e Ellie McMahon. Todas vocês são incríveis. Agradeço a L. J. Anderson pela linda capa e a Rebecca Mancini pela magia dos direitos para idiomas estrangeiros. Agradeço também à minha agente cinematográfica, Lucy Stille.

Os seguintes escritores fizeram críticas, porém, mais importante, deram-me sua amizade. Obrigada a Kimberly MacCarron e Vanessa Barneveld, por sempre se fazerem presentes; a Meg Kassel e Stephanie Winklehake, por dividirem suas paixões e seus sonhos; a Denny Bryce e Holly Bodger, por nunca ficarem a uma distância maior do que uma mensagem de texto; a Danielle

Meitiv, por sua perícia científica; a Stephanie Buchanan, por ler incontáveis rascunhos; e a Kerri Carpenter, pela contabilidade. Agradeço a Romily Bernard, Natalie Richards, Cecily White, Michelle Monkou, Masha Levinson e Darcy Woods. Vocês não são apenas amigas de escrita; são as melhores amigas que uma mulher poderia ter.

Obrigada a Karen Johnston (in memoriam). Karen, você foi uma das primeiras torcedoras por este livro e sua fé em mim deixou sua marca em meu coração.

Também agradeço às minhas comunidades de escritores por me acolherem tão bem: Waterworld Mermaids, Honestly YA, Writing Experiment, Firebirds, Doomsdaisies, Dreamweavers, Dauntless e Washington Romance Writers.

Obrigada à minha leitora beta preferida, Kaitlin Khorashadi.

Com o passar dos anos, tive a sorte de ter mestres que me estimularam a me dedicar à escrita, em particular Jeanie Astbury, professor Phil Fisher e professor Kenji Yoshino. Sou grata a Frankie Jones Danly por seu apoio e orientação em meus primórdios. Agradeço a Kim Brayton por escrever meu primeiro livro comigo.

Agradeço a meus amigos queridos que acreditaram em mim por duas décadas: Anita, Sheila, Aziel, Kai, J.D., Francis, Josh, Nick, Steph, Peter, Gaby, Alex, Larry, Nicole, Julia e Monique. Obrigada a meus amigos mais recentes, que são igualmente queridos — Jeanne Johnston, por ouvir sempre, e à talentosa Elizabeth Chomas, por minhas fotos de autora.

Sou tremendamente abençoada por ter uma família tão amorosa. Do fundo do coração, agradeço a meu pai, Naronk, e aos demais Hompluem: Uraiwan, Pan, Dana e Lana. Obrigada aos Dunn: Donald, Catherine, Chantal, Franck, Quentin e Natasha.

Obrigada, P. Noi, e obrigada, Karen. Agradeço também a A-ma e a minha família tailandesa, o clã Techavachara. Seu apoio significa tudo para mim.

Obrigada a Aksara, Atikan e Adisai. Por vocês, eu brigaria com o futuro e com o próprio Destino.

E, por fim, agradeço a Antoine. Você acreditou em mim mesmo quando eu não acreditava. Mesmo que o futuro lhe dissesse o contrário, você ainda acreditaria em mim.

Este livro foi composto na tipologia ITC Berkeley
Oldstyle Std Medium, em corpo 10/16, e impresso
em papel off-white no Sistema Cameron da
Divisão Gráfica da Distribuidora Record.